方青羽作品

你说她是温婉，小淑女～我说她是任性，小玩虫；
你说她是灵智，小清新～我说她是萌物，小笨熊。

方青羽 作品

羽过天青

欧洲悠游记

中国华侨出版社

图书在版编目（ＣＩＰ）数据

羽过天青：欧洲悠游记 / 方青羽著 . — 北京：中国华侨出版社，2017.4
ISBN 978-7-5113-6727-3

Ⅰ . ①羽... Ⅱ . ①方... Ⅲ . ①游记－作品集－中国－当代 Ⅳ . ① I267.4

中国版本图书馆 CIP 数据核字 (2017) 第 050193 号

羽过天青：欧洲悠游记

作　　者：	方青羽
出 版 人：	方　鸣
责任编辑：	高福庆　王　璐
装帧设计：	杨　琪
经　　销：	新华书店
开　　本：	720mm×1010mm 1/16　印张：31.75　字数：304 千字
印　　刷：	三河市君旺印务有限公司
版　　次：	2017 年 4 月第 1 版　2017 年 4 月第 1 次印刷
书　　号：	ISBN 978-7-5113-6727-3
定　　价：	98.00 元

中国华侨出版社　北京市朝阳区静安里 26 号通成达大厦 3 层　邮编：100028
法律顾问：陈鹰律师事务所
发行部：(010) 64443051　　传真：(010) 64439708
网　址：www.oveaschin.com　　E-mail: oveaschin@sina.com

如发现图书质量有问题，可联系调换。

她是岁时的花瓣
在光阴的翅膀上轻舞
她是梦中的幻影
在日落的光景里荡漾
她是月亮的孩子
在斑驳的记忆中生长
她是七彩的小鸟
在绚烂的诗篇里欢唱

她是一个有着许多奇思妙想的90后
她是一名彻头彻尾的文艺青年
她爱好诗词琴曲
又喜欢花雨芬芳
她是北京华文学院的一名教师
她还是《环球时报》的特约记者
她曾为腾讯网新华网撰写过数十篇新闻稿
一袭墨香

↑

她毕业于北京语言大学葡萄牙语专业
她曾在大学期间远赴欧洲流浪
她翩翩然盘旋在欧罗巴的上空
用心灵去感知
用文字去记录
这个世界的光芒

此岸风月美如画
彼岸红霞染霓裳
她牵着冗长岁月
让繁华在清词中绽放
或许你曾在不经意间
邂逅过她的文章
或许你们的相遇
还只是一个想象
那么
就让她的羽翼
引你飞翔

姿容端庄仪态万方
罗袖拂尘子衿青青
碎步轻移盈盈似羽
她的名字在此隐藏

目 录

Contents

第二章　　　　// 126

圣诞节　雪之翼

第三章　　　// 226

寒假　冰之翮

第五章

暑假　花之翎

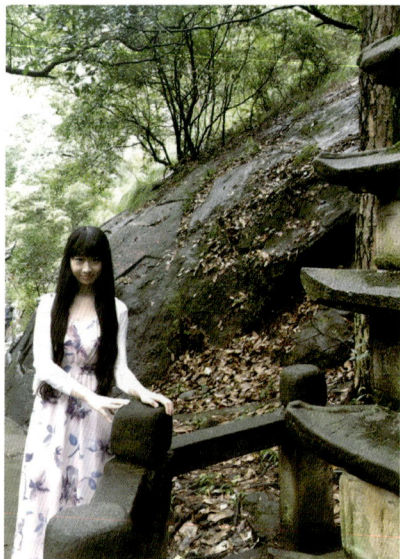

风吹花 花飘洒
蝶恋花 花牵挂
心念花 花滴答
反复说的话 消磨了年华
心雨倾盆地下 是装傻还是潇洒

漫无止境的时光
饱含热泪的梦想
欲阻还迎的回望
遥不可及的远方
比山高 比水长
多情的愿望 被无情的遗忘
蹉跎多少快乐和忧伤

愿今宵的月 澄明如梦
愿今宵的梦 皎洁如月
人未眠 钟声在回荡
夜微凉 你在谁心上

序：世界真大 羽毛真小

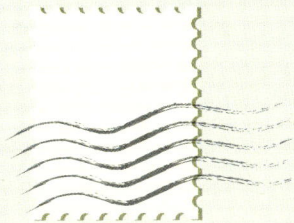

2013年9月16日，我远赴重洋，来到欧洲大陆最西端的国度葡萄牙，开始我的欧洲游学之旅。从那一刻起，我就下决心要把我的游学之路中的点点滴滴都记录下来。然而我并没有做到。我总是在给自己找各种借口：没有时间，没有心情，没有灵感，没有思路……于是，这一计划被一再搁浅，多少游学之路中的心灵风景和游历故事，我都没有及时把它们形成文字。

今天是2015年的7月13日，是一个普通的不能再普通的日子，可是迄今为止，我已经回国一年了，原来我出国留学是前年的事情了！于是我惊觉时光已然悄然飞逝，却了无痕迹。在这一个普通又不普通的日子里（不普通是因为我的处女作就要起笔了），我看了一本名叫《说走就走！从北京到罗马》的书，书中记录的是一个北大西语系女生一场延续三十年的旅行，她的故事重新激发了我的写作欲望。

能够在20岁的年龄游遍欧洲一些国家的人并不很多，而我是幸运的，这段经历是我一生中最特别且最值得纪念的，如果不把它诉诸文字，着实可惜，也浪费了我这一手好文笔（请允许我自恋一下）。

不知道我现在还能回忆起多少当时的所见所闻所感所想，但我还是想给自己短暂青春的重要一页留下真实而写意的记录，至少等我到了步履蹒跚记忆模糊的年纪，我还是可以捧起这本由我自己亲手撰写的书，好好回味我那早已逝去的懵懂青春。

什么是旅行的意义？为了自由？为了梦想？为了对未知世界的憧憬？为了体验生活？还是，为了遇到更好的自己？也许就像那句话所说吧，要么读书，要么旅行，身体和心灵总有一个要在路上。站在温暖和煦的阳光下，呼吸纯净新鲜的空气，头顶是湛蓝澄澈的天空，面前是碧波荡漾的大海，把身与心完全交给大自然，感受天人合一的轻松和惬意，按下相机快门记录每一个闪亮的瞬间，留下真实而美好的回忆，这也许就是旅行的意义吧。

　　"如果你不出去走走，你会以为这就是全世界"。蜷缩在自己的小小世界里，憧憬别人描述的大千世界，头顶一片小小的阴霾，却不知，拨开重重云雾，会看到美丽的星河。而我在20岁的时候，有幸以交流生的身份来到欧洲游学，让我有机会进入到一个陌生的社会和环境中，感受到不同的文化背景，体验到不同的语言思维，融入到不同的精神群落，这是一个全新的起点，带给我的，也将是全新的视界。

　　对了，还没来得及说，我是北京语言大学葡萄牙语专业2015届的毕业生，这个专业给了我大三时到葡萄牙交流学习一年的机会，也给了我游历欧洲的机缘，还给了我创作这本书的可能。其实当年高考时，我的第一志愿第二志愿第三志愿都不是葡萄牙语，但我非常感激这份阴差阳错，让我成为了现在的自己，让我遇到了那些无比美好的人，让我有了那么多奇妙的经历。只能说，一切都是最好的安排，所有的经历都是财富，所有的故事都值得被记录。

　　大一时开始在北语学习葡语，为的是两年以后去葡萄牙这个遥远的国家；大二时到澳门学习葡语，让我离欧罗巴的边缘更近了一步；大三时我终于来到了梦想升起的地方，并开始了整整一年在欧罗巴的

游历；大四时我返回北语，走出梦境，整理心情。上帝巧妙的安排给了我深入实际的语言环境学习葡语，了解欧洲文化的机会，也让我有幸去到不同国度和城市行走，还让我更加贴近环游世界的梦想。

当初被葡语专业录取的时候，我的心里多少有些忐忑和犹豫，因为我一年后毕竟要第一次长时间离开北京，离开家，离开我熟悉的朋友们，背负着梦想的行李，去追寻一个全新又陌生的世界。然而现在再回想起来那两年里发生的一切，我却觉得太值得了！

生命中，总有些相遇，能够改变你的一生，与北语相遇，与欧洲相遇，与美好的你们相遇，都成为了我青春中最耀眼的瞬间。大学毕业后离校不足半个月，在我满怀感慨的时候，让我来完成早在大三时就应该完成的梦想吧。

回忆是一只断了线的风筝，它总是四处飘摇。那些值得留恋的弥足珍贵的往事，深深地刻入了生命的每一个角落。风在舞动，雨在流浪，风潇潇雨靡靡中独自守望，用一份亘古的怀念装饰失落的遗忘，遗忘了泪水，遗忘了忧伤。终会飘落，终会消逝，却不会忘怀。

回忆是一朵花，为曾经的美好和忧伤花开花落，凋零的是似水的光华，绽放的是青春的诗性。天地悠悠，光阴交织，回忆在沉默的时光里滴滴答答流沙，一程又一程，静静流淌，不着一丝痕迹。却在生命的某个转角处，浮现出我们如花的笑靥。

岁月易老，青春易逝，生命演映着流年，豆蔻年华张扬着创意和绚丽，些许惆怅，些许浪漫，些许惊悸。敞开心扉，任它自由飘摇，让那些已经逝去的美好时光尽情回放……

第一章

葡萄牙 我心飞翔

从澳门到葡萄牙

　　澳门与葡萄牙之间，有着悠长的历史渊源。在过去的 400 多年间，葡萄牙人以各种方式逐步统治了澳门，直到 1999 年澳门才正式回归祖国。但是这样的历史沿革却造就了澳门独特的城市和社会风貌。澳门一直在中国与葡萄牙乃至欧洲其他国家的经济和文化往来中扮演着重要的角色。澳门是国际自由港，是中西多元文化的融合体，也是世界四大赌城之一，更是全球最富裕的地区之一。虽然如今会说葡语的澳门人已经很少了，但是葡语依旧是澳门的官方语言，我们在正式的法律文件和形形色色的路牌标识上依然可以看到葡语。作为一个专业学葡语的学生，应当充分了解澳门的历史文化，这对于去葡萄牙留学是很必要的铺垫和过渡。

◇依然带有葡文标识的路牌 - - - 葡文书局

　　在澳门的生活，新鲜而有趣。曾经连炉火都不知道怎么打着的我居然会自己做饭了，而这里并没有人教我。肉末烧茄子、麻婆豆腐、辣椒炒鸡蛋、大炖汤都成了我的拿手好菜。不过，早有耳闻，南方没有暖气的冬天冷得刺骨，在澳门学习的那一年中我终于亲身体会到了，那不是低温的冷，而是湿冷的冷，钻心的冷，冷得我整夜手脚冰凉睡不着觉，冷得衣裳都不得不"臭美"——一件衣裳洗了多日还没晾干就臭了，重新洗后多日没晾干就又臭了。房间里的木地板湿得能长蘑菇。总结下来就是连日阴雨＋没有暖气＋衣服潮湿＋拖鞋不干＋冰冷刺骨＋全身僵硬＝生活困窘思维迟滞。但我还是很快乐，拱北关闸，华润万家，新马路，威尼斯人，银河影院，金玉满堂，都印满了我的足迹，那是我游学的痕迹，也是我成长的印记。

　　澳门这一年的经历，让我更加向往下一年度即将在葡萄牙发生的种种可能，我对于未知世界的憧憬，也更加强烈了。很多国人可能对葡萄牙了解是太不多，中学的历史课本，也只是在"新航路开辟"这一章里提到了葡萄牙。我也是在学习了葡语之后才慢慢开始了解葡萄牙的历史和文化。

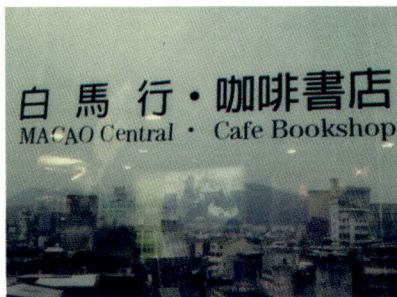

◇喜欢在下雨的周末一个人来这家咖啡书店

16 世纪时，葡萄牙在大航海时代中扮演着最活跃的角色，成为了重要的海上强国。全盛时期的葡萄牙甚至和西班牙共同签署了托尔德西里亚斯条约，意图瓜分世界。16 世纪到 18 世纪葡萄牙和西班牙成为了影响世界的最强大的全球性帝国。在现存的欧洲国家当中，葡萄牙是殖民历史最悠久的一国，从 1415 年攻占北非休达直到 1999 年澳门回归中国，葡萄牙的殖民活动长达六百年，曾统治过 53 个国家的部分领土。葡萄牙是世界上最先强大起来的国家，在近代西方历史上，葡萄牙是历史文化发源地之一。不曾想 1755 年的里斯本大地震及随之而来的火灾和海啸几乎将整个里斯本毁于一旦，同时也令葡萄牙的国力严重下降，殖民帝国从此走向衰落。

　　葡萄牙位于欧洲的伊比利亚半岛，在文字、艺术和建筑风格上都有着浓重的拉丁味道，同时也受到了天主教文化很深的影响。而葡萄牙语，是罗曼语族的一种语言，使用它的国家和地区包括葡萄牙、巴西、安哥拉、莫桑比克、东帝汶等 8 个国家和 4 个地区。全世界有 2 亿多人口使用葡萄牙语，是世界流行语种的第 6 位，仅次于汉语、英语、俄语、西班牙语和印地语。现如今的葡萄牙虽然经济相对落后，但依然有着深厚的历史文化底蕴。葡萄牙人热爱大自然，喜欢花草树木，他们生活节奏缓慢，心态积极乐观。

◇葡萄牙语分布图

　　在澳门的这一年中，我曾无数次地期待奔赴葡萄牙这个欧洲大陆西南尽头的神奇国度，欣赏大西洋波澜壮阔的景色，我想那一定是一种人行走于世间的绝妙体验。

◇在我的房间地板上肆意生长
　　的蘑菇

这个小镇叫做雷利亚

自认为是一个随遇而安的人，在离开一个熟悉的地方时，不会有太多太深的情绪变化，即使来到一个全新陌生的环境，也能很快地适应下来。在澳门的历练，更让我的自理能力提高了不少。而这一次在机场分别时，看到老爸盘桓在眼眶里的泪水后，我还是忍不住哭了。抛开一时的眷恋和不舍后，留下的是一颗懵懵懂懂的心，藏在弱小的身躯里，雀跃地跳动着，那是对未知的期待，也是暗涌而出的紧张感。

十几个小时的长途飞行，昼夜颠倒的时空穿越，让我头昏脑涨，疲惫不堪。但落地的那一刻，扑面而来的，是伊比利亚夹杂着丝丝寒意的空气，是南欧夜幕下的恬静和神秘，还有一个陌生国度呼之欲出的热情，这一切，似乎让我得到了一丝抚慰。

一天之内生物钟的混乱，让我无法入眠，在经历了辗转反侧的挣扎后，苏醒了的我终于看清了这个叫做雷利亚的小镇的模样。

雷利亚，是一个位于葡萄牙中部的小镇，更像是一个充满乡土风情的村落，你甚至都无法在百度中查到它的具体资料。而我是一个在大城市长大的女孩子，这样的社会形态，这样的生活环境，都是我不曾体验过的，不过我十分期待这份不一样的新生活。

◇雷利亚小镇一角，我们就住在这条小巷子里

我们居住在一个小小的 C 旅馆，它专门为学生提供长期住宿，房租不算贵，一个月只要 100 欧，只是电费要另外收取。我曾嘲笑一个学西语的高中同学，因为她在去巴塞罗那的第一晚，就把住所的水龙头拧下来了，却没想到我自己在到 C 旅馆的第一个晚上，竟然就把房间的门锁拧掉了。初次来到一个陌生的地方，总是会发生一些意想不到的事情，就像我从来都不知道自己有把门锁拧掉的本事，然而这并不会成为我快速进入别样生活状态的障碍。

C 旅馆有一个 E 老板，初次跟他打交道，就是为了门锁的事情。他热情，亲切，大方，眼神里透露着智慧的光芒。然而，日后的诸多事情让我深深地感受到我对他的第一印象是大错特错了。

我们的房间不大，两张床，一个内嵌式的卫生间，一台微波炉，一个高悬于空中会让你得颈椎病的电视机。我的室友当然是我大学期间最要好的朋友豆豆，美好的二人生活就这样开始了。可是我们却渐渐发现，坏掉的不仅仅是门锁，还有窗户，还有火炉，还有抽屉，还有热水器，无论是该坏的还是不该坏的原来全都是坏的。想用这个火炉把菜炒熟，没有铁杵磨成针的毅力和耐心还真做不到。热水器君就更加不友好了，每次只有 5 分钟的热水，5 分钟之后就要重新再烧 3 个小时。我们一次又一次的跟 E 老板反映这个问题，他从来都不以为然，于是，我们只有加快自己洗澡的速度，毕竟人在特殊情况下是能够被激发出一些不曾发掘的潜能的。冬天的时候，房间里多少有些阴冷，还好我们有暖气，神奇的是，这里的暖气竟然是从窗户里散发出热气，不知道是什么工作原理。享受过温暖之后，我们才发现电费爆表了。葡国的学生告诉我们这是被老板坑了，他们的电费比我们中国学生的电费少多了，我们的电表一定是被做手脚了。也曾有中国学生为此去找 E 老板协商，最终还是对油嘴滑舌的他毫无办法，于是我们只有自己尽量省着用电。

当然，在 C 旅馆的生活也不都是不尽如人意的，只是我暂时还没想起来在旅馆的设备方面有什么令人满意的，只记得 E 老板总是以各种莫名其妙的理由企图对我们进行罚款。作为外国人，总是难逃在异国他乡被欺负的命运。但我们几个亲密的小伙伴，总是可以一起吃饭，一起睡觉，一起写作业，于是那些无谓的不愉快早就被我们之间的欢声笑语冲散了。

雷利亚的地势高低不平，黑白相间的石子路拼凑成各种不规则的图案，仿佛在诉说着这个大航海时代叱咤风云的帝国的往昔岁月。我们的学校距离 C 旅馆有十五分钟的步行路程，去学校报到的第一天，我就在一个十字路口迷失了方向，但从此练就了走到哪儿，路就问到哪儿的本领。学校很小，只有两栋教学楼，其中一栋楼的一层大厅里有一台全自动的咖啡机，提供各种口味的咖啡。但是像我这种连喝完水果茶都难以入眠的人就没有享用的资格了，然而咖啡机却为成为了这所学校唯一小资的点缀。

雷利亚理工学院校门

▷ 小小的校园里其实也有不少精致的风景

　　学校的食堂每顿饭只提供两种选择，鱼或者肉，以致于我跟葡国朋友提及北语的食堂大楼有五层高的时候，她们惊讶地问我是不是一整层都是卖鱼的，一整层都是卖肉的。我不挑食，食堂的饭菜虽然经常不好吃，但是我都能够接受，除了奶油蘑菇。当恶心的蘑菇浇上散发着腥味的牛奶的时候，实在让人难以下咽。鳕鱼是葡萄牙的特产，葡国人喜欢把土豆泥和鳕鱼肉搅拌在一起，味道的确不错。葡国鸡也是葡萄牙的一大美味，更是我这种食肉动物的大爱。葡国人喜欢吃夹生的米饭，他们觉得这样才有嚼劲，于是我们只有入乡随俗，让我们的牙牙齿和肠胃受一点委屈。比较不能接受的是，他们永远只吃一种做法的青菜，那就是没有任何做法，淋上橄榄油直接生吃，没滋没味的，要是菜没洗干净还会拉肚子。还有清水煮土豆竟然是他们的主食，这也是我无法理解的。

食堂美味一览

　　说完了食堂的饭菜，来说说学校的老师和课程吧，毕竟这才学生最应该关注的事情。葡萄牙历史，葡萄牙文学，葡语写作，综合葡语，翻译理论与实践，还有一个没有一点意义的葡语教学法都是我们的必修课。也许是跟中国的教学方式有着太多的不同，我们总是觉得大部分葡国老师都没有好好教课，他们只是安排我们做各种各样的 presentation（课堂展示），然后他们只要坐在一旁听着就好了。当然也有例外，写作课的 Marta 老师每一次都非常认真的修改我们的作文，这让我非常感动。在这一年的课堂上，我们不停地在做着各种各样的 presentation，也不知道在这个过程中，葡语水平有了什么样的长进，我只知道在经历了文学考试中认作家人脸的考核之后，我就患上了脸盲症（觉得所有葡国人都长一个样）。

　　其实这一年对我来说从一开始就是本末倒置的一年，因为我把心思完全放在外出旅行上了，所以在课程学习这方面，我真的没有什么好说的，也就不多浪费笔墨了。

　　葡萄牙人的生活节奏真的很慢，他们常常会花整整一个下午的时间喝咖啡聊天，他们才不会为了赚钱而疲于奔命。周日他们一定会闭门休息。这样闲散淡然的生活状态其实正是我们需要学习的。奈何国内的生活压力太大了，想要像葡萄牙人一样活得自在洒脱，大概是不可能的吧。

　　雷利亚唯一的一处景点，是一座城堡，虽然这座颇有沧桑感的城堡足以让雷利亚人引以为豪，我却不得不说这座城堡有着"只可远观不可亵玩焉"的美感。当你登上城堡时，你看到的只是一些被风雨剥蚀的墙垣。然而当你站到远处眺望城堡的时候，在光晕的掩映下，城堡呈现出浑朴的色彩，影影绰绰地透露出古老又安详的面容，你甚至仿佛能听到它低声地诉说着属于它的故事。雷利亚的中心，就在城堡的脚下。对于这样一座小村庄来说，它的中心当然无法和大北京的西单王府井相提并论，一个长途车站，几家服装店，仅此而已，然而它却是我的蜗居之地，也是我出行以至玩遍欧罗巴的起始之地。

◁ 雷利亚小镇市中心

> 近看城堡

◁ 远观城堡

在雷利亚读书的这段时间，也发生过不少囧事，不过这不是泰囧，而是葡囧。南欧人非常喜欢晒太阳，对他们来说，阳光就是最好的营养，所以在他们的世界里，不存在阳伞这件物品，只有下雨天才会打雨伞，在大太阳下面打伞的人，可能就是神经病，而我就是他们眼里的神经病。但是我真的很怕晒，怕晒黑，也怕晒伤，我总觉得我会像雪糕一样被烈日融化，所以我从不顾及他们异样的眼光，继续我行我素，在这样的历练中，我的脸皮又厚了一寸。在雷利亚整座小镇里，好像就我一个人打阳伞，他们当地人没有报警把我送去精神病院，已经算手下留情了吧。

听说葡萄牙还有不少日本人，虽然我从来都没见到过（除了游客），可是我却一再被当地人认成日本人。其实这是正常现象，因为我也分不清欧洲每个国家的人的长相，可是如果中国人也把我认成日本人，就真的有点离奇了。有一天傍晚，我在散步的时候经过一家以前没转过的商店，就走进去看了看，商店的老板娘是中国人，里面卖的也都是中国的东西，可是老板娘却用一种怪异的眼神盯着我看，在我付钱的时候，她小心翼翼的问我："是中国人吗？是中国人还是日本人？"原来这就是她怪异眼神背后掩藏的疑惑。她说我有点像日本人，因为日本人比较时尚，好吧，就当她是夸奖我吧。当然也有葡萄牙人问过我如何区分中国人和日本人，而我的回答是，长得好看的是中国人。毋庸置疑，大中国绝对是亚洲天然颜值最高的国家，没有之一。

其实在雷利亚生活的中国人很少，除了我们这些留学生，就是那些开中餐馆或者开中国商城的人。中餐馆的存在为我们乏味的饮食增添了一丝久违的亲切感和熟悉感。

虽然我们都是专业的葡语学生，但是大一大二期间，并没有置身于如此真切的语言环境，所以刚开始跟葡国人交流时，还是会遇到小障碍，也闹过一些小笑话。比如我去营业厅充话费，不知道充值怎么说，只好用一种生硬的表达，说我的手机里没钱了。比如我去药店买面膜，不知道面膜怎么说，只好给店员画了一个。比如我在买饮料的时候想跟店员说不放冰，结果说成了不放冰激凌······但正是这些一次又一次的口误促成了我口语水平的提高，可见语言环境对于学习语言有多么重要。

我从中国的首都来到了葡萄牙这样一个偏远国度的乡下，又从这里一次次踏上我的欧罗巴之旅。在这里我终日沉浸在我自己的文艺小世界里，整日畅想着我还要去哪儿玩儿，去玩儿遍葡萄牙，去玩儿遍欧罗巴。

▷ 小镇宁静的午后

古典的，现代的

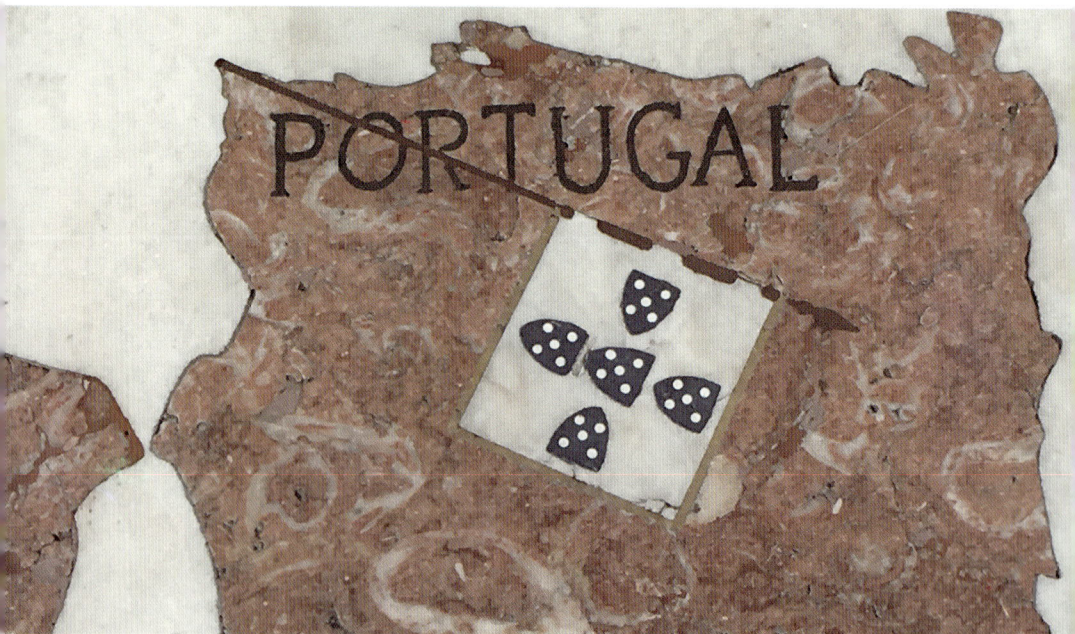

PORTUGAL

　　里斯本是葡萄牙最著名的城市，跟随国内旅行社西葡游的旅客，肯定要来里斯本游玩。毕竟是首都，里斯本要比雷利亚繁华现代得多，我对它的好感度也要高很多。只可惜里斯本距离雷利亚有两个小时的车程，每次来这里都是为了坐飞机去其他国家，真正在这里逗留的时间其实并不多。第一次在里斯本观光，我们把大一的课文中提到的景点都去了一遍：位于大西洋沿岸的贝伦塔，塔前的热罗尼姆修道院，特茹河畔的大航海纪念碑，还有巍然矗立在河上的 425 大桥。

　　贝伦塔在历史上是为了守卫古司、阻止敌人入侵而建造的，它曾被用作海关、电报站、灯塔，甚至是监狱，它见证了葡萄牙曾经的光辉岁月，也阅尽了世间的变迁，历史的演进都刻画在了塔身上的浮雕中。耸立在里斯本港口的贝伦塔是里斯本的地标，也是葡萄牙的象征。但作为游客，只要在贝伦塔的外面观赏就足矣了，千万不要浪费门票钱进到塔里去，因为塔里闷热拥挤且什么都没有。

里面闷死人的贝伦塔
从不同的角度拍摄
竟然拍出了贝伦塔在陆地上和水面
上的两种效果

热罗尼姆修道院（大教堂），是葡萄牙全盛时期的建筑珍品。它于1501年开始修建，历时100年才最终建成，是葡萄牙最宏伟豪华的修道院。教堂在欧洲随处可见，而这座教堂却与众不同，因为它曾经见证了葡萄牙全部的兴衰历史。1755年，里斯本发生了罕见的大地震，整个城市毁于一旦，唯独这座教堂屹立不倒，因此，热罗尼姆修道院被笼罩上了神灵护佑的神秘色彩。葡萄牙大诗人贾梅士和大航海家达伽马就长眠于此。热罗尼姆修道院是由白色的花岗岩砌成的，高贵而圣洁，30对10米高的塔尖直指云霄，气势恢宏，彰显着葡萄牙人对自由的向往和对未知的渴求。

临近贝伦塔的大航海纪念碑，是我最喜欢的一个景观，它远看好似一个在巨浪中驰骋的大帆船，碑上航海家们的浮雕，再现了当年葡萄牙人周游世界，搏击风浪的英雄壮举。传说达伽马当年就是从此地启航，开拓了前往印度的新航路。而我们几个顽皮的小伙伴，在我的建议下，也模仿起浮雕上航海家们的姿态，在碑前合了张影。我自恋地认为这是本世纪最有内涵的影像，没有之一，因为这不仅仅是对航海家姿态简单的模仿，也是对历史的思考，对英雄的敬仰，对人生追求的表达。

> 001

> 002

△高贵圣洁的热罗尼姆修道院

▷ 修道院里的时光回廊

我们也是"航海英雄"

瓷砖做成的航海图

　　特茹河，可以说是里斯本的护城河，它无声无息的流淌着，淌过尘封的过往，流向未知的明天，贝伦塔和大航海纪念碑的倒影在水中随风摇曳，点点风帆镀着落日的余晖缓缓驶过，一切都是那么祥和静美。而425大桥是一座有故事的桥。1974年的4月25日，在葡萄牙爆发了康乃馨革命，勇敢的葡萄牙人民在这一天推翻了萨拉查的专制统治，后来，为了纪念这个自由民主斗争的伟大胜利，葡萄牙人将这座桥命名为425大桥。在阳光明媚的午后，特茹河畔，天空湛蓝如洗，水面与天空相接，梦幻的色彩撩动着心弦，阵阵微风令人心旷神怡。烟波浩淼，浮光掠影，亦真亦幻。静静地屹立在河面上的425大桥，像一道美丽的彩虹，安谧又壮观，迷蒙又灿烂，古雅又平和，它不声不响地捍卫着它的誓言，守护着这里的人们，却也仿佛在诉说着历史上动人的传说。一条河，一座桥，点缀了一个城池，一个属于自由的城池。

▷梦境一般的特茹河

◁ 特茹河畔停靠的小船

◁◁ 属于历史的 425 大桥

　　当然不能忘记大名鼎鼎的贝伦蛋挞店。在欧洲很少能见到商店门庭若市的场面，也就是在这个 1875 年就开张了的蛋挞老店门口，才有如此这般光景。

　　不过，请原谅我不是一个善于品尝美食的人，我竟然觉得这个老店做的最传统最正宗的蛋挞，不如中国的肯德基做的蛋挞好吃。但如果你来到里斯本，不来这家店品尝蛋挞，你基本上就是白来了。

□ 大名鼎鼎的贝伦蛋挞店

□ 新鲜出炉的蛋挞

里斯本最具特色最招牌的风景，还有行驶在蜿蜒狭窄的街道上的有轨电车，它沿着岁月的轨道，从古老驶向现代，从过去驶向未来，仿佛在一瞬之间就穿越了好几个世纪。电车咣当咣当的声响，悠然地敲击着老城区的寂静，它虽然已经陈旧，已然苍颜，却拥有永不褪色的魅力。憧憬未来与怀念过往从来都不是矛盾的，而里斯本的有轨电车，就将过去和未来巧妙地联结了起来，它就像是一位威仪的老者，虽然与当下流行的时尚格格不入，却永远散发着生命的气息。

▷小巷子里的有轨电车

▷里斯本特有的升降机

▷在夜色中哐当哐当的有轨电车

　　里斯本就是这样一个融合了古典与现代，传统与流行，自然与人文的城市，她既是一座古都，也是一座新城。她是葡萄牙最繁盛的一座城市，她是葡萄牙的政治中心，经济中心，旅游中心。她温文尔雅，魅力内敛，她从不张扬，从不浮华，却把时光的遗珠一一珍藏。她日日繁花，夜夜笙歌，却又超然于红尘之外。所有的兴盛，所有的落寞，都被她默默沉淀。在历史的长河中，她不断地变幻出新的色彩，呈现出新的面容，静待世人，来揭开她永恒而神秘的面纱。

▷ 情韵幽幽 – 里斯本市容组图

海始于此陆止于斯

辛特拉是里斯本北郊的一座小镇，欧洲大陆最西端的罗卡角，就在辛特拉镇。罗卡角位于北纬 38 度 47 分，西经 9 度 30 分，再向西一步，就是浩瀚无边的大西洋。葡萄牙人在罗卡角的山崖上建了一座灯塔和一个面向大西洋的十字架，十字架上刻着葡萄牙大诗人贾梅士不朽的名句"Onde a terra acaba e o mar começa"（海始于此，陆止于斯），罗卡角就是欧洲的天涯海角。

贾梅士的名句

　　既然是欧洲大陆的最西端，既然是最值得期待的美景，对于我们这几个笨蛋来说，不经历一些周折，是无法轻易抵达的。我们从里斯本的市中心出发，坐了 40 分钟的火车之后，来到了辛特拉。作为专门的旅游景点，辛特拉提供不同目的地的旅游大巴。不知道是上错了大巴，还是没有在该下车的地方下车，我们竟然在 40 多分钟的颠簸之后又回到了原点，于是只好再重新出发。

　　车上没有空调，又闷又热，路途并不平坦，车子晃晃悠悠地行驶着，我开始觉得头晕，恶心。大概是因为上一次去里斯本的时候被冻坏了，这一次我把毛衣风衣全都穿上了，然后在车上又被热的够呛。是的，我就是这样一个悲催地永远都穿不对衣服的人。寒冷的时候我一定穿得很少，经受过刺骨的寒风之后，我一定在下一次出行的时候多穿很多衣服，然而这一次却一定是骄阳似火的热天气，没办法，我就只得把厚厚的衣服一件件地脱掉，然后再抱在怀里。

　　然后然后，终于，在我即将呕吐出来的时候，我们到达了罗卡角。吉米说过，我们总在最深的绝望里，看到最美的风景。晕车当然称不上是最深的绝望，但是下车后映入我眼帘的风景，绝对称得上是全世界最美的风景。

要怎么形容呢？真的太美了，太壮观了，太惊艳了。低垂的白云，蔚蓝的海洋，红色的灯塔，绿色的植被，灰色的墓碑，交相辉映。当你见到了碧水蓝波中泛着朵朵白色浪花的大西洋，当你置身于天地之间感受波澜壮阔的海洋旋律，当海天连为一线被暖暖的阳光笼罩住的时候，你的心中就会充满无限的祥和，欢喜，自在。这里绝对是全葡萄牙最值得去的地方，没有之一。

▽
▽

▷罗卡角的无限风光

　　看着海边一片一片的树林，我想起高中地理课上学过地中海气候的典型植被是亚热带常绿硬叶林，我似有所悟，在这里见到的叶子应该就是书中所说的硬叶吧。

▷我将此图命名为"少女和灯塔"

从罗卡角向东十几公里，就是葡萄牙的第三大城市卡斯卡伊斯。卡斯卡伊斯海滩，是葡萄牙著名的海滩之一。这里曾经是一个小渔村，现在却成了葡萄牙重要的港口。我们抵达的时候，天色已渐渐暗淡，残阳落在海滩上，梦幻的房子勾画出金色的轮廓，几条渔船归航了，在落潮的海面上划出深深浅浅的波纹。孩子们依然在沙滩上奔跑着，湛蓝的海水被晚霞染成了耀眼的橙红色，熠熠生辉。远方，天际，海鸥盘旋海面，翅膀擦过云朵，乘着黄昏的微风飞走了，我们也踏上了归程。

◇迷蒙的卡斯卡伊斯海滩

辛特拉好玩儿的地方还有很多。它是一片充满浪漫情怀的地方，给我留下最深印象的还有佩纳宫。佩纳宫既是宫殿，也是城堡，它汇集了哥德式、摩尔式、文艺复兴式等多重的建筑风格，是葡萄牙女王玛丽雅二世的丈夫费迪南德的呕心之作，宫殿的设计十分繁缛复杂，粉红色的塔楼，黄色的圆顶城堡，白色的城墙，灰色的吊桥组成了整座宫殿，色彩绚丽而奇幻，就像童话故事中的城堡一般。宫殿内富丽堂皇，浮华奢靡。整个宫殿被起伏的山峦和茂密的树木环绕。细雨霏霏，雾气迷蒙，白茫茫的云雾就像顽皮的精灵，笼罩了古老的城堡，潇潇烟雨中，城堡闪烁着晶莹的色泽，简直像个仙境。

◇鸟落下来我坐下来

我曾两次来到辛特拉，第一次只参观了佩纳宫，第二次又专程去了罗卡角，但我依然觉得如此这般空气清亮，风光旖旎的地方，来多少次都不为过。

◇宫殿里的天花板

◇城镇中的小花吸引了我的目光

◇充满少女心的人还要和海边的旋转木马合影

◇掩映在山峦里的佩纳宫

◇文艺青年在火车上的自拍

◇宫殿一角的雕塑，狰狞的样子把我吓得不轻

弥漫的法多

　　科英布拉是葡萄牙当之无愧的文化首都，整个城市上空都弥漫着文明的气息，葡萄牙最负盛名的高等学府科英布拉大学就坐落在这里。学葡语更是要来科英布拉，因为葡萄牙语就发源于此。

　　葡萄牙每个著名的城市，都有一条河流环绕全城她川流不息。环绕着科英布拉的这条河，叫做蒙德哥。比起里斯本的特茹河，它更低调，更内敛。它并不壮观，并不奔腾，却悄然装点了整座城市。每当夜幕降临，灯火阑珊，河流沿岸的景致就愈发地迷人。科英布拉的夜色，美得让人心醉，美得让人沉迷，美得让人窒息，河水在远处灯火的映照下晃动着绚烂的光彩，宁静得仿佛能听见自己的心语和脉动，却让人丝毫不觉得寂寞。

我仿佛看到一位身着黑色礼服的学者，手捧书卷，在河边闲庭信步，浅吟低唱。对岸星罗棋布的房子忽隐忽现，渐渐隐没在夜色中，我的心也不知不觉地融入了这动人的夜色。

◇夕阳下的科英布拉

　　科英布拉大学，始建于 1290 年，是世界上最古老的大学之一，我原先曾想过来这里读研究生，但因为大学毕业后顺利找到了工作，这一想法自然被搁置了。校园虽然不大，但是每一寸土地上都有历史的印记。在此之前，我从未到过一所如此有古典韵味的大学。科英布拉大学里的教学楼，与其说它是教学楼，不如说它更像是教堂。楼体上的每一片砌砖，每一处雕刻，都有着特殊的寓意。这所大学对我来说有太多的秘密，太多的未知，但我却能感知到它饱经世事落尽繁华后的淡然平和，以及阅尽

◇科英布拉大学校门

岁月沧桑后所积淀下来的丰厚历史内涵。

　　教学楼内的墙壁上贴满了形形色色的标语，学生们在这里有自由发表言论的权力。教室依然保留了文艺复兴时期的风格，让学生在追求真知的同时不忘已逝的往昔。

◇古雅的校园

　　校园里还屹立了一座国王若昂三世的雕像，我并不是一个对历史特别感兴趣的人，但是若昂三世的故事我却知道不少，在一次历史的 presentation 中，我讲的就是他的故事。还记得当时我举了若昂三世做的一些错事的例子后就说他是一个愚蠢的人，遭到了历史老师的强烈反驳。若昂三世确实不是一个愚蠢的人，虽然他做过一些愚蠢的事情。但是如今他的雕像依然能够傲然屹立在科英布拉的校园里，说明他在葡萄牙的历史上是一位重要的人物。在若昂三世在位期间，葡萄牙人开始到澳门定居，巴西的殖民化开始发展，他还在 1537 年将数度易址的里斯本大学永久性地迁到了科英布拉，改革了葡萄牙的教育体制，促进了葡萄牙的教育事业。他更是推动了葡萄牙的经济、科技、社会和文艺的发展。站在他的脚下，我显得格外渺小，且让我感知一下国王的威严吧。科英布拉大学里的图书馆，是整个校园里最醒目的建筑物，也是欧洲最古老的图书馆之一。它是典型的巴洛克式建筑，外形古典而浪漫，墙体上遍布精致的雕刻，室内金碧辉煌，空间立体感强烈，气势宏大，美轮美奂。同时馆内又藏书无数，书香浓郁。我们去参观的时候，碰巧赶上一对新人结婚，相信他们是热爱学术且复古理性的人，在这里，他们得到的不仅是亲朋的祝福，还有不朽的文化和永恒的历史的守护。

◇高高的钟楼上飘扬着葡萄牙的国旗

▷ 图书馆大门

>>>>>

▷ 其实图书馆里是禁止拍照的

◇在图书馆里举办婚礼的新人

◇在图书馆后面的花丛是拍照的绝佳地点

◇公园里的小叶子，也是本人最满意的摄影作品

　　科英布拉大学的旁边，有一个不知道叫什么名字的公园，公园里绿树成荫。想不到在充斥着学术气息的大学旁竟会有这样一片空旷唯美的园林。牵着小伙伴的手，带着一颗无暇的心，漫步在花木深深的公园里，让喜乐在眼眸里凝结。这里没有城市中的喧嚣和聒噪，有的只是大自然的纯净和和澄明。温柔的风涤荡着心中的尘埃，旅途中所有的疲惫都已荡然无存。人生在世，只想全身心地投入这一片浓浓的绿色。

◇公园中的林荫大道

　　在大学的不远处，还有一个微缩公园，这里浓缩了葡萄牙所有有特色的建筑物，小巧可爱的教堂和大学的建筑尤其讨人

喜欢，如果没有更多的时间去——参观真实的景点，在这里你
便可以将整个葡萄牙一览无余。

◇浓缩与微缩

◇微缩公园里可爱的小建筑

▷ 微缩公园里可爱的小建筑

科英布拉大学的旁边，有一个不知道叫什么名字的公园，公园里绿树成荫。想不到在充斥着学术气息的大学旁竟会有这样一片空旷唯美的园林。牵着小伙伴的手，带着一颗无暇的心，漫步在花木深深的公园里，让喜乐在眼眸里凝结。这里没有城市中的喧嚣和聒噪，有的只是大自然的纯净和和澄明。温柔的风涤荡着心中的尘埃，旅途中所有的疲惫都已荡然无存。人生在世，只想全身心地投入这一片浓浓的绿色。

◇公园中的林荫大道

在大学的不远处，还有一个微缩公园，这里浓缩了葡萄牙所有有特色的建筑物，小巧可爱的教堂和大学的建筑尤其讨人

喜欢，如果没有更多的时间去一一参观真实的景点，在这里你
便可以将整个葡萄牙一览无余。

◇浓缩与微缩

/////////////// 公园里的小灯

▷ 微缩版的人物

▷ 大我和小窗

▷ 黑与白

///////////////// 就连食物和乐器也是微缩的

说到葡萄牙的文化，当然不能不提"法多"。法多是葡萄牙传统民谣，又叫欧洲蓝调，被认为是葡萄牙的音乐灵魂，有150年的历史。在葡萄牙，法多婉转的旋律总是飘荡在酒馆中，咖啡厅中，飘荡在街头巷尾，河边花间。

法多其实是"命运"的意思，诗意的歌词是它的精髓。在暮色苍茫的夜色中，聆听哀婉悲伤的轻音乐，是否太过凄凉？在万籁俱寂的黑夜里，谛听狂野张扬的摇滚乐，又是否太过刺激？而法多就是一种既不会太凄凉，也不会太刺激的音乐，它悠扬绵长的旋律中蕴含着甜蜜和忧伤，总是能够给百无聊赖的耳朵一个换季的机会。

对于普罗大众来说，古典音乐往往是高深莫测难以共鸣的。让一个很少感受古典音乐的人正襟危坐听一个小时绝非一件易事。然而法多作为最典型的葡萄牙古典音乐，却绝不艰深晦涩，反而悦耳动听，经典与流行、高雅与通俗在其中达到了绝佳的融合，洗耳聆听，总能感受到它沉郁内敛中的千回百转和绝世风情，典雅浪漫的格调使其有别于司空见惯的古典音乐，同时还丰富了葡萄牙文化的宝藏。

而这一切，又与科英布拉有着什么关联呢？虽然里斯本才是法多之城，但是科英布拉的法多却独树一帜别具特色，它通常由身穿学士服的男学生来演唱，青春的韶光，校园的记忆，美好的爱恋都是法多最好的素材。每年五月的燃带节上，学生都会为庆祝毕业告别校园演唱法多。法多是刚毅顽强的大航海帝国柔情似水的另一面，它是葡萄牙人灵魂深处最真挚深情的呼唤，最美丽动听的表白，也是葡萄牙人的身份和葡萄牙传统文化的标志。

◇演奏法多的吉他

比起里斯本，科英布拉更有文化底蕴，更有历史厚重感，你在空气中仿佛都能嗅到它在沉茫历史中散发出的气息，你会感觉整个人都被这强烈的气息包裹了，让你不自觉地融入其中，好像顷刻就能穿越回几百年前。也许这就是这座古城的魔力吧。

▷ 在科英布拉大学门口演唱的学生

▷会当凌绝顶，一览科城小

你可以是第七位国王

波尔图面向大西洋，是葡萄牙北部的经济中心和港口城市，也是葡萄牙的第二大城市，波尔图距离我们所在的小镇雷利亚有着将近 3 个小时的车程。当然，也可以选择坐飞机去波尔图，只不过，我们需要先坐两个小时的车来到里斯本，然后再从里斯本坐飞机去波尔图。这显然是一种神经病的做法，但如果我有多到花不完的钱，闲到无所适从的心，我或许可以选择采取这种方式去波尔图。

波尔图不是首都，也不是文化名城，除了拥有一支同名的足球俱乐部外，再没有什么特别的头衔，但它却是葡萄牙最值得去的城市。在其他的章节中我可能对其他的城市也说过同样的话，不过，说过也罢，因为葡萄牙的每一座城市都有不同的特色不同的景致，都值得你专程前往，倾心观赏。

▷ 波尔图迷人的秋天

　　就像里斯本的特茹河一样，波尔图也拥有属于它的杜罗河。我曾两次漫步杜罗河畔，一次是晴天，一次是雨天。杜罗河就像是一位浓妆淡抹总相宜的美女，晴天是金色的浓妆，雨天是浅色的淡妆。晴天的时候，骄阳覆盖着大地，水面反射出橘红色的光影，河中停靠着几只棕色的小船，船上挂着红绿相间的葡萄牙国旗，远处的房子颜色鲜亮，星星点点的金黄色与倾泻而下的阳光融汇成一片金黄的光色，全然是一个油画中的世界。雨天的时候，天空灰蒙蒙的，河水的颜色也暗淡下来，河风吹着小船，小船左右摇摆，细雨打向水面，水面泛起涟漪。漫漫烟雨中，远处的房子已不再清晰，河边空寂无人，只有零星几个卖纪念品的小贩依然还在坚守着。无论是晴天的娇艳梦幻还是雨天的阴郁迷离，杜罗河畔的风光都有着动人心魄的魅力。

△晴天的杜罗河

△阴天的杜罗河

△河对岸鳞次栉比的房屋

△ 河边卖画的小商贩

对了，我们在从酒店去往杜罗河的路上，好像走了相反的方向，绕来绕去，感觉离终点越来越远了。但是热情的葡萄牙人会不厌其烦地为我们指路，就算我们不要求，他们也会说三遍，甚至还会在我下楼梯的时候用非常蹩脚的英语跟我说"Lady，be careful"，并以此来提醒我鞋带开了。

杜罗河畔有很多餐厅，周六那天，我们在看过菜单并比对过价格之后，选择了一家看似菜肴合口价格合适的餐厅。这家餐厅的服务员长得很帅，有一点像彭于晏，他一见到我们就兴奋地说"Chinese？Japanese？Korean？"通常欧洲人在看到亚洲人之后基本就锁定这三种国籍，但是具体是哪一种，他们无从确定，于是我就这样一次又一次地被误认成日本人，还好这个帅哥服务员在妄加判断之前，先进行了询问。

餐厅里的光线有些昏暗，似乎是他们刻意安排成这样的。墙壁上镶嵌着各种各样的钱币，别具一格且暗示客人应该给小费，平心而论，这倒是个不错的设计。我不是吃货，但是我到现在都记得那家餐厅的烤鸡的确很好吃，帅哥的服务也十分周到，只可惜，我没记住这家店的名字。最后，豆豆给了帅哥一个人民币的钢蹦做小费，虽然这个钱他不能花，但却可以为墙壁增添一个新的装饰。周日那天，我们还想来这里吃饭，可是他们关门谢幕了。更可惜的是，我忘记给这家餐厅拍照了。

　　哎呀，忘记介绍葡餐的用餐步骤了。如果我没记错的话，正确的用餐顺序应该是面包沙拉——大鱼大肉——汤——最后是甜点。餐里的汤和我们在中国喝到的汤完全不一样，它非常的粘稠，通常是黄色的。甜点有果冻、水果沙拉、蛋糕、布丁，还有吃一口就能齁死人的巧克力慕斯。不过我从来都不会这么讲究，也不分这么多步骤，给我肉吃我就心满意足了。葡萄牙还有一种叫做bica的咖啡，盛bica的杯子只有一般的咖啡杯的四分之一的大小，因为这种咖啡非常浓，非常苦，我记得我在加了整整一包糖之后，品尝了一小口，还是觉得苦得受不了，然后那天晚上，我就夜不能寐了。

△本人省略了葡餐诸多步骤之后的简餐

似乎有点跑题了，波尔图好玩儿的地方还有很多呢。杜罗河上一共有6座桥，其中最壮观的一座，叫路易一世大桥，是欧洲最大的拱形桥之一，拱桥的造型与巴黎埃菲尔铁塔的底层十分接近，因而就像是横卧在杜罗河上的埃菲尔铁塔。但铁桥缥缈而灵动，丝毫不会因为钢铁黑漆漆的颜色而让人觉得沉闷。

◇多种多样的软木制品

和法国的波尔多一样，波尔图也盛产红酒，而且竟然还是葡萄牙的酒都。杜罗河畔就有一个绵延数里的古老大酒窖，里面有专业的解说员为游客讲解红酒的酿造过程，还可以让游客免费品尝波尔图最美味的红酒。尽管我是个滴酒不沾的人，但是一进入酒窖，我就已经醉意朦胧了。葡萄牙最大的特产软木，也跟红酒有关，就是红酒瓶子上的软木塞子，当然不只是酒瓶塞子，还有软木包，软木鞋，以及各种软木制品，这些都是正宗的葡萄牙制造，只是价格不菲。

波尔图是一座非常有情调的城市，以至于整体城市的架构都是小资的。波尔图的街道狭窄而蜿蜒，没有喧嚣嘈杂的车水马龙，到处都洋溢着诗意气息的小情小调。在这里，吃着最美味的冰激凌，看远处的光影忽隐忽现，看河里的小船帆起帆落，看头顶的路易大桥上车来车往，看黄昏的灯火乍明乍暗，一切的一切，都闪烁着浪漫的光芒。时不时地落下的淅淅沥沥的小雨，虽然莽撞地惊扰了我欣赏风光的心情，却将波尔图洗刷得更加清脱，别有一番风韵。

◇波尔图街景

不过地中海气候的雨，真的很任性很调皮，想下就下，下10分钟就停，过10分钟又下，你永远都摸不准它的规律。

　　波尔图的音乐厅，是波尔图市内重要的建筑代表，听说还是由荷兰著名设计师设计的，是 2001 年欧洲文化之都计划的一部分。但是，我和我的小伙伴们一致认为这个音乐厅设计得一点都不出色，不过就是一个普通的白色建筑。僧侣塔，大教堂，也是波尔图的重要景点，但也并未给我留下深刻的印象。

◇波尔图音乐厅

◇僧侣塔

◇彩霞里的波尔图

◇大雾中的波尔图

我只对水晶宫的小花园情有独钟，因为这个精致的小花园里有花有树，还有开屏的孔雀。我最喜欢和花花草草合影了，一看到开满花的树，我就会走上前摆一个自以为文艺的姿势，然后让蕾蕾帮我拍照。大爱蕾蕾拍的这张神似林黛玉的照片（请再一次允许我自恋一下）。沿着花园中的通幽曲径漫步，想象自己是个小公主，希望每一朵花都在我的生命里留下香韵。

是啊，每一朵花都有属于她自己的故事，每一个故事都伴随一段特别的记忆，虽然花儿终会凋零，而我心中的花园，却永远都是花团锦簇的春天。对水晶宫花园情有独钟，大概也是因为它的满园春色为我提供了一个跟花儿互动的机会吧。

△方黛玉捧花

波尔图有着她自己不食人间烟火的专属味道，她浪漫、旖旎、馥郁，她总是掩藏精锐，　但她由内而外的情调和气质却不由自主地展露无遗。波尔图的市旗上印有一行文字：悠久高贵，永远忠诚，战无不胜的波尔图市。这就是波尔图！这就是曾经诞生了六位葡萄牙国王的波尔图！很多来葡萄牙旅游的中国游客都没有专程来到这个北方的城市游览，以为到葡萄牙去过里斯本就足够了，因此我在这里衷心地建议各位放慢脚步，增加两天的时间，到波尔图好好看一看，因为她真的跟里斯本很不一样。

再见了波尔图，你的悠久高贵已经铭记在我的心里。

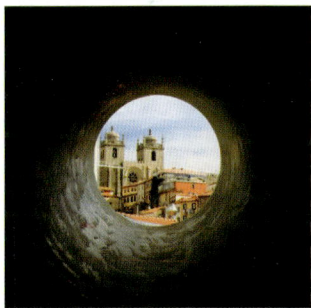

△管窥波尔图大教堂

阴天就去阳光海滩

来到葡萄牙之后，我每个周末都想出去玩儿，完全不能够按捺住内心对未知风光的向往。我真心觉得，好不容易出一趟远门，如果每天都窝在宿舍里写作业，而不多出去看看世界的话，真的就太浪费光阴了。但是周末只有短短两天时间，根本就去不了远处的城市和国家，于是就只好在附近寻觅好玩儿的地方了。Narazé 就在雷利亚周边，是一个位于葡萄牙中部的海滨小镇，坐车去只需要半个小时，真是周末的最佳去处。

Nazaré 曾经是一个古老的渔村，现在已经是葡萄牙著名的阳光海滩了。我们去 Nazaré 的那天，刚好是阴雨天，浑浊的大海让我想起了范仲淹的诗句"霪雨霏霏，连月不开，阴风怒号，浊浪排空"。沙滩除了我们一行四个小伙伴，就没有其他游客了。既然是阳光海滩，大多数人还是会选择大晴天来海滩沐浴阳光吧，但我恰恰喜欢这样的天气。没有刺眼的烈日，也不用担心皮肤被灼伤，还能够欣赏到大海的另一面。谁说只有碧蓝的大海才是迷人的，就算海天连为灰蒙蒙的一片，也依然有它的沉雄之美和朦胧之美。

Nazaré 的海滩十分干净，沙子白白的，又细又软，潮湿的海风轻拂脸颊，也带来了大海的味道。我们用手指在松软的沙子上写下各种字样，画出各种图形，将所有的烦恼都抛到了脑后，仿佛回到童年。海水携卷着白色的泡沫，一浪接着一浪，用力地涌向岸边。乌云之下，海水呈现出雄浑沉郁的颜色，更能够感受到茫茫海面那博大宽广的胸怀和顽强不屈的生命力。虽然它时而温柔，时而狂暴，时而低吟，时而呼啸，让人把握不住它的脉息，但它汹涌磅礴的气势，无边无际的景象，深不可测的海藏，永不停歇的搏动，总能动人心魄，引人入胜。

△曾经一度想选这张照片做书的封面

除了欣赏海景，品尝海鲜当然也是必不可少的，那天的我刚好特别想吃烤虾。海边的海鲜果然最为鲜美，虽然烤焦的鱿鱼并不好吃。

午饭过后，暖阳缓缓爬上了天空，沙滩也随之变成了金黄色。我们买了一个足球，在天然的沙滩足球场上玩儿起了传球游戏。记得那天我发挥得还不错，记得一条大狗的出现把我吓坏了，记得豆豆踢了一鞋的沙子，记得那一次我们玩儿得很开心……

为了爱情，去奥比都斯

　　在一次精读课上，老师说有一个活动，上午去教葡萄牙小朋友说中文，下午就可以去奥比都斯旅游。我承认我报名的主要目的不只是教小朋友学中文，虽然我非常乐意也喜欢传播中国的语言文化，但是这一次我就是想去奥比都斯看一看。因为我早就在微博上列举的全球结婚圣地中看到过它。

　　奥比都斯是一座距离里斯本 100 多公里的北部小镇，为什么说奥比都斯是结婚圣地呢？当然是有典故的。起初，这里只是摩尔人的一个小村庄，后来葡萄牙人占领了这里，国王就把它当作生日礼物送给了王后，从此这里便成了王后的私产。到了 1444 年，葡萄牙国王阿方索五世在城里举行了盛大的婚礼，奥比都斯也因此成为了婚礼之城。这里梦幻又浪漫，鸟语又花香，诗情又画意，每年都有来自世界各地的新人慕名而来，让这座小镇见证他们的甜蜜与幸福。

　　奥比都斯完整保存了古代葡萄牙的建筑风格，虽然那时我还没有去过希腊，但是我真心觉得奥比都斯的建筑风格和浪漫气氛与希腊的圣托里尼岛有很多异曲同工的地方。奥比都斯小巧而精致，干净且安谧，街道上铺满了整齐的鹅卵石，白色的房子错落在小径的尽头。古老的城墙捍卫着这里的爱情誓言，尽管经过岁月的洗礼，城墙已经有些残破了，但这恰恰是奥比都斯的历史印记。小巷两旁林立的大树和娇艳的花朵将这里烘托得更加美轮美奂了。紫藤，橄榄，黄瓦，塔楼都是奥比都斯的情调符号。

奥比都斯只有区区 3000 人口，虽然它没有什么令人叹为观止的名胜古迹，也没有什么让人屏息忘言的绝美山水，但她的桃红柳绿，杏花梨云，古雅屋宇，沉穆城墙足以让你目迷神醉，驻足冥想，乐不思蜀，流连忘返。整个小城中都弥漫着一种特别的味道，它不是你可以用照相机记录下来带走的东西，但它却会一直萦绕在你的心头，久久挥之不去。

◇精巧可爱的小巷

◇ Ginia，葡萄牙特产的樱桃酒，酒香充盈着整条小巷

　　曾经，现在，不过一瞬，也许是上帝眨了一下眼，就让一切转换得如此奇妙。经历过几百年的蹉跎，奥比都斯依然保持着她最初的模样，就像一位略施粉黛盼望为国远征的夫君归来的女子一样，优雅，恬淡，任秋叶激荡思绪，任冬雪纷杂苦郁，任春风拂起憧憬，任夏花缀饰思念，却始终不变。奥比都斯就这样默默地守护着忠诚的恋人们，静静地祝愿着每一份美好的情缘，直到永远。

◇迷人又浪漫的田园风光

◇落英缤纷

◇鲜花装裱的窗户

密集恐惧症者慎入

　　教堂在欧洲几乎随处可见，哥特式的，拜占庭式的，巴洛克式的，洛可可式的，唯美的，浪漫的，精致的，简约的，每座教堂都有它别具一格之处，每座教堂都有它建造背后的故事。

　　在埃武拉，就有一座与死亡相关的人骨教堂，在来到这里之前，我无论如何都想不到人骨和骷髅可以拿来当作教堂里的装饰品。

　　埃武拉就像意大利的罗马一样，是一座历史古城，始建于罗马帝国统治时期，曾被先后被罗马人、西哥特人和摩尔人所占领，因此，罗马人的智慧，哥特式的精致和摩尔风格的华丽都在这里有所遗存。

　　埃武拉是葡萄牙南部的一座山丘之城，从雷利亚乘车来这里，需要整整 5 个小时。从地图上就可以看出来，葡萄牙是一个狭长的国家，总面积为 9.19 万平方公里。原以为在这样一个还不如中国一个省大的国家，去哪里都很容易快捷，但正是因为它南北纵向狭长，其贯穿南北的中央铁路就长达 700 多公里，所以从中北方前往南方，还是要费一些时间的。除了中央铁路之外，葡萄牙的长途大巴系统非常完善，花费 10 几欧，在空调车上睡几个小时，就可以抵达这个国度的另一端了。但是如果遇到车上有人随便脱鞋或者大声喧哗什么的，旅途就不会那么愉快了。

◇人骨教堂阴森的内景

　　人骨教堂的全名叫圣弗朗西斯科教堂，这座教堂将曼努埃尔式、哥特式和巴洛克式完美地结合，之所以称之为人骨教堂，是因为教堂的西厅从墙壁到柱子都是由真正的人骨堆砌而成的。相传14世纪的瘟疫和战争导致这片土地上的人们相继死亡，遍地都是尸骨，坟墓一下子增添了3万多个，后来在修建教堂的时候，人们决定干脆拿尸骨来装饰教堂，把它奉献给上帝。

　　还有一种说法，认为这些人骨均来自生前自愿的信徒。因为虔诚的天主教徒认为遍布骷髅的人骨教堂并不是一个恐怖的场所，而是一片圣洁之地，是教徒们祷告与上帝同在的地方。

我看到在教堂里，无论是烛台、天花板、墙壁、神坛，还是十字架，都是由各部位的人骨拼接而成的，头颅骨甚至都成为了天花板和柱子衔接处的点缀物。在入口的横梁上刻着一行文字：我们的尸骨在此等待你们的尸骨。在墙壁上的一个镜框里，镶嵌着一张发黄的古老羊皮纸，上面用葡萄牙文写着几句古诗：你要到哪里去，为何行色匆匆？停下脚步吧，不要再向前。仔细想想看，对于你而言，人生最重要，即是眼前之所见。在昏黄的灯光映照下，看着这一切，感觉阴森又恐怖，让人不寒而栗。这里总共有5000多具人骨，密密麻麻的尸骨应该是密集恐惧症者最大的禁忌，但却是亡者的天堂。

△在恐怖的人骨之外，
其实开放着娇艳的花朵

看海还是看球

逃离了人骨教堂的阴森和恐怖，我更加向往清爽怡人的自然风光了。既然已经南下了，既然已经坐了五个小时的大巴了，干脆向南到底吧，于是，我们又坐了两个小时的大巴，来到了阿尔布费拉。

那天在大巴上遇到了一个和蔼可亲的葡国阿姨，她看我们的眼神就像看自己的孩子一样。原来她儿子在上海留学，还交了一个中国女朋友，邹琳同学跟她聊得不亦乐乎，一旁地我渐渐退出她们的话题开始写我的新闻稿。当时正值巴西世界杯比赛期间，欣赏美景的同时刚好可以感受一下葡国人的看球气氛，而我还在做一份兼职，为腾讯体育做世界杯期间的葡萄牙和巴西方面的新闻编译工作，所以即便是在旅途中，我也不能停止翻译和写作。

阿尔布费拉是著名的旅游城市，位于地中海沿岸，隶属于阿尔加维大区。阿尔加维是葡萄牙最南部的一个大区，也是与巴西最有渊源的一片土地，因为它在两百年前曾与葡萄牙的其他地区和巴西共同组成葡萄牙 - - 巴西 - - 阿尔加维联合王国。1816 年，佩德罗王太子自称葡萄牙 - 巴西 - 阿尔加维联合王国王室亲王和巴西摄政王，开始统治葡萄牙殖民地巴西。

　　到达阿尔布费拉的时候，已经是晚上了，夜色笼罩了大海，但是市区里依然熙熙攘攘，不同于雷利亚的寂静、里斯本的现代、波尔图的小资、科英布拉的典雅，这里十分热闹，火树银花夜夜笙歌。果然是度假胜地，到处都是纪念品商店，到处都是酒吧夜店，但是这些都对我并无太多吸引力，我更关注葡萄牙民众对于世界杯的态度。第二天晚上，葡萄牙国家队就将迎来与美国队的对决。由于上一场比赛中，葡萄牙 0:4 惨败德国，因此这场比赛对于葡萄牙来说至关重要。

△阿尔布费拉的夜生活

　　在众多纪念品商店里，有一家是专门卖球衣的，我和邹琳一人买了一顶巴西队的帽子，因为巴西队的帽子颜色是最好看的。结账的时候，我问店员葡萄牙队能够成功出线吗，他叹了口气，摇了摇头，虽然希望很渺茫，但我还是希望可以跟他们一起见证葡萄牙的胜利。

我们戴着巴西队的帽子，在阿尔布费拉夜晚的喧嚣中大摇大摆地行走，在街上我们遇到了几个德国球迷，他们非要跟我们合影，不知道是出于什么心态。但我讨厌德国队，因为我支持的每一支队伍：葡萄牙、巴西、阿根廷都被德国队无情地淘汰了。然而我充其量只能算是个伪球迷，所以我始终保持着淡定和冷静。其实在做这份兼职之前，我真的是对足球一窍不通，连什么是乌龙球我都不知道，但我还一直自称是梅西的球迷，因为我的偶像是歌手苏醒，苏醒的偶像是梅西，所以我就顺理成章的爱屋及乌了。读到这里，你一定认为我是来阿尔布费拉看球的吧，但我真的是来这里看海的。

阿尔布费拉的海滩，是我去的第三个葡萄牙的海滩，也是最明媚、最耀眼、色彩最浓烈、最具人气的海滩。踩着脚下金光闪闪的沙子，遥望远处海市蜃楼般的礁岩，聆听一阵阵的海浪声呼啸而来，再喝几杯昂贵的饮料，这才叫度假。

　　海水在阳光的照射下呈现出不同的色彩，有时如翡翠般碧绿，有时如天空般湛蓝，色彩变幻如同水彩一般渲染开来，美得如梦如幻，美得炫目离奇，我仿佛沉浸在一片深邃的彩色中，无论天气阴郁或晴朗，无论海水湍急或和缓，这一片色彩永远保持着迷人的光芒。

△美味的海鲜饭

　　沙滩上插了一面很大的葡萄牙国旗，我戴着巴西队的帽子，跟这面葡萄牙国旗合了张影，以此来显示我是学葡萄牙语的。我们就这样悠哉悠哉地在海滩上待了一整天，吹着海风，看着海面，听着潮乐，喝着汽水。

　　既然图片已经展示在这里了，就借机介绍一下葡萄牙国旗吧。葡萄牙国旗上的红绿两色曾经旨在强调新国家的共和制与旧国家的君主制的不同，后来国旗被赋予了更多的思想内涵，绿色代表民族希望，红色代表为民族希望而献身的烈士的鲜血，而浑仪是葡萄牙在大航海时期的重要标志，盾则是代表葡萄牙历史上最主要且最古老的符号。个人认为葡萄牙国旗挺好看的，而且很有内涵和深意，也很有历史厚重感。

△头戴巴西队的帽子，手持葡萄牙国旗，这就是我鲜明的立场

　　虽然距离晚上的球赛还有好几个小时，市区里的各种酒吧却早早打出了实况转播的预告，希望借着球赛的机会多做些生意。他们在小黑板上写下葡萄牙 vs 美国，然后故意把葡萄牙写得特别特别大，把美国写得特别特别小，以此来表明他们与美国队一决高下的决心和气魄。

当夜幕再次降临的时候，市区里又喧闹起来了，整整一条街的电视上都在转播世界杯，在中国真的很难见到这样万人空巷一起看球的场面，除非中国队入围了世界杯总决赛，不过我觉得在我有生之年，恐怕是见不到这样的场景了。我们也坐了下来跟葡国人一起看球。其实葡国人在看球的时候是很文明的，没有人大喊大叫，也不会因为输球骂人，只是在最后 C 罗追平比分的进球时着实让他们激动了一下。比起看球，我觉得看他们看球更有意思。这一次，葡萄牙还是没有赢。球赛过后，感觉这个原本聒噪的城市一下子就安静了，如果说之前兴奋的人们像翻涌的大海，那么现在平静的人们就像柔和的沙滩。

虽说来阿尔布费拉本是来看海的，但是我后来却觉得跟葡国人一起看世界杯才是此行最特别的体验和经历。

△看球的人们

△饮料好不好喝不重要，造型一定要优美

△阿尔布费拉的海滩

我的最爱

这一节是葡萄牙部分的最后一节了，之所以把它放到最后来写，是因为这个地方是我的最爱，前面的都可以说是抛砖引玉，而压轴好戏，才要上演。

我们去马德拉的时候，正值狂欢节假期，但是假期只有三天而已。为了这次旅行，我还翘了一节翻译课，这似乎是我一年中翘掉的唯一一节必修课。我并不想表彰自己上课的出勤率，我只是觉得这节课翘得太值了，因为马德拉太美了，美到我差点就不想回去了。

对了，借此机会来介绍一下 TAP 吧。TAP 的全称是 TAP Air Portugal，也就是葡萄牙航空，虽然它不如法航和汉莎知名，但我却觉得是它是欧洲最棒的航空公司之一。当然，它的机票肯定要比廉价航空贵上不少。

为了省一点机票钱，我们如果要选择乘坐 TAP 的飞机，就需要乘坐最早的一班飞机。那么，在前一天晚上，我们就需要住到里斯本，然后在第二天早上，我们 6 点钟就要起床赶赴机场，开始又一次的奔波。我不认为旅行就是花钱遭罪，但是旅行中有时会有花钱遭罪的部分，还好我精力旺盛。去马德拉时，我们乘坐的就是当天 TAP 最早的从里斯本飞马德拉的航班，所以，我记得我刚到马德拉的时候，非常地困倦，但是马德拉的美景却让我瞬间苏醒了。

　　马德拉的机场，是世界上最危险的机场之一，因为它的周围都是高山和海洋，飞行跑道也比正常的飞行跑道短，安全降落对于经验丰富的老飞行员来说都是不小的考验，但是 TAP 航空的飞行员却降落得十分平稳，所以我说 TAP 航空是欧洲最棒的航空公司之一。

△葡航红绿相间的小飞机

　　马德拉是大西洋的非洲西海岸外上的一座百花岛，它距离非洲的摩洛哥海岸线只有 600 千米，但是，乘坐长途大巴是无法抵达马德拉岛的，飞机是唯一的交通方式。马德拉是欧洲人的旅游胜地，但是似乎很少有中国人来这里。现在只要有人问我葡萄牙哪里最好玩儿，我第一个就推荐马德拉。你可能不知道马德拉，但是你一定知道 C 罗，马德拉就是 C 罗的家乡。

我们四个小伙伴就像来这里度蜜月的一样，把未完成的作业，还有即将要做的 presentation 全都抛到脑后去了。反正在旅行面前，学习必须自觉让步，这就是我这种靠灵感学习的人跟学霸的本质区别。

我们订了两间五星级酒店的海景房，多少钱一晚实在想不起来了，就记得平摊之后一点都不贵。这家酒店叫做 Baía Azul，是一家比较旧的酒店，整个房间里就一个插座，wifi 也只有大堂才有。设施虽然落后于一般的五星级酒店，但是拉开窗帘，就可以看到实实在在的海景。小鸡还和邹琳去酒店的露天游泳池游泳了，听说她们被晒坏了。后来，我们找到一家中国商店，那三个小盆友一人买了一双人字拖，准备在海滩上穿，但是我没买，我也不记得我没买的原因了，倒不是因为我特立独行，大概是因为我觉得那些鞋都太丑了吧。然后我们随便找了一家餐厅，豆豆说她要喝橙汁，然后我们每个人都点了一杯橙汁，于是此后的每一顿饭，我们都要喝橙汁，因为马德拉的鲜榨橙汁，确实很好喝，一杯只要 3 欧，丝毫不比国内的贵，绝对是良心做的。

△在马德拉吃的第一顿午餐

　　说到这里，简单的介绍一下葡萄牙的物价情况吧，葡萄牙的物价，在欧洲基本算是最低的了，在外面吃一顿饭，大概 10 欧吧。不要下意识的就去换算成人民币，这是汇率的问题，不是物价的问题。当然葡萄牙也有一些贵得离谱的东西，但一般本地特产都会比较便宜，比如橄榄油。zara，mango 这些西班牙服装品牌，在葡萄牙也会卖得比较便宜。不瞒你说，我在欧洲买了不少 zara 的童装，我可以正常穿上他们根据 9-10 岁的孩子的体型定制的衣服，可见，欧洲人的骨架真的很大，也难怪他们会以为我只有 13 岁。再说汇率，我觉得我真的亏了好多，记得在葡萄牙期间，汇率最低的时候是 8.13，后来一路飙升，涨到了 8.6，而我一回国，汇率就开始暴跌，现在就只有 6 点几了。我数学不好，我算不清我亏了多少钱，有谁可以帮我算算。

吃饱喝足之后，我们就准备去海滩了。出乎意料的是，马德拉只有海，没有滩，大海周边都是水泥地，居然还有人赤裸着躺在水泥地上晒太阳。马德拉的海水是深蓝色的，就像一块平摊开的蓝宝石，明亮而通透，海水就像在海风的怀抱里睡着了一样，静静地荡漾着涟漪。浪花带走了所有的思念，沉浮的秘密终将被打捞，但是流浪的心却从未改变。

大海周围都是礁石，远方还有一块肯德基原味鸡形状的岩石（我知道这样的形容未免太过喜感，太破坏气氛，但是真的很像），海水无休止地冲刷和打磨，把它塑造成了如今的模样。它不能决定自己的命运，只能年复一年地矗立在大海中，恒久而顽强，却又不小心沦为了我的掌中玩物（如图所示）。

△被我玩弄鼓掌之间的岩石

　　马德拉不愧是大西洋中的百花岛，随处都可看到各种各样的花朵。大自然中有太多的美好，而我最喜欢的就是花朵。一花一世界，一树一菩提，光阴流转，四季轮回，每一朵花都有她的故事。有的花喜欢花团锦簇，有的花偏爱孤芳自赏。花儿的幸福就在于自由地绽放并带给人们美好的画面，然后默默凋零。每当繁花似锦花香四溢的时候，你就能够感受到她绝世的娇艳和绮丽；每当秋风送爽层林尽染的时候，她又会渐渐褪去华美的衣裳，捧出成熟的果实。邂逅一朵花的微笑，就像邂逅了整个春天，即便短暂，即使蓦然，芬芳却足以慰藉凄寂落寞的孤心。

　　马德拉群岛上的花朵，我全都叫不上名字，几乎都是从未见过的品种，但她们带给我的，是满眼的惊艳和满心的欢喜，于是我又开启了欢脱的拍照模式。每一朵花都让我欢欣雀跃。

原以为在路边看到的这些花就足够耀眼了，没想到那里还有一个更大的植物园，园里更是花色斑斓，落英缤纷。

△虽然这些花的名字我一个也叫不上来，可是我真的很喜欢她们

我总是觉得有花的地方，就有纯真和美好；有花的地方，

就是童话世界。微风载着梦想的蒲公英纷飞，洒下了爱的种子。一座白色的小桥托起了憧憬和希望，一片茂盛的大树下洋溢着爱的气息。小雨后的花瓣散落一地，就像玫瑰色的花毯。花苞中饱含想念小彩蝶破茧而出落在树丛中的小木屋里上。涓涓流淌的小溪旁摇曳着五颜六色的花朵，昆虫们在花丛中嬉笑玩耍。金色的树叶随风翻转。阳光带着爱的旗语，普照大地。真的太喜欢这里，马德拉大概上辈子拯救了银河系，这辈子才能滋养出如此绝无仅有的花的世界。

植物园里还有几只聪明的鹦鹉，不知道它们是高冷还是怕生，就是不对我们说话，于是我就骂了它们一句"Estúpido!"（笨蛋）。鹦鹉应该是被伤到自尊了，后来就不停地说着"Olá,bom dia"（你好，早上好）和"Tchau"（再见），没完没了，还发出爽朗到吓人的笑声。鹦鹉帅哥，请原谅我的冒失，谁叫你开始一直不跟我说话的！等我下次再来的时候，教你说中文作为补偿。

马德拉的居民很少，治安也很好，根本都不需要警察。空气清新，环境宜人，实在太适合养老。于是我们几个说好老了之后要来马德拉买别墅，钱都由邹琳出。有人说学葡语的要在非洲挣钱，在巴西享受，在葡萄牙养老，我就不必去非洲挣钱了，也不必去巴西享受了，交了土豪朋友可以直接去葡萄牙养老。感觉在这里生活，能活到 100 岁，每天出门就是大海，山峦就是天然的健身场，没有一点污染，没有一点喧嚣，没有一丝一毫纷扰。

△植物园里的小草房

马德拉简直就是碧海、蓝天、红花、青山的仙境，石阶组成的栈道盘旋在山腰上，形成了一道独特的风景。我们为了与大自然更亲密的接触，选择走栈道。我不记得栈道的具体长度了，只记得我们走了整整一下午，至少有 3 个小时吧。起初，我们会惊叹沿途的野花，会挑逗路过的野牛，会欣赏远方的梯田。可到后来，就只剩下不停地问："怎么还没到终点啊？"我是最失策的一个，因为我穿了一双鞋跟 5cm 高的靴子，我的书包带还在半路断掉了，严重影响了我远足的步履，不然的话，我一定是最能走的。

△马德拉的苍岩和大海

　　我觉得有一首歌特别适合在这个情境下听："almost heaven,west virginia,blue ridge mountains,shenandoah river,life is older than the trees,younger than the mountains,growin like a breeze,country roads take me home,to the place I belong"（在天堂般的西弗吉尼亚，有蓝岭山脉，雪纳杜河，那里生灵悠远，比树木更古老，比群山更年轻，如清风般成长，乡村之路带我回家，那里是我的归宿）。只不过需要把这里的 West Virginia（西弗吉尼亚）换成 Madeira（马德拉）。

　　在这青山绿水之间，还有一家小小的博物馆，那是 C 罗的私人博物馆，里面陈列了 C 罗从 8 岁开始至今荣膺的大大小小超过 125 个奖项的奖杯和奖状，还有根据 C 罗本人定制的蜡像。在 C 罗博物馆门口，我们见到了一个长相酷似 C 罗的人，原来是 C 罗的亲弟弟，他在这里为哥哥招揽生意，C 罗的忠实粉丝小鸡见到他之后激动得无法自持，可惜我只是梅西的"伪"球迷，不然我也可以癫狂一会儿。

　　之后的一天，我们决定土豪一把，包出租车游玩，一天花 200 欧的车费才叫青春，只不过青春一天之后就变穷酸。出租车司机是位老爷爷，他的眼球是黄色的，胡子是花白的，说话的时候总是吐泡泡，直视他的时候觉得有些恐怖，但他其实是个很不错的人，一路上都在为我们做各种讲解。对了，葡萄牙绝大部分的出租车司机都是老爷爷，不知道是什么原因，难道这也是这个国家的文化吗？

记得有一次我们刚上车，司机爷爷就问我们是不是日本人。我们告诉他我们是中国人，然后他又问我们是不是来自东京，我们就无语了。其实我可以理解他们分不清中国人和日本人，但是他竟然把东京当作中国的首都未免就太孤陋寡闻了。就像中国人可以不知道里斯本是葡萄牙的首都，但总不能认为巴黎是葡萄牙的首都吧。

还是言归正传吧。那天我们去了很多地方，但是我都不记得那些名字了，对于马德拉，除了美我已经想不出其他的形容词了。在地球上不同的一隅疲于奔命的我们，停下脚步发呆成了最奢侈的事。而在美景面前驻足凝神，却是最应该做的事情。美景从不在意你的出身、性别、年龄、职业，在美景面前，人人都是平等的，人人都有欣赏和感悟的权利，所以美景拥有这世间最博大无私的爱。

那天中午我们去吃饭的时候，司机爷爷就在外面等着我们，我怕饭后找不到他，就留了他的电话，并直接给他拨过去了。吃饭的时候，司机爷爷突然来电话，因为他看到了来自我的未接来电，他忘记了这是我在记他的手机号时拨过去的，所以他也不知道我是谁。我们的对话过程是这样的："Sim?"（喂）"Sim."（喂）"Está?"（在吗）"Estou."（在）"Quem é?"（你是谁）"Sou eu，"（是我呀），然后大家都笑了。我真不是故意卖萌，只是我当时没搞懂他打电话的意图。

△冷雨中的天然游泳池

在餐厅外面，有一片天然游泳池，其实它也是海面，海水的颜色像游泳池一样澄澈透亮，不染纤尘。终日往来于繁华的市景，整日忍受刺耳汽笛和汽车废气的我们，需要的也许正是大自然所给予的如此这般的心灵荡涤。只不过那天下着冷雨，再怎么样，我们也不至于在那种凄风冷雨的天气里去海里游泳吧。

大自然确实是鬼斧神工，而马德拉汇集了大自然中所有的美景，真的就是人间天堂。可是也有不尽如人意的地方：天然游泳池旁边有一个水族馆，参观过后我唯一的感受就是，中国的水族馆真的很大很赞，我想我的潜台词你们应该都懂了吧。

马德拉盛产香蕉，漫山遍野都是黄灿灿的香蕉树，但是我并没有看到猴子。带鱼也是马德拉的特产，而且马德拉是欧洲唯一产带鱼的地方。有一道著名的美食，就是香蕉烧带鱼，特别好吃，配上特制的鸡汤，觉得非常治愈，所以马德拉人一定特别长寿。

△香蕉烧带鱼

前面说了，我们去马德拉的时候，正值狂欢节，我们也有幸参与了当地的游行和狂欢。我的毕业论文就与狂欢节相关。狂欢节是基督教四旬斋前饮宴和狂欢的节日，盛行于欧美地区，化妆舞会、彩车游行、假面具和宴会都是狂欢节的特色，在盛大的化妆游行队伍中，魔鬼、天使、美女、妖仙、武士、达官、贵族、黑奴、囚犯、医生、男扮女装等各式各样千奇百怪的打扮令人眼花缭乱，绿野仙踪、冰雪奇缘、白雪公主、神鹰再世、天降奇兵应有尽有，将葡萄牙人热情奔放的民族性格淋漓尽致地表现了出来。我们站在人群的最后，看着一辆辆花车经过，花车上的人们脸上被涂抹得五颜六色的，他们身穿奇装异服载歌载舞。每一辆花车似乎都有不同的主题，不同的精彩，这样的场面在中国似乎很难见到。在那样混乱的人群中，即使不看好自己的随身物品也不会有任何问题，这在别国似乎也是不可能的。感谢狂欢节给了我一个贴近西方文化，感受西方文明的机会。

葡萄牙人爱民主爱游行，对于政府的任何举措不满，或每逢有什么重大的活动，就会自发地上街游行。印象中我一共看到过两次游行，一次是在马德拉的狂欢节大游行，还有一次是在本菲卡获胜的时候。那天晚上我们刚好从其他地方回到雷利亚，一出长途汽车站就看到一群人在一边走一边喊，后来才知道是因为本菲卡俱乐部赢球了，本菲卡是一家位于里斯本，以足球为主的综合体育俱乐部，它在葡萄牙拥有众多球迷，会员数量也为葡超之最，他们在葡萄牙人心中的地位可能就像国安在北京人心中的地位一样吧。然而我对国安无感，所以我没有办法感同身受。

短暂的狂欢过后，我们就要回到雷利亚继续上课了，真的很不情愿。那天我们又是一大早的航班，来到机场之后却找不到我们的航班，仔细查证之后发现我们之前把机票订错了，3月的机票订成了4月的，这下可惨了，走不了了，得在马德拉再待一个月了。虽然这本身是件糟事，但不知道为什么，我当时竟然觉得挺开心的，因为真的不想走了，等不到养老的时候再来这里了，现在就想在马德拉住下来。但是这当然是不现实的，也是不可能的。最后，我们重新买了机票，飞回了雷利亚。

　　马德拉之旅只有短短的四天，但是却像一场华丽的邂逅，给我留下了一段铭心的记忆。其实这是一次没有终点的旅行，因为终点就是又一个起点，结束就是重新开始，短暂也可以成为永恒。马德拉，我终会回来，再走一遍我曾经走过的那些路，再引我去那些我还没有去过的美丽花园。

△令人眼花缭乱的游行队伍

△ 树下的美少女

△登高航拍

△栈道旁的梯田和花海

第二章

圣诞节 雪之翼

翘首以待的假期

　　盼星星盼月亮，终于盼到了圣诞假期，终于可以出国旅行了。雷利亚的生活实在太乏味，每天宿舍教室两点一线，最多周末去长途汽车站的 zara 店转一转，然后再去中餐馆吃顿好的改善一下。没有电影院，没有KTV，没有购物中心，也没有足够吸引人的山水风光。我早就已经按捺不住想要出去玩儿了，欧洲的每个国家我全都想去。出国前我跟同学说我想去西班牙，我想去法国，我想去荷兰，我想去德国，我想去瑞士，我想去比利时，我想去意大利，我想去捷克，我想去希腊……然后她的回答是"你可能就只是想想……"可我不甘心，我相信只要有假期，就一定能去，没有假期就自己制造假期。不要跟我说我去欧洲是去学习的，我从没这样想过，在中国也一样可以学习。在欧洲就是要借交换生的机会多见见世面，多开阔眼界，多开开心心地玩儿一玩儿，才不枉费自己漂洋过海远渡重洋一场。在旅行的过程中欣赏美景，感悟人事，这也是一种学习呀，以这种方式学到的东西和积累的经验，是在书本中和课堂上绝对不可能得到的。

幸运的是，我有几个跟我想法契合的小伙伴，我们提前一个月就订好了机票酒店。第一站当然就去葡萄牙的邻国西班牙。申根签证的好处就是无需再办签证，出境入境轻松随意。由于圣诞假期时间有限，开学之后还有期末考试，还有好几个presentation（课堂展示）要做，总要留出两天学习的时间，所以我们出行的时间还是比较紧张的，最后确定的第一次出行的线路是马德里---巴塞罗那----苏黎世---里昂---巴黎。可有时我又是一个爱纠结的人，学习的时候我总是畅想着出去玩儿的事情，玩儿的时候我又总担心之后的考试，学也学不专心，玩
儿也玩儿不尽兴，做不成学霸，也做不成学渣，所以我觉得我是一个高不成低不就的学仙，学或不学，全凭感觉。

这原本应该是一次美好的五人组之旅，可惜可怜的邹琳同学提前去西班牙帮我们探路的时候，车子两次被劫匪砸开，包括护照在内的所有东西被洗劫一空。移民局和大使馆又互相推

诿，结果就是她的签证一时是补办不好了，于是我们就缺失了一个重要的小伙伴。这件事也印证了早有耳闻的西班牙小偷肆无忌惮的偷窃行为，据说去西班牙就很少有不被偷的，而我后来也成为了被偷的浩荡大军中的一份子。

马德里不思议

马德里没有巴塞罗那的五彩斑斓，也不似巴黎的浪漫多情，更不比法兰克福的繁华现代，在欧洲的诸多著名城市中，它是比较不起眼的一个，但它却是西班牙的首都，是一座融合了诸多文化元素的城市。就像歌曲《马德里不思议》中唱的一样："阳光优雅地漫步旅店的草坪，人鱼在石刻墙壁弹奏着竖琴，圆弧屋顶用拉丁式的黎明，颜色暧昧的勾引，我已经开始微醺"，马德里拥有她专属的小情调。同时因为马德里地处西班牙中部，南下即与直布罗陀海峡相通，北上跨越比利牛斯山便可直抵欧洲腹地，在历史上素有"欧洲之门"之称。

我们抵达马德里的时候，暮色已沉，霓虹深处，却依然人声鼎沸，摩登女郎提着购物的战利品婀娜多姿地走在喧闹的大街上。还记得当晚蕾蕾给爸爸打电话时，特意说了一句"西班牙美女好多"，这确实是事实。西班牙人的整体气质要比葡萄牙人好一些，特别是西班牙的女性。我不会为了跟美女帅哥搭讪，就故意上前去问路，但是如果真的要问路的话，我一定会挑一位颜值高的。事实证明，颜值高的人普遍比较靠谱。看够了美女和夜景，我们就要去酒店了。

酒店是邹琳订的，但是她本人却不能来了。这家酒店是公寓式的，前台和住房分布在不同的独立楼房里，很不好找。我们围着那条街找了五六遍，还问了一家中国商城的老板，都没有找到。于是，我们给酒店前台打电话，一会儿跟她说英语，一会儿跟她说葡语，一会儿跟她说西语，又或者一句话里同时夹杂了以上三种语言，都没有说清楚这件事，确切地说，是我们跟她说清楚了，但是她没能回答清楚，她甚至说她找不到我们的预定记录。

说到这里，必须要吐槽一下西班牙人的英语。西班牙人会说英语的不多，就算会也有浓重的西语口音，很难听清楚。如果你跟他说英语，他或许可以听懂，但是他不会用英语回答你，只会用语速飞快的西语回答你。还好葡语跟西语很像，而我们也会一点西语。葡萄牙人的英语其实还不错，虽然多少也会带些葡语口音，但是大多数人还是会说的，而且很多人一看我们是外国人，即便我们跟他们说葡语，他们也还是会用英语回答我们，这点与西班牙人恰恰相反。

最后，我们还是没能找到酒店前台所在的房子，时间越来越晚了，我们就让邹琳把这家酒店的预定取消了，然后我们开始在茫茫夜色中寻找其他的酒店。我们走进了好几家酒店，寻求空客房，都是无果，不料我的箱子还被一家酒店的旋转门碾掉了一个轮子，真是屋漏偏逢连夜雨。但我始终相信否极泰来。

果然，在这之后我们就找到了一家有空客房的酒店，条件还不错，虽然稍微有点贵，但总不至于露宿街头。在马德里的第一个晚上，就在濒临流离失所中，画上了句号，当整座城市都合上双眼后，我和小伙伴也依偎在一张双人床上，沉沉地睡去了。

　　说到这里，必须要吐槽一下西班牙人的英语。西班牙人会说英语的不多，就算会也有浓重的西语口音，很难听清楚。如果你跟他说英语，他或许可以听懂，但是他不会用英语回答你，只会用语速飞快的西语回答你。还好葡语跟西语很像，而我们也会一点西语。葡萄牙人的英语其实还不错，虽然多少也会带些葡语口音，但是大多数人还是会说的，而且很多人一看我们是外国人，即便我们跟他们说葡语，他们也还是会用英语回答我们，这点与西班牙人恰恰相反。

　　第二天早上，我们睡够了之后就开始四处游玩了。当时正值圣诞节前夕，街头巷尾都洋溢着浓浓的节日气氛。西班牙的圣诞节传统上是围绕着基督诞生的故事而举行的宗教节日，从12月22号到12月31号，西班牙人有一系列狂欢和庆祝活动。第一个不容错过的日子当属12月22日，这一天是圣诞彩票的抽奖日，几乎每一个西班牙人都会参加，中奖率也比平时高。接下来就是令全民亢奋的12月24日平安夜和12月25日的圣诞节，在这两天中，西班牙人会与亲人聚在一起共进晚餐，烹饪并享用传统的西班牙菜肴，如羊肉、硬面包、杏仁糕、脆蛋糕及杏仁酥糖等圣诞甜点。12月28日是12月里的愚人节，在这一天里，西班牙人可以肆无忌惮地愚弄别人。在12月31日午夜12点的时候，西班牙人会吃下十二颗葡萄，他们认为这样就会得到幸运之神的眷顾，从而在来年收获幸福。我们作为初来乍到的游客，当然无暇顾及这么多的圣诞习俗，只是想要凑凑热闹，沾沾喜气。

　　马德里的景点非常集中，主要的景点都是广场，最著名的当属太阳门广场。太阳门广场作为马德里的中心广场，在马德里人心目中的地位就像天安门广场在北京人心目中的地位一样，每年跨年时的敲钟仪式都在太阳门广场举行，这项活动已然成为了马德里人一年一度的固定项目。太阳门广场四周分散着 10 条通往不同方向的路，十分容易迷失，在此地成为广场之前，只有一个城门，因为城门面朝太阳升起的方向而得名太阳门。广场上矗立着卡洛斯三世的雕像，他是波旁王朝时期西班牙的国王，也是马德里人，他曾大力主张修建马德里的公共基础设施，因而拥有"马德里最伟大市长"的称号。

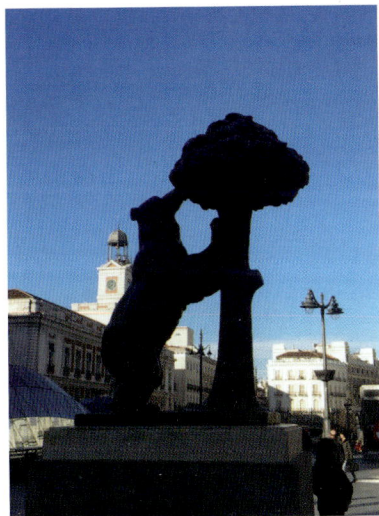

△今年 2 月我出差来到西班牙，终于见到了念念不忘的草莓树和熊，这大概就是所谓的念念不忘必有回响吧

　　马德里的市徽"熊和野草莓树"也是太阳门广场上的一道风景线，相传古时候在马德里附近的森林里发现了大量的熊和草莓树，所以从中世纪开始，熊和草莓树便成为了这座城市的象征。可是不知道为什么，我竟然没有看到这座有趣的雕像，好难过。可能是因为太阳门广场上有太多岔路了，导致我没能看到我最喜欢的熊熊和草莓树的雕像。我会为了这座雕像，专门再来一次马德里，再来一次太阳门广场。

　　今年2月我出差来到西班牙，终于见到了我念念不忘的草莓树和熊，这大概就是所谓的念念不忘必有回响吧。

　　在距离太阳门广场5分钟路程的地方，是马约尔广场，马约尔广场在西班牙语中叫Plaza Mayor，plaza是广场的意思，mayor是大的最高级，也就是说，马约尔广场其实就是最大的广场，历史上它曾经是一个商品交易场所。广场上有一座色彩斑斓的建筑，房顶上还有皇冠，这里曾经是一家面包店，皇家成员还经常在这家面包店的阁楼上观看戏剧演出。现在的"面包店之家"是马德里旅游资讯的总部，在这里还可以买到官方的旅游纪念品。

　　在马约尔广场附近，还有市政广场，这个广场之所以叫做市政广场，顾名思义，就是因为市政厅坐落在这个广场上。马德里的市政厅是粉红色的，在这里办公应该会觉得很梦幻吧。

马德里还有很多广场，我已经分不清哪个是哪个了，哪个去了哪个没去也已经搞混了，只记得西班牙广场是肯定去了的，因为塞万提斯的纪念碑坐落于西班牙广场。这座纪念碑是1916年西班牙人为了纪念历史上最伟大的西班牙作家塞万提斯逝世300周年而建造的。在塞万提斯的雕像前还有他的著作《堂吉诃德》中的主人公堂吉诃德以及他的忠实侍从桑丘潘沙的雕像。我记得我高一的时候就立志要学西班牙语了，那时候还说我要做同声传译，还说我要翻译《堂吉诃德》。然而现实就是我学了葡萄牙语，当了老师，连中文版的《堂吉诃德》都没完整看过，这好像跟曾经天真无知的幻想没差太多吧。

说了这么多广场之后，再来说说市场吧。圣米格尔广场位于马约尔广场西侧，它原本是贩卖各种水果蔬菜和特色小吃的地方，毕竟我们去的时候正值圣诞前夕，琳琅满足的圣诞用品当仁不让地成为了市场中最抢手的东西。市场上有表演杂技的艺人，还有真人扮演的卡通形象，形形色色的人们构成了这里最独特的风景。我还以为可以与他们随便合影呢，于是就拉着小黄人照了两张相，说了声谢谢之后就想走，没想到他伸出了

> 001

> 002

△粉红色的市政广场 / 堂吉诃德与桑丘潘沙

黄黄的手掌，意思就是要付钱，于是我就给了他一欧，够他买好几根棒棒糖吃了。

△我和小黄人

除了广场和市场，王宫当然也是不可不说的。马德里王宫是西欧最大的王宫，它的建造样式参考了巴黎卢浮宫的草图，内部有 3418 个房间。马德里王宫里还保存了大量精美的油画、收藏品、兵器、瓷器、钟表和金银饰品。这座王宫不同于我印象中圆形的王宫，它是四四方方的，听说它是由抵御外敌入侵的炮楼翻修而成的，所以它看起来并没有那么华美，却很有气势。每月第一个周三中午 12 点，王宫北边的皇家兵器门外都会举行大型的士兵换岗仪式。有王宫，就会有皇家花园。皇家花园也是方形的，这里曾经只是皇家马厩，现在已经被喷泉雕像和被修剪成各种形状的树木装点起来了。

想必读了我文字的人都知道，我最喜欢的是自然风光，我喜欢花花草草。所以，比起这些广场和皇宫，马德里的丽池公园对我更有吸引力。丽池公园始建于 1630 年，起初是国王的度假圣地，同时修建有丽池剧院、王国芭蕾厅和丽池王宫，历经几任国王后，卡洛斯三世国王开放了公园一角供市民参观游览。1808 年拿破仑入侵马德里后，公园遭到了大范围的破坏，只留下了王国芭蕾厅，之后经过了重建，于 1868 年才正式向公众开放。

丽池公园里有近一万五千棵树，两个人工湖，每天吸附着城市的尘埃和废气，为市民创造着良好的空气环境。

丽池公园里有一条雕像大道，五位西哥特人国王和十五位天主教国王共计二十位国王的雕像都矗立于此，不过像我这种比较简单的人才不会去根据每位国王的雕像去回顾那些往昔岁月，我只会比较国王们的姿势，然后看看哪位国王比较帅。除了这二十位国王的雕像，还有阿方索十二世国王的纪念碑。阿

> 001

> 002

△王宫和侍卫

方索十二世曾通过了 1876 年的宪法，并确定了如今西班牙两党制的政党制度，因而成为了西班牙历史上最受人民爱戴的一位国王。可惜我没有用相机记录下雕像大道的风光。

丽池公园里原本还应有一个华丽的玫瑰园，据说是根据巴黎布洛涅森林公园里的玫瑰园设计并建造的，曾经云集了从欧洲各大植物园采集到的不同的玫瑰品种，但是在西班牙内战时遭到大量毁坏，重建后花园里有 4000 只玫瑰，却品种混杂。其实我真的不介意什么品种，只要让我看到就好了，可惜当时正值寒冬，所以园里只有一些枯枝败叶，什么玫瑰也看不到。

旅行的季节真的很重要，很多自然景观在冬天都看不到，而且在瑟瑟寒风中游走也绝非一件享受的事情，在此情此景下拍出来的照片更不会很好看。虽然西班牙和葡萄牙的地理位置非常接近，但是不知道为什么，就是觉得西班牙的冬天比葡萄牙的冬天要冷一些，因为在葡萄牙不需要穿羽绒服，但是在西班牙就需要。虽然我是一个常年经受北京冬天的凛冽寒风洗礼的孩子，面对温和了很多的西班牙的冬天的时候，却依然会瑟瑟发抖。像我这种怕冷又怕晒的人，不是很适合四处旅行，可是我还是喜欢旅行，风雨无阻。

听说丽池公园里的玻璃宫是那里最美的风景，对此我就不做什么评价了，其实玻璃宫就是一个普通的半透明的罩子，但是玻璃宫前的人工湖确实很秀美。人工湖里的白天鹅和小鸭子自由自在地游弋着，它们好像丝毫不怕冷。碧波荡漾的湖水里倒映着岸边所有的景色，包括我们三个快要被冻僵了的笑脸，画面就这样定格了。

我们在马德里停留的时间就只有两天，临走前当然不忘专程去了一下稍微有点远的伯纳乌球场。伯纳乌球场是皇家马德里足球俱乐部的主场，C罗就效力于此。我的偶像苏醒是巴萨的狂热球迷，因此我就成为了巴萨的伪球迷，所以我对巴萨的最大对手皇马（希望球迷朋友不要喷我）的主场当然不会有很大的兴趣，但是到此一游还是必要的，主要就是为了照张相，然后回去之后跟朋友炫耀："你看，我去过皇马的主场了。"

△伯纳乌球场

西班牙盛产皮具，但是我都买不起，因为原本的箱子掉了一个轮子，没法拖拉了，不得已才在马德里买了一个新箱子，绝对的中国制造，绝对的塑料做的，跟北京的天意小商品市场卖的 200 块钱的箱子差不多，只是为了将就一下。不过箱子确实挺好看的，很符合我的审美，要感谢豆豆的诚意推荐。付钱的时候想用西语跟老板交流一下，我自以为我在说西语，然后豆豆在一旁说"你不要说葡语啦"，我才意识到，原来我在说葡语啊。有的时候就是说着说着连自己都不知道自己在说什么语言了，也不知道是哪根神经搭错了，但好在我不会随意飙中文，只会在英西葡三种语言里随意搭配。不像有的中国游客，总觉得很大声很清晰地跟外国人说中文，好像外国人就能够听懂。

其实马德里好玩儿的地方还有很多，市内有 36 个古代艺术博物馆，100 多个其他类型的博物馆，18 家图书馆和 100 多个图片塑群，我们怎么玩儿得过来呀！我们只能蜻蜓点水地感受一下这座城市的整体氛围，体验它的圣诞文化，它的广场文化，它的足球文化，它的博物馆文化，还有它的斗牛文化。只不过出去安全考虑，我们没有去拉斯文塔斯斗牛场观看斗牛比赛，总觉得这样的比赛太血腥太暴力，少儿不宜。所以我即便再去马德里，恐怕也不会去看斗牛比赛。下次再去的时候，只要能看到熊熊和草莓树的雕像，我就心满意足了。

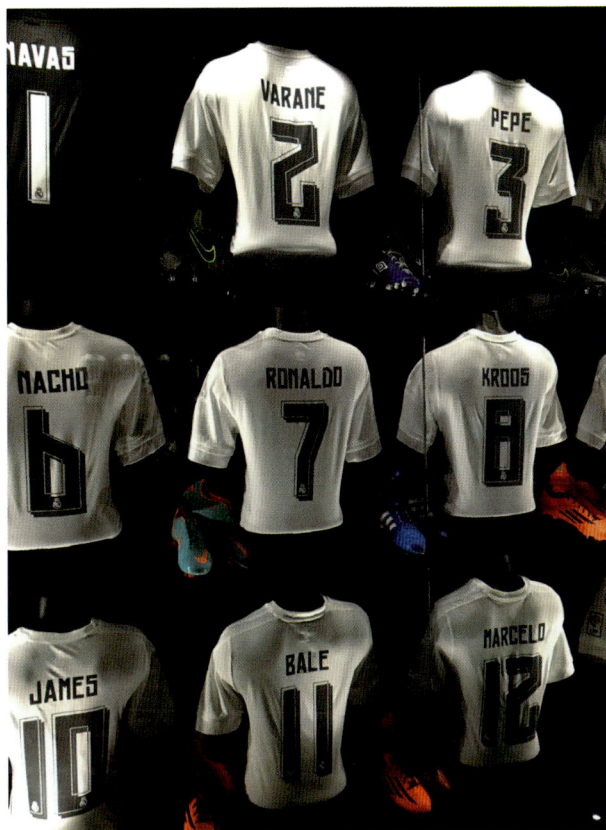

△球员们的队服

没被偷过的人生
是不完整的

　　圣诞之旅的第二站，我们就来到了最值得期待的巴塞罗那。然而我在这里最先感受到的，不是它浓厚的艺术气息，而是它顽固的小偷文化。早有耳闻巴塞罗那治安差，景区小偷多，地铁站小偷多，街头骗人游戏多，连警察都有假的，但是在切身体会到之前，恐怕还是很难真的提高警惕。所谓吃一堑长一智，然而对我这种活得飘逸洒脱的人来说（其实就是缺心眼），真的吃了一堑之后，都未必能长一智。

　　抵达巴塞罗那的时候，已经是晚上了。巴塞罗那算是个大城市，机场距离市区还是有些遥远的。我们先坐了很长时间的机场大巴来到了方便坐地铁的地方，然后我们几个人又拖着三个箱子，提着大包小包上地铁了。我还拿着手机在跟小伙伴商量我们要不要坐大眼睛观光车，之后我就把手机放到羽绒服的兜里了，这时一个精心编排的故事就要上演了。一个肤色偏黑的中年妇女朝我走了过来，她应该不是纯种西班牙人，可能是外来的或者是少数民族吧，她开始向我问路，我只能跟她说我不知道，毕竟我是游客，我连大北京的路都不熟悉，更别说完全陌生的巴塞罗那了。然后她又去问豆豆，于是豆豆就帮她看地图，我就听着他们交谈。

　　当时我并没有察觉出任何异样，只是觉得奇怪，显然我们是游客，是外国人，为什么她非要问我们不可，那么多西班牙人她都不问，偏偏挑了我们几个。随后，这个女人在之后的一站却迅速下车了，比她应该下的站早下了好几站，这时我幡然醒悟，赶快让豆豆看她的随身物品有没有少，所幸没有。然后我掏了一下我的羽绒服的兜，才发现我的手机不见了，连在一起的移动电源也被顺走了。钱包倒是还在，不过我倒是不怕他们偷我钱包，反正里面就只有 5 欧元。其实当时我已经意识到不对劲了，但是当我真正警觉的时候，还是晚了，大概就是在那个女人问路转移了我的注意力的时候，她的同伙就伸出黑手了。巴塞罗那猖獗的小偷果然名不虚传，我终于也中枪了。

我有同学在巴塞罗那待了一整年都没被偷过，我这刚一到，刚一上地铁，就被偷了，不知道走的是什么运，当时真应该去买张彩票。算了，智者千虑还必有一失呢，更何况我本来就是个小笨蛋。看来这个城市不太欢迎我，我刚一来，就给了我一个下马威。

因为这件事，我对巴塞罗那的第一印象很不好，心情也很糟糕，尽管丢手机要比丢护照要好多了，被偷比被抢要好多了，但是谁也不愿意自己刚到一个陌生的国度就丢失随身的物品，更何况手机还很重要，不仅需要用它联络，它里面还有很多重要的信息。

　　几次拨打我的手机都无人应答，于是我只好放弃寻找了，或许我应该报警，但是我知道在这样一个每天都要发生无数起盗窃案的城市，警察根本就不会把这样的小事放在眼里。

　　然而手机的丢失就像多米诺骨牌中的第一枚牌倒掉一样，马上就会引发很多相关的麻烦。我的手机系统语言是葡语，对于西班牙人来说，看懂是很容易的事，他们可以在我的手机上随意操作。我曾把我的信用卡的卡号和安全码都拍在手机里了，这下小偷可以随意盗刷我的信用卡了。由于我的卡是我妈的主卡的副卡，于是我妈只好在国内把她的主卡注销了。我的手机上还有一个APP叫做Active Bank，里面绑定了我在葡萄牙的银行卡，点进去之后可以随意转账。于是我又赶紧把手机上的社交软件的密码都改了一遍。但是在更换了设备之后微信却又上不去了，于是我就只好在买了新手机之后，按照相关的程序等候了两天才能够重新登陆上微信。手机太智能，集众多功能于一体，虽然方便，但是一旦手机丢失了，就会很麻烦。我们的酒店的预订单、地图等等相关信息都在我的手机里，这下也提取不出来了，好在我的邮箱里有之前酒店发过来的邮件，可以用蕾蕾和豆豆的手机查看。

伴随着凄苦的心绪，我们终于在漆黑的夜色中找到了酒店。我们的酒店在兰布拉多大道附近，兰布拉多大道是西班牙最有活力的大街，也被称为流浪者大街，这里云集了来自世界各地的艺术家，这里还是巴塞罗那灯红酒绿的夜生活的游乐场，因而色彩纷呈，然而当时在我心里，留下的就只有忧郁的蓝色和低迷的灰色。

酒店前台的大叔人很热情，但是他竟然在查看过我们的护照过后，依然在给我们的收据的国籍一栏写上了"Japanese"。分不清中国人和日本人有情可原，但是连护照都看过了，竟然还一意孤行地认为我们是日本人，恐怕就不太好了吧，毕竟国籍不是随便的问题。

我们的酒店旁边就是一家叫做东方饭店的中餐馆，第二天的第一顿饭，我们没有选择品尝巴塞罗那的特色美食，而是选择吃最能温暖人心的中餐，虽然那家中餐馆做得并不太好吃，但是有总比没有好。我向中餐馆的老板打听哪里能买手机，他建议我去找中国人买，于是我们第一天的行程就被我买手机这个棘手的问题取代了。

中餐馆老板说的那条街，原来就是巴塞罗那的唐人街，那一带全都是华人，有很多中国超市和中国商城，在那里我见到了很多久违的中国食品，我甚至怀疑在那里生活和做生意的人根本都不会说西班牙语，反正他们每天接触的全都是中国人。可惜在这里我没有找到心仪的手机，因为这里卖的手机型号都太旧了，连智能机都不是，于是我决定晚上再到大商场去买。要知道那天可是平安夜，人人都陶醉在节日的喜庆中，只有我一个人还沉浸在被盗东西的悲伤中（其实也没有这么严重啦，但是文学创作来源于生活并且高于生活嘛，所以在必要的时候，我会使用夸张的手法）。

不要以为只有巴黎有凯旋门，其实巴塞罗那也有，它原本不是我们计划中要去的地方，我们只是从唐人街往商业街走，却不知不觉就来到了凯旋门。命中注定的地方，就算你不去刻意寻找，它也会自己出现。

这座凯旋门是 1888 年世博会的主要入口，用红砖砌筑，是典型的摩尔复兴风格的建筑，虽然今天看来不够宏伟，但是独特的砖红色却十分引人注目。凯旋门的顶端由西班牙 49 个省的省徽装饰而成，门楣上雕刻有 "Barcelona rep les naciones" 的字样，意思是 "巴塞罗那欢迎各国"。门上还刻有 12 尊女性雕像，象征着荣誉和声望。当年所有前来世博会参观的人都必从凯旋门下走过，准备前去买手机的我也经过了这座建筑，这意外的收获也算是对我的补偿了。

后来，我在商城买了一台便宜的三星手机，想着回国以后再换好的，先凑合用。回酒店之后，我才发现，这台手机的系统语言居然没有中文，让我看西语葡语都没关系，但问题是不能输入中文，这可就麻烦了，这样一来我根本就没办法用中文跟国内联系，这手机就白买了。于是我开始想各种办法，折腾了一晚上，最后好不容易装上了搜狗输入法，才能够应用中文，这一通着急上火，搞得我嗓子疼起来，突然就感冒了。这也是我倒下的多米诺骨牌当中的一个骨牌，害得我在接下来的游玩中还要忍受病痛。而到这里为止，多米诺骨牌还没有全部倒完，连锁反应还不只这些。

当夜幕降临，商城的四周便亮了起来，街边的圣诞树也开始闪烁，火树银花，光彩夺目，就像天上的小星星，恍然间，已看不清房子的轮廓，灯火早已把它掩埋在一片光彩之中，夜，突然变得更加漫长了，明天又会发生什么呢？是惊喜？还是惊吓？是精彩？还是糟糕？没有人能够给我答案······

我每到一个西班牙的城市，都要出一些问题。从在马德里时箱子掉了一个轮子，在巴塞罗那手机又被偷，反正没有一次是顺顺利利的。好在我心态好，箱子掉了一个轮子，还能凑合用；西班牙小偷那么多，被偷一次就当体验生活了，没被偷过的人生是不完整的，没有被偷的教训，怎么知道随时随地都要好好看管自己的东西？所以说，旅行是最好的课堂，书本可从没教过我如何不被偷，更没告诉我被偷了之后要如何应对，这些都是要真正经历过才会懂得的。以前也只是听说过多米诺骨牌效应，但是当事情环环相扣地发生在自己身上的时候，才知道原来一件看似单一的事情，会给自己带来多么大的麻烦。人生就是这样，总是会有一些波折，一些坎坷，但是在跌跌撞撞之后，终将走向柳暗花明的又一村。

△砖红色的凯旋门

高迪的巴塞罗那

　　我们在巴塞罗那一共停留 4 天 5 夜，第一天晚上丢了手机，第二天忙着买手机，第三天才正式开始游玩。"世界旅行不像它看上去的那么美好，只是在你从所有炎热和狼狈中归来之后，你忘记了所受的折磨，回忆着看见过的不可思议的景色，它才是美好的，"这是杰克·凯鲁亚克的《在路上》中的一段话。这段话给我带来了很强的共鸣。的确，我在巴塞罗那"出师不利"，我对它的第一印象很不好，但是日后再回忆起这个过程中所经历的事情和遇到的风景，才突然觉得一切似乎也是美好的。抛开不开心的事情给我带来的负面影响，仔细去回想，才觉得，原来巴塞罗那其实是那样的美丽迷人，风情万种。地中海的热情，艺术的魅力，浪漫的海滩，疯狂的球场，巴塞罗那拥有无数的理由让你为之倾倒，只要你看管好你的钱包，你的护照，还有你的手机。

　　巴塞罗那城市的起源可以追溯到大约 2300 多年前，当时迦太基人在这片土地上建立了殖民地。公元前 201 年，罗马人在第二次古迦太基战争中征服了巴西诺。公元前 1 世纪，他们在这里驻军并建立了椭圆形的殖民区，在四周修筑了城墙，成为了现在巴塞罗那老城区的雏形。公元 415 年起，巴塞罗那成为迦太基公国都城。8 世纪时，来自非洲的摩尔人成为此地的统治者。直到 12 世纪，摩尔人把巴塞罗那营建成港口，又经过几百年的演变，巴塞罗那港已成为地中海沿岸最大的港口和最大的集装箱集散码头，巴塞罗那也因为而发展成为西班牙最重要的工业贸易和金融中心，有"地中海曼哈顿"之称。

巴塞罗那将古代文明和现代文明完美结合，它真正是艺术的殿堂，市内随处可见世界著名的艺术大师的建筑作品。我们最先造访的，当然是跨越了一个世纪依然在建造的高迪的未完成之作 - - - - - 圣家堂。只可惜我们第一次去的时候，是圣诞节，圣家堂不对外开放。我们第二次去的时候，排大队，估计排几个小时都买不到票，所以我们又白跑一趟。直到第三次，我们一大早就起来去排队，才终于走进了圣家堂。

圣家堂它到底有没有那么大的魅力让我们"三顾茅庐"？这里就衍生出了一个相关的问题，旅行，是去让大家蜂拥而至的著名景点，还是去探寻自己喜欢的独特风景？我想当然是后者，独辟自己的蹊径其实是一种充满新鲜感和挑战性的游玩方式。不过对于我这种路痴来说还有很多问题，我会把大部分时间都耽误在找路上。如果时间有限的话，省事的办法便是去著名景点，既然著名，就一定有著名的原因，想知道其缘由便只有眼见为实了。

　　高迪是西班牙最著名的建筑师，是现代主义建筑风格的代表人物，在他一生的作品中，有 17 项被西班牙列为国家级文物，7 项被联合国教科文组织列为世界文化遗产，由此看来，他确实是建筑界当之无愧的超级大神。1926 年 6 月 10 日，巴塞罗那举办有轨电车通车典礼，全城喜气洋洋，然而高迪却被电车撞倒了，从此留下了圣家堂这座未完成的作品。圣家堂绝对称得上是绝世的佳作，高迪从 1883 年开始主持该项工程，直至 1926 年离世，在他的生命的最后 12 年中，倾注全部的心血在这座教堂的建造中。圣家堂是他一生中最重要的作品，是他心血的结晶，因此他辞世后便被安葬在圣家堂的地下墓室中。

　　高迪曾经说："直线属于人类，而曲线归于上帝"，圣家堂的设计中就完全没有直线，它是由双曲线、抛物线和螺旋体组成的充满律动感的建筑。它的设计从大自然中的洞穴、山脉、花草和动物提取灵感，特别是教堂墙面以蟋蟀、蝾螈等当地的特色动物形容作为装饰，活灵活现，栩栩如生。教堂正面的三道门则以彩色陶瓷装点而成。它是一座象征主义建筑，它的三组画面分别描绘耶稣基督的诞生、受难及复活，中间还有一座象征圣母玛利亚的高塔，四周还有 12 座塔代表耶稣的十二门徒。塔尖高耸入云，塔顶形状错综复杂，四周还围绕着球形花冠的十字架，就像一座座被穿透的巨大蚁丘，令人叹为观止。圣家堂是奉献给劳动者的守护神，它已开工 100 多年，没有人清楚它什么时候才会竣工，或许它会一直这样建造下去，就像是高迪的生命无限地延续。

△教堂侧面的小鸟浮雕

△圣家堂前的少女

圣家堂是一个奇迹，它蕴含了天主教的诸多故事，并将这些场景如同图画一样在整个建筑中逐幅展开。当然建筑中也加入了各种自然元素，精巧的设计和繁琐的结构，简直就是巧夺天工。不过教堂的整体架构略显恐怖，被民众称为"石头建筑的梦魇"，因而存在一些争议。有人取笑它只不过是一堆石头，却也有人赞叹它是能够让人狂喜和心碎的建筑。就我个人来说，我并不是很喜欢这种风格的教堂，我喜欢精致明快的构思，但是圣家堂的整体颜色偏暗偏淡，细节的设计过于繁复缭乱，确实有一丝丝阴森的感觉。但是我依然可以感受到高迪的执着和毅力，他在漫长的设计和建造周期中精益求精又反复斟酌，不断在完美中追求极致和超越。这不仅是一座建筑，更是高迪的理想和信念的表达，虽然他不能亲眼见证整座教堂完工时的样子，但是他的精神，他的才华，将像这座教堂一样永昭于世。

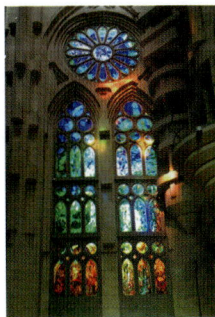

◇教堂的内部同样巧夺天工　　△石头的梦魇

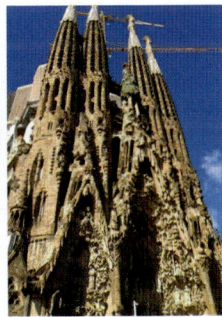

△童话故事里的古埃尔公园

　　高迪不仅是名天赋异禀的建筑师，还是一名别具匠心的园林师，他曾设计了一个五彩缤纷的超现实主义乐园-----古埃尔公园。圣诞节那天在圣家堂门口吃了闭门羹之后，我们转辗到了古埃尔公园，还好古埃尔公园向我们敞开了大门。从1906年到1926年，高迪在这里工作和生活了整整20年，它最初是富商奎尔请高迪为自己设计的住宅，但最终只完成了门房、中央公园高架走廊等部分设施，然后便建成了现在的马赛克糖果童话公园。对我这样一个看童话故事长大，爱浪漫爱幻想的小女生来说，这里才真的是我的开心乐园。公园门口是两座粉刷着亮丽色彩的糖果屋，跟童话故事中的一模一样，公园里到处都镶嵌着蓝、绿、黄、红、橘、白等颜色拼凑在一起的碎瓷片，就像马赛克一样，图案抽象。立体喷泉上爬着一只生气勃勃的马赛克蜥蜴。蜥蜴是加泰罗尼亚的徽章，也是巴塞罗那的标志。蜥蜴原本是一种可怕的生物，但是经过瓷砖的拼贴，色彩艳丽的蜥蜴也变得活泼可爱起来。瓷砖和石块都是最简单的材料，但是却塑造出了最浪漫最梦幻的天堂，这正是高迪设计理念的精妙之处。

　　高迪还设计过两座公寓，一座是米拉之家，另一座是巴特罗之家。米拉之家就建造在一条大街的街边，其实是很醒目的，但是我们还以为它们会像圣家堂和古埃尔公园一样看起来像热闹的景区，没想到它们只是静静地矗立在那里。我们绕着那条街走了一圈又一圈，问了好多人，有的人给我们指对了路，有的人给我们指错了路，我们兜兜转转又回到了原点，还是没能找到，直到看到街对面有一些人在一座房子前面拍照，我们才恍然大悟，原来那就是我们要找的米拉之家。

米拉之家是高迪设计的最后一个私人住宅，这座公寓的结构非常新颖，烟囱的形状十分特别，三面波浪型的墙面，扭曲回转的铁条围成阳台的栏杆，窗户十分地宽大，烟囱的形状也十分特别，在阳台上就可以遥望圣家堂，它曾被 Caixa de Catalunya 银行买下，它的一楼正是银行的基金会举办展览的场地，以致于我们之前经过的时候，还以为这里只是银行，但是如此华丽绝美的银行，全宇宙应该都找不到第二个了，高迪的想象力真的太让人惊叹。

巴特罗之家与米拉之家其实有异曲同工的地方，它是一个蓝色的童话世界，高迪自己称之为"看起来像是天堂的房子"，它的设计源于一个叫做圣乔治屠龙救公主的民间故事，楼顶的十字架形状的烟囱象征英雄，像鳞片一样的屋顶则代表巨龙的脊背，阳台就像面具一样，房子的架构如同人骨，延续了高迪使用曲线的设计理念，内部以海底世界作为背景，外墙镶嵌着五颜六色的陶瓷和琉璃，光彩夺目，真想不到高迪竟是一个如此地浪漫如此富有情怀的人。

除了高迪的这些奇思妙想的建筑杰作，巴塞罗那还有很多引人注目的地方，比如哥特区。哥特区是巴塞罗那的旧城区，有人称之为巴塞罗那的心脏。其中的许多建筑都可以追溯到古罗马时代，历史悠久却历久弥新。我们当时问了好多路人，才找到了疑似哥特区的一条街，看到那里有很多很古典的建筑，应该就是哥特区了吧。不过相比较而言，我还是更喜欢高迪的童话世界。

◇米拉之家

◇哥特区

◇巴特罗之家

◇西班牙广场

马德里有一个西班牙广场，巴塞罗那也有一个西班牙广场，刚来的那天晚上，我们就是在这里搭乘地铁的。这座西班牙广场是 1929 年巴塞罗那世博会的起点，广场背靠蒙锥克山，山上可以俯瞰全城的景色。广场的中心有一座魔幻喷泉，为了观看魔幻喷泉表演，我们特意在走之前的那一晚又去了一次西班牙广场，炫目的灯光和喷涌的水柱交织在一起的时候，确实有魔幻的效果。但是这样的喷泉在中国有太多太多，所以当时并没有觉得有什么不得了。广场上的地标性建筑是威尼斯塔，再向上就是国王宫了，广场上整体的建筑风格气势宏伟，置身于此，就都能感受到它散发出来的强烈气场。

在国外用不了百度地图导航真是一个很严重的问题，我是路痴，当然也不会看地图，必须要导航直接带着我走，我就算看一整天静态地图也看不出什么名堂来。不认路又不会看地图的人不适合自由行，但是没关系，因为我有小伙伴呀。

作为巴塞罗那足球俱乐部的伪球迷，作为梅西的伪球迷，当然不能错过巴萨的大本营诺坎普球场。巴塞罗那俱乐部是西甲传统豪门之一，也是现今欧洲乃至世界足坛最成功的俱乐部（在我心目中没有之一）。在西班牙国内，巴萨共赢得了 23 次西甲联赛冠军、27 次国王杯、11 座西班牙超级杯、2 座伊娃杯和 2 座西班牙联赛杯；在国际上，巴萨共赢得了 5 个欧洲冠军联赛奖杯、4 个欧洲优胜者杯、3 个国际城市博览会杯、4 个欧洲超级杯和 2 个世俱杯。在 IFFHS 国际俱乐部排行榜上，巴萨在 1997 年、2009 年、2011 年和 2012 年都雄踞榜首。而它的主场诺坎普体育场可容纳十二万名观众，是全欧洲最大的足球场，也是世界第二大的足球场（第一大的足球场是巴西的马拉卡纳足球场）。

诺坎普这个名字很有意思，因为它的西语是 Camp Nou，camp 是 campo 的缩写，就是球场的意思，所以它真正的名字是 Nou（诺），只不过音译的时候把 campo 也一起译进来了，就变成了诺坎普球场。我们去的时候，场地里没有任何比赛，于是我们只在场地里转了转，欣赏了一下梅西的海报，拍了拍照，买了巴萨的纪念品，然后就走了。我果然是伪球迷，来到这里居然都没有看场球，下一次我一定要到球场里去看梅西比赛，假装我是一个真正的球迷。

说完了各种景点，再来说说巴塞罗那的美食吧。我并不是一个吃货，因此我并没有来到一个地方就必须把当地的特色美食都品尝一遍的想法，但是最著名的海鲜饭还是要尝一尝的。西班牙人爱吃火腿和香肠，然而我真的不觉得他们的火腿和香肠有多好吃。还有一种小吃叫做 tapa，tapa 在西语中是盖子的意思，相传西班牙末代国王阿方索十三世有胃病，医生建议他少吃多餐，于是他的厨师就把食物放在碟子里并配以小酒，后来为了方便起见，干脆直接把小盘子盖在酒杯上，tapa 就这样流传开了。tapa 里面的食材有很多种选择，不同地区的 tapa 差别很大，好不好吃就要看你选择的食材和厨师的手艺了。我特意在中餐馆点了一盘鸡翅 tapa，我觉得会做出这种奇葩选择的人应该不会有第二个了。

◇西班牙火腿

◇西班牙烤乳猪

◇我和烤肉师傅

◇烤肉店里精致的餐盘

作为西班牙的国菜，海鲜饭其实也是有典故的。在过去，渔夫们日夜兼程不辞辛劳地打捞海鲜赚钱谋生，将卖剩下的海鲜的下脚料跟大米饭加汤烹饪烩在一起，再撒上一些藏红花，便做成了一锅海鲜饭，后来如此节俭的做法却成为了西班牙人的日常菜谱。除了这种传统的海鲜饭，还有墨鱼饭、鳕鱼饭、龙虾汤饭，都是由海鲜饭衍生出来的。我想我们一定没有选对地方吃海鲜饭，所以吃海鲜饭时非但没觉得很好吃，反而觉得饭很咸很硬。不过我对美食本来也没有很大的期待，所以也就无所谓了，可是你们能想象我在饥肠辘辘的情况下写这一段文字是多么的煎熬吗？

对了，差点把 sangria 忘记了，sangria 是西班牙的国酒，它是一种果酒，以葡萄酒作为基酒，再加入时令水果浸泡，并加入柠檬水和白兰地酒等勾兑而成，喝起来香甜，酒精的味道不重，很适合我这种不喜欢喝酒的人。但是它的度数并不低，还是不能当成饮料一饮而尽。

巴塞罗那是西班牙最著名的旅游胜地，素有"伊比利亚半岛的明珠"之称。这次来巴塞罗那，只是浅浅地匆匆品赏了一下明珠的最表层，对于明珠的多方面和深层次的观察，还有待来日。由于时间和季节的关系，还有很多有意思的地方都没有去，

　　但这并不遗憾，因为这样一来我就有理由再来一次了。我要去毕加索博物馆欣赏艺术，去诺坎普看巴萨队的比赛，去剧院看弗拉明戈舞的表演，去巴特罗之家里面参观，去兰布拉多大道疯狂购物，去价格最贵的餐厅吃最正宗的海鲜饭，去港口看落日余晖……

　　巴塞罗那真的是艺术的殿堂，街头巷尾到处都是艺术，连空气中都弥漫着艺术的味道，无论是艺术家还是普通游客，都会不由自主地被这里的知性而文艺的氛围深深吸引。有山有海，有教堂有公园，有博物馆有宫殿，有美女有美食，有帅哥有球赛，巴塞罗那真的能够满足你对旅行的所有期待，当然，还是那句话，要看好随身物品，手机不要放在外衣兜里，切记切记。

△ 这么艺术的地方，我在飞机上也要再看几眼

一个伪球迷在苏黎世

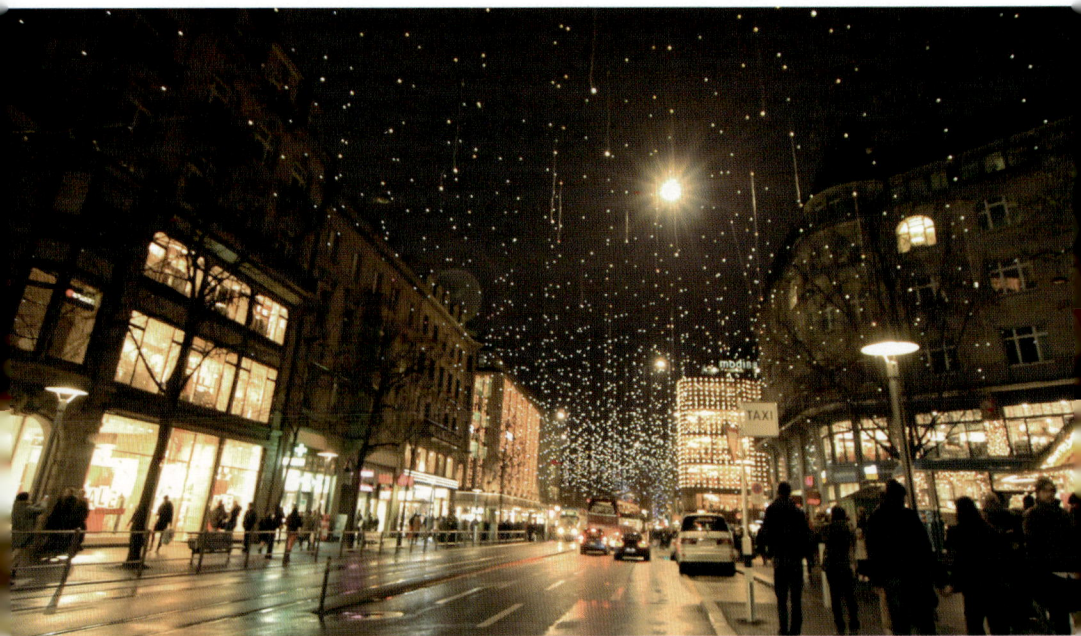

告别西班牙之后，我们就马不停蹄地赶赴瑞士了。说到瑞士，你的第一反应是什么？手表？雪山？军刀？巧克力？还是历史书上的日内瓦会议？瑞士似乎有太多吸引人的地方，但是由于时间有限，我们只能挑选一个城市游玩，我们没有选择瑞士首都伯尔尼，也没有选择汇集了众多国际组织的日内瓦，而是选择了瑞士最大的城市——苏黎世。

苏黎世这个名字其实并不是非常响亮，至少一提到瑞士，我最先想到的城市会是日内瓦，而不是苏黎世。但是苏黎世其实是全欧洲最富裕的城市，它也是瑞士的商业中心、金融中心和文化中心，还是瑞士银行的代表城市，是世界金融中心之一，瑞士联合银行、瑞士信贷银行和许多私人银行都将总部设在苏黎世。苏黎世总共云集了120多家银行，其中有一半以上是外国银行。

当然，苏黎世是欧洲百万富翁的城市，也是全球最宜居的城市，曾被评为全世界生活品质最好的城市。虽然苏黎世的占地面积仅仅相当于大北京的二百分之一，但它却是"浓缩就是精华"的最佳代表，发达的经济和完善的设施依然让它成为了消费水平最高的城市。

　　此外，国际足联联合会（FIFA）总部也设在苏黎世，爱因斯坦的母校瑞士联邦理工学院也位于苏黎世，谷歌和雅虎的欧洲设计总部都在苏黎世。苏黎世居然还和昆明是姐妹城市。苏黎世有太多太多的光环，它的高端和奢华体现在方方面面，它得天独厚的诸多优势使它当仁不让地成为了我们来瑞士游玩的首选地。

　　比起西班牙，瑞士就更加寒冷了，而且我还感冒了，一路都在咳嗽，也就只有秀美的异域风光能够治愈我了。我们只在苏黎世停留了一天，一天的时间当然不够充分领略一个城市的全部风貌，但却能够在我内心深处埋下一颗种子，让我始终对它存有美好的念想，等到这颗想念的种子发芽长大之后，我就会再次来到这里，重拾我曾经的记忆，踏寻新的风景，再书写一篇新的故事。

　　教堂在欧洲无处不在，苏黎世当然也有。虽然这里的教堂比不上圣家堂的精致，也不如米兰大教堂这般华丽，更不如梵蒂冈的圣彼得大教堂那般宏伟，却有它自己独到的风韵。苏黎世最有名的教堂叫双塔教堂，双塔教堂又叫苏黎世大教堂，它独特的双塔楼是苏黎世城市的象征。这座教堂始建于1100年前后，是典型的罗曼式建筑，它曾在16世纪的瑞士宗教改革中起到了至关重要的作用。另一座圣母大教堂，与双塔教堂隔河相望，是典型的罗马式建筑。它创建于 853 年，曾经是个女修道院，教堂位于山丘上，在这里可以把全城的景致尽收眼底。

苏黎世也有一座圣彼得大教堂，它是苏黎世最古老的教堂，始建于 1534 年。教堂的钟楼上有欧洲最大的时钟指针盘。是啊，瑞士不愧是钟表之国，钟表俨然成了教堂塔楼上最具特色的点缀。其实我对教堂里面的装饰不是很感兴趣，总觉得每座教堂中彩色的琉璃和宗教中的人物形象多少有些雷同，但是教堂外部的设计风格、装饰特色却各有千秋，从不会让我审美疲劳，并且一次又一次地让我发自内心地赞不绝口。

苏黎世最有意境和风情的地方，是火车站附近一条名叫尼德道尔夫的老城小巷，这里有琳琅满目的咖啡厅，书店，礼品店，奢侈品店，苏黎世的银行也多集中在这条街巷上。虽然这是一条购物街，但是却没有熙熙攘攘的人群，整条街道都被典雅清静的氛围笼罩着。特别是在夜晚，星罗棋布的街灯就像银白色的小星星，闪烁着迷人的光芒，编织成一张空幻的帷幕，散发出迷蒙的光晕，但却足以点亮宁静的夜空。当那星星点点的光亮投向你专情的眼眸，伴随着清幽的月光，你会不由自主地沉醉在唯美的遐想中，还以为自己真的来到了月光之城，亦幻亦梦地在柔软的夜色中睡去。

◇从山丘上俯瞰苏黎世

◇双塔教堂

◇苏黎世街景

◇圣彼得教堂

　　作为一个伪球迷，我自然也不能错过朝拜FIFA总部的机会。FIFA的全称是Federation International de Football Association，即国际足联总部，由比利时、法国、丹麦、西班牙、瑞典、荷兰和瑞士倡议，于1904年在法国巴黎成立，并在1932年迁至苏黎世。FIFA总部设在山顶上，需要坐电车上山。地理书上说，海拔每上升100米，气温就会下降0.6度，果不其然，山顶异常严寒。看上去厚厚的白雪覆盖了一切，但谁知

冰天雪地之下掩藏了多少人的足球情和足球梦。我喜欢这般银装素裹的苏黎世,当这个灯红酒绿的城市褪却了灿烂和浮华后,就只留下了静谧的细腻,简单纯净的白色从不张扬却带着天生高贵的华丽气息,低调的美丽让人着迷。

不过我们可不是来看雪的。FIFA总部的大楼非常气派,用时下最流行的"高端大气上档次,低调奢华有内涵"来形容它再合适不过了。只可惜那天是周末,不对外开放,所以我们没能进到大楼里面看到大力神杯的真身。尽管如此,我们却可以在外面的足球场上尽情玩耍。那天这里除了我们,一个人都没有。此时的足球场,没有了激烈交战,也没有了欢呼雀跃,就像冬眠了一样,只有无声无息的雪,只有我们在天寒地冻里的兴奋面容。足球场边悬挂着成员国的国旗,还有一座由球员叠罗汉组成的大力神杯的雕像。我们几个不管不顾地攀爬在上面合影。对我来说,搂着大力神杯的雕像,似乎比见到真正的大力神杯更值得纪念,因为我是一枚货真价实的伪球迷。

△造型奇特的路灯也闪烁着梦幻的光晕

　　苏黎世真是一个风情万种海纳百川的城市，它的情调无处不在。它融合了不同的民族和不同的语言，汇集了世界各地许多的著名机构，更涵养了不同的情愫，包容了多元的文化，古老的城堡与时尚的酒吧、摩登的商店自然地融合在一起。无论你有着什么样的追求和信仰，都能够在这里找到你的所爱。漫步于河边的老城区，踩着碎石子铺成的小路，在路旁的古建筑前停留片刻，踏访路过的小店，买一把印有卡通图案的小军刀，再寻找一个驿站小憩。还要到山上看看雪松，再寄一张明信片给远方的朋友。苏黎世有太多太多的情景都能够让你流连忘返。不虚浮不喧嚣，简简单单真真切切，这或许才是一个真正有内涵的城市应当具有的品格和姿态。

△ FIFA 总部

△一闪一闪亮晶晶，眼前都是小星星

> 001

> 002

△海纳百川，风情万种

初识法兰西

　　圣诞之旅的最后一站，我们来到了法兰西大帝国，相信在每个人心目中，都对这样一个浪漫、自由、优雅、时尚的国度有着自己的幻想，特别是我这种天枰座小女生，更是早已对这个有花海，有城堡，有铁塔，有歌剧院，还有电影节的地方心生向往了。记得高三的时候我有一段时间特别想学法语（高一的时候立志学西班牙的事情早已被我忘的一干二净），也没有什么特别的缘由，就是想学法语，后来因为死活都搞不明白法国大革命的来龙去脉，担心学法语之后还要再学这段历史，才改变心意不去学法语了，于是直到现在我连一点法语都不会。但是语言对我来说从不会是障碍，反倒是促使我去了解一个国家一座城市的理由。

　　如果只能去法国的一个城市，你会选择哪里？是浪漫都会巴黎，是蔚蓝海岸尼斯，是众星云集的戛纳，还是纯洁美丽的阿尔卑斯？我的答案只有一个，紫色海洋普罗旺斯。上中学的时候，看琼瑶剧《又见一帘幽梦》，的时候就特别希望有朝一日能够徜徉在那淡紫色的花海中。可惜薰衣草的花期在 6 月，而当时正值 12 月，无论如何都看不到薰衣草的，所以这一想法就只能暂时搁浅，等我将来拍婚纱照的时候，再去普罗旺斯吧。

　　这一次只有四天时间，首都巴黎当然是首选，顺便把第二大的城市里昂也去了，只是没想到大名鼎鼎的里昂火车站竟然在巴黎。

　　法国是一个自由的国度，三色旗上的蓝色是自由的象征。法国有着得天独厚的自然环境，源远流长的历史，浓厚多元的文化积淀，在法国境内有 38 处联合国教科文组织认定的世界遗产，8000 多个博物馆，40000 多处历史建筑，每年都会举办 500 多个特色活动，无论是人文之旅还是自然之旅，都能够给你意想不到的震撼。虽然我喜欢看自然风光，但是受到了季节的制约，这一次的法国之旅还是以参观人文景观为主。寒冷的天气，仓促的时间注定让这次法国之行留下遗憾，但也正是因为这样，我才会对下次来法国有更多的期待。

　　既然下一次遥遥无期，那就还是让我来好好回顾一下这一次吧。

视觉的里昂

　　里昂建于公元前 43 年，是凯撒的代表 Munatius Plancus 建立的罗马殖民地。它位于法国索恩河和罗讷河两条河流的交汇处，也处于欧洲的十字路口上，是重要的交通枢纽。里昂还具有多重的角色，它是欧洲文艺复兴时期商业文化平台，是电影的诞生地，是欧洲的丝绸之都，是壁画之城，是发明之乡，是强大的工业城市，是重要的教育中心。

　　在里昂的历史上，还留有许多中国的痕迹。里昂曾是中国的丝绸产品在欧洲的集散中心，清朝时中国还曾派一批青年来里昂学习蚕丝工艺。20 世纪的早些时候，里昂是唯一教授中文的城市，里昂也是最先接纳中国留学生的法国城市。所以，来到里昂，当然要用心感受它如此丰厚的城市内涵。

　　瑞士离法国很近，不需要再坐飞机，坐火车就好了。里昂的火车站比较混乱，人种也比较复杂，已经被偷过的我觉得好多人看起来都像坏蛋，于是又提高了警惕。我已经想不起来我们在里昂住的是什么酒店了，只记得当时找酒店还是费了一番周折的，因为法国人的英语也不太好。我们先问了火车站里的花店老板，他看上去应该知道我们的酒店的位置，可是他只会说法语，说了半天我们一点也听不懂。法语跟葡萄牙语虽然也是一个语系的，但是如果没有专门学习过法语，只凭猜测是完全无法理解的，于是我们只好再去问别人。

接着我们遇到了一个遛狗的老爷爷，他至少听得懂英语，虽然说英语对他而言是一件有些困难的事情，但他依然非常努力地说着夹杂着各种法语单词的英语，希望我们能够听懂。后来，他干脆直接带我们一起找酒店，我们心里虽然多少有些疑惑他到底是真的热心还是另有企图，但还是乖乖地随着他走了，最后他真的把我们带到了我们的酒店门口，看来这个世界上还是好人多。

奔波了数个小时已经饥肠辘辘的我们，放下行李之后就出去觅食了，原本我们还对法式大餐充满期待，但是这第一顿饭，彻底击碎了我们的全部幻想。这家餐厅就在我们的酒店楼下，装潢和格调都很浪漫小资，但是服务和食物就没有那么美好了。菜单上面只有法语，一个英文单词都没有，所有的服务员都不说英语。当我们询问"Can you speak English？"的时候，高冷的服务员非常傲慢又坚定的说了个"no"。我看他其实会说，只是不想跟我们废话而已。于是我们点菜就只有靠猜的了，看哪个菜的名字顺眼且价格合理，就点哪个菜。我是最幸运的，我点的是牛排薯条套餐，虽然不好吃，但还能勉强接受。而可怜的豆豆，点了一整碗的贝壳，没有青菜没有主食，只有贝壳，

20 几个贝壳，而且很难吃。实在是不能理解为什么法国人吃这些东西能吃得那么津津有味。听说里昂是美食之都，然而我完全没有感受到，反倒是这一顿饭让我们哭笑不得。回酒店之后，机智的蕾蕾立刻把法语里的鸡肉猪肉米饭等词汇抄了下来，我们也决定接下来还是尽量找中餐馆吧。

△圣让主教堂，感觉跟波尔图大教堂有一点点像

　　跟欧洲其他城市一样，教堂、广场都是里昂必不可少的景点。知名的教堂有圣步吕诺教堂、圣尼济耶教堂和圣让主教堂。圣让主教堂是里昂的首席大教堂，它始建于 1170 年，一直修建到 16 世纪初，表现了中世纪和哥特式风格的完美结合，是文艺复兴时期的建筑杰作。教堂的入口处装饰了 280 块 14 世纪早期的四方形石刻浮雕。听说教堂内 15 世纪的天文钟每到 12 点、

14点、16点和18点时都会准点报时，钟内的小人还会出来表演，可惜我没有看到。据说这里曾举办过教皇二十二世加冕的典礼，也曾举办过亨利四世的盛大婚典，这里传说就更要靠自己去想象了。

里昂的市中心有一个"巨型"的白莱果广场（是白莱果，不是白苹果），之所以说它是"巨型广场"，是因为它是欧洲最大的红土广场，也是法国的第三大广场，当然它的规模不能够跟中国的任何一个大广场相比。白莱果广场的地面全部是由红土铺成的，色调温暖而柔和，然而它却是19世纪里昂纺织工人暴动的重要舞台。广场中心矗立着法国波旁王朝时期的国王路易十四威武骑马的雕像，不过法国历史我没学好，想不起来路易十四有什么具体的事迹了，只是觉得欧洲人骑马的雕像都差不多，根本分不清谁是谁。

里昂老城是感受文艺气息的最佳去处，15-17世纪哥特式和文艺复兴式的古典房屋鳞次栉比，连排相接，狭窄而昏暗的街巷仿佛是历史的通道，古朴而典雅的氛围会让你感觉自己穿越到了几百年前，浓厚而凝重的历史气息扑面而来，过往的故事历历在目。对于熟知法国历史的人来说，老城非常值得细细用心品味，而对于我这种被法国大革命就已经搞得云里雾里的人来说，对它的欣赏就只能停留在视觉的层面上了。

◇铺满红土的白莱果广场

◇这个应该是火车站

◇已经被我忘记名字的建筑

◇雍容华贵的里昂市政厅

巴黎 - 连饿死都
被视为艺术

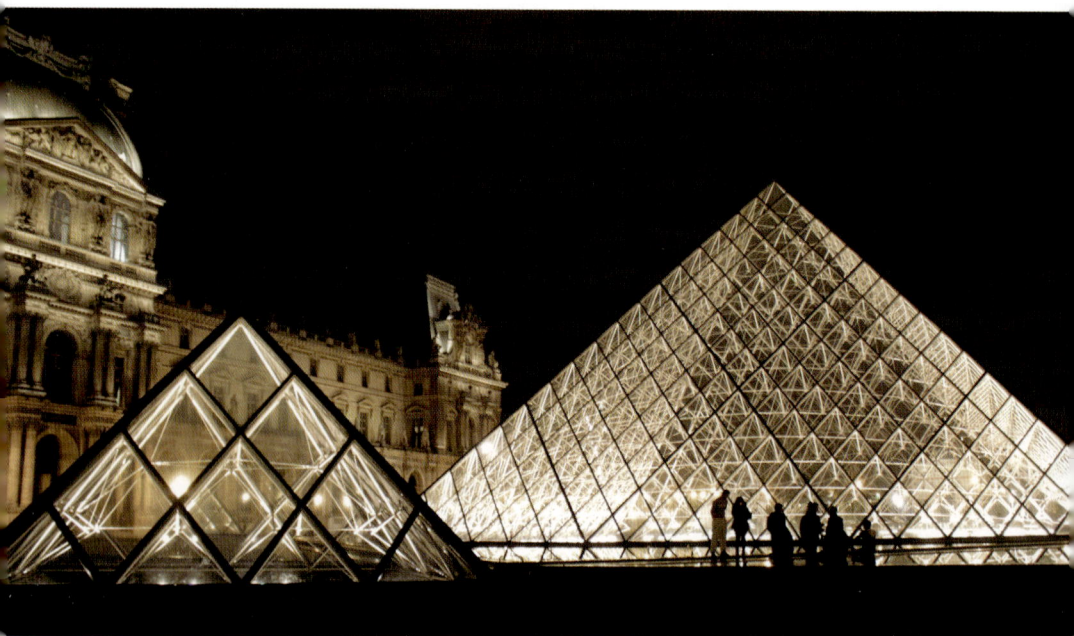

西班牙小说家卡洛斯·萨丰曾说"巴黎是世界上唯一一个连饿死都被视为一种艺术的城市"（Paris est la seule ville au monde où mourir de faim est encore considéré comme un art），真的是这样吗？抛开印象派发源地、欧洲油画中心、欧洲文化中心、欧洲启蒙思想运动中心、文化旅游胜地等诸多头衔，或许只有真正懂艺术的人才能领会其中的深义。

我并不认为我有如此高的境界，但我依然奢望可以在这里找到心灵上的共鸣。我曾经做过一个心理测试，测试结果显示我的潜意识里是一个法国人。的确，我喜欢艺术，追求浪漫，比起物质上的富足，我更在意精神上的享受，用当下时髦的话说，这就叫傲娇且不切实际，也可以叫不食人间烟火。可是不管我幻想着多么小资的生活，在北京我都必须忍受嘈杂的汽笛声、拥堵的街道和糟糕的空气。然而在巴黎，我却可以放慢脚步，用心感受它无处不在的艺术氛围，轻浮的，厚重的，惊艳的，优雅的，然后找到心灵的归属感。

历史，古建，电影，时尚，美食，酒吧，爱情，哲学，艺术，购物，这些元素在巴黎应有尽有，无论你对美食有多么独特的品味，对时尚有多么超常的敏感，对浪漫有多么特别的渴望，还是对哲学有多么独到的见解，巴黎都能够满足你所期盼和追求的一切。巴黎是经济发达的艺术之都，是欧洲风度与文化品味的代表城市，在街头巷尾，在咖啡厅，在艺术馆，在歌剧院，在 T 台秀场，你总可以找到属于你的一片天地。

巴黎这个名字源于公元前居住在塞纳河心西岱岛上的"巴黎西人"（Parisii），历经罗马人、法兰克人的统治，直到 10 世纪卡佩王朝开始后，巴黎才成为首都。12 世纪时，卢浮宫成为护城堡垒，圣母院成为主教堂。16 世纪时，弗朗索瓦一世把卢浮宫改建成王宫，并入藏了大量著名的绘画作品。波旁王朝时，路易十四把王宫迁离巴黎，并修建了凡尔赛宫。1852 年时，奥斯曼男爵对巴黎进行了大规模的改造，肮脏破乱的巴黎才重新焕发出浪漫的光芒。

作为时尚浪漫之都，巴黎的物价当然不会太低，随便的一顿饭人均就需要 10-20 欧元，单程的地铁票需要 1.8 欧元。虽然乘坐地铁是最方便快捷的出行方式，但是巴黎地铁里的小偷比巴塞罗那的小偷还要猖獗，如果没有看好随身物品，可就得不偿失了。

不过我们在巴黎终于土豪了一把，住了世界知名的 NOVOTEL 酒店。反正四个人平摊一个房间的房费还是很划算的，这就是人多的好处。不过我们订的这家 NOVOTEL 位置比较偏僻，不在巴黎的市中心，坐完地铁之后还需要换乘公交车才能够抵达。因为巴黎市中心的酒店价格实在是太昂贵了，就算只住个一二星级的，也价格不菲。不过在平时公交正常运行的时候，酒店距离远一点其实完全没有问题，可是我们在巴黎时刚好是元旦，很多公交线路停运或者限时运行，这给初来乍到不明就里的我们的出行带来了很大的不便。

记得有一天晚上，我们要乘坐的公交车变成了区间车，而我们要去的那一站恰好不停，这辆车的运行线路又是环线，于是我们就懵懵懂懂地坐回了始发站。恍然大悟之后我们再次上车，在离我们酒店最近的可以停靠的那一站下了车，可是下车之后完全不知道那是哪里，眼前只有黑漆漆的一片，路上一个行人都没有，我们自己找寻了好一会儿却无果。后来找到另外一家宾馆，原本想让前台的工作人员帮我们叫辆出租车，没想到他主动说可以开车送我们去我们的酒店。为了表示感谢，我们决定把白天买的纪念品送给他，可是他却非常直接地向我们要了钱。不过还是要感谢他，不然那晚我们真的就要无家可归了。

NOVOTEL 是一个全球连锁的商务型高档酒店的品牌，各方面条件都很好，可是天有不测风云，再好的酒店也会有意外发生。有天早上起来之后，酒店的 wifi 坏掉了，而我因为手机被偷了，没有手机卡，没有流量，必须依靠 wifi 发微信跟国内的家人朋友联系，所以在没有 wifi 的情况下，我真是无计可施，实在没有办法发微信联系了。我原本还以为地铁站和餐馆里总会有 wifi，可是没想到巴黎的 wifi 系统那么不完备，不像北京连公交车上都有 wifi，我在巴黎找了一天的 wifi 都没有找到，就这样一直拖到晚上返回酒店，都没能登上微信。当天晚上酒店的 wifi 依然没有恢复，还好我蹭到了隔壁房间的人分享的热点，才终于给家人报了平安。由于这一次突然失联，让家人惴惴不安了一整天。这件事也是我手机被偷的多米诺骨牌中一张倒下的牌。我的教训就是，出门在外，丢钱丢脸都行，千万别丢护照丢手机；偷懒偷闲都行，就是别让人把手机偷了。

也不知道是谁说的，这世上唯有美食和美景不可辜负。法国的美食，我却真的不得不辜负。听说法国人对饮食艺术有极高的要求，鹅肝、海鲜、蜗牛、芝士等等都是法国的著名美食。法国菜在材料的选用上也十分讲究，主菜通常偏好牛肉、蜗牛肉、羊肉、家禽、海鲜、蔬菜、田螺、松露、鹅肝及鱼子酱，在配料方面则采用红酒、牛油、鲜奶油及各式香料。在烹调时，火候的掌握也是非常重要的，牛羊肉通常烹调至六、七分熟即可，海鲜烹调时须熟度适当，不可过熟。每一道菜都有它独一无二的烹调方法，配上红酒、香槟，都是绝世美味。

只不过如此这般的绝世美味都是我听来的，不是我亲自品尝出来的，可能是我们没有去正宗的法国餐厅，可能是我们不会点菜，可能是好吃的菜都太贵了，我们舍不得点，可能是法国菜的确不太符合中国人的口味，总之就是我们一致认为法国菜不好吃。特别是奶酪，吃了一口之后我觉得我一天都不想再吃饭了，太浓太腻太恶心太反胃。但是法式鸭胸超级好吃，那是我在巴黎吃的最满意的一道菜，意大利老醋和蜜糖汁淋在软嫩的鸭胸肉上，味道浓郁而香甜。法式蜗牛和鹅肝应该也值得尝试，只是穷学生吃不起。

法式甜点非常精致，种类也比较繁多，最被国人熟知的法式甜点当属马卡龙，因为刘谦曾在春晚上把马卡龙当作过魔术道具，于是马卡龙一夜之间风靡中国。既然来到了法国，当然要尝一尝最正宗的马卡龙，马卡龙其实是奶油和果酱馅的杏仁蛋白饼，缤纷的色彩十分诱人，巴黎街头卖的马卡龙大概2欧一个，我们把喜欢的颜色和口味的马卡龙都买了一遍，但是感觉并没有想象得那么好吃。

不知道是不是因为语言不通的缘故，我觉得法国餐厅的服务态度都不太好。有一天中午我们随便在景区附近找了一家餐厅，一进门就看到里面坐了一位中国阿姨，她看到我们进来之后两眼放光，我当时就意识到这位阿姨应该需要帮忙，果然，她过来问我们是不是中国人，想请我们帮她点菜。她是来巴黎看望留学的儿子的，然后未经儿子许可就自己跑出来玩儿，因为语言不通出了好多洋相，总算遇到几个中国小姑娘可以帮帮忙。但是这家餐厅的服务员不是很会说英语，他们在跟我们沟通的时候也很不耐烦，最后还上错了菜。可能并不是所有的法国人都高冷，但是服务行业的法国人在对待外国游客的时候，经常盛气凌人。

为了不辜负巴黎的美景，我付出了很大的代价。一月的巴黎相当寒冷，是巴黎一年四季中最萧瑟的时候，整座城市都阴阴的，没有任何光泽，虽然别有一番滋味，可是却不适合在室外游玩。而在巴塞罗那就已经感冒了的我，没有随身携带感冒药，夜里咳嗽不止，白天原本应该在酒店稍事休息，可是却依然拖着乏力的身躯以最饱满的精神跟小伙伴们一起行走。面对美景，我拿出了200%的激情，病魔也无法阻挡我的脚步。究竟是什么力量支撑着我，是好奇？是渴望？是期待？或许都不是，可能是强迫症在作祟吧，我就是觉得既然都来了就必须出去玩儿。好在那些景点真的没有让我失望，只不过如果天气不那么冷，拍出来的照片能更好看一些就更好了。当然，如果时间允许的话，最好还是不要在冬天最寒冷的时候出去旅行，冻病了可就不是那么好玩儿了。

　　说到巴黎的景点。如果我说最值得推荐的是埃菲尔铁塔，你们可能会觉得毫无新意，可它确实是一座神奇的塔，站在不同地点从不同角度观看，它都能够让你感受到它不同风情和容姿。虽然铁塔本身的颜色是灰黑昏暗的，可是优美的造型却让它看起来十分灵动，所以又被法国人戏称为"铁娘子"。

　　铁塔属于这座非凡的城市，城市也属于这座非凡的铁塔。埃菲尔铁塔得名于它著名的建筑师古斯塔夫·埃菲尔。铁塔建于1889年，高324米，重9000吨，是巴黎最高的建筑物，最初用于迎接世博会并纪念法国大革命胜利100周年。在建造之初，埃菲尔铁塔曾遭到了很多法国人质疑，因为他们认为这样巨大的钢铁结构和巴黎浪漫的格调格格不入。

　　其实，艺术本身就是主观的，有赞扬的声音，就会有负面的言论，可是真正伟大的艺术就是能够经受住这些考验，并且焕发出永恒的魅力。所以，埃菲尔铁塔现在成为了巴黎乃至整个法国毋庸置疑的标志和象征，它每年都能为巴黎带来15亿欧

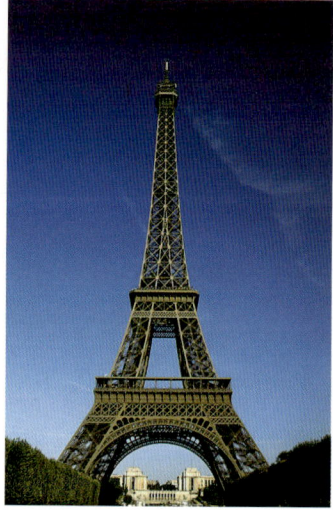

△白天的铁塔 vs 夜晚的铁塔

元的旅游收入。

其实在埃菲尔铁塔的背后，还有一段凄美的爱情故事。埃菲尔铁塔的设计师古斯塔夫·埃菲尔的心上人叫玛格丽，她在年轻的埃菲尔最沮丧无助的时候给了他勇气，埃菲尔才得以考上理想的大学，后来学业有成的他逐渐展现出了惊人的才华。不幸的是，两人结婚 15 年之后玛格丽因病离世。埃菲尔虽然痛苦万分，却没有因此一蹶不振，他发誓要修建一座通天的铁塔，站在最接近天堂的地方，对他毕生挚爱的人说"我爱你"。于是，见证着爱情誓言的埃菲尔铁塔终于坚定的冲出传统的束缚和偏见的羁绊，高傲地拔地而起，耸立云端，俯瞰全城。

除了爱情的主题，埃菲尔铁塔还是许多人投身死亡的地方，每年都有一些人攀上高塔，纵身一跃。连死都要死得这么决绝，这么浪漫，真不愧是法国人。

如今，埃菲尔铁塔历经了上百年的风雨飘摇，但它却从来不是一座冷冰冰的建筑物了，它已经成为了法式爱情的见证和法国文化的象征，铁塔已经融入了人们的生活。在巴黎，无论你走到哪里，都离不开埃菲尔铁塔的视野，它会时时刻刻注视着你，守护着你，它有时藏在大树后，有时躲在光晕里，有时清晰，有时朦胧。它就像是记忆堆砌而成的一样，在岁月的浮浮沉沉中，从不曾辜负倾世的依恋。前世今生的执念牵绕着它在，它却在云淡风轻中讲述情深缘浅的故事，它看尽人间的爱恨喜悲，演映铭心刻骨的哀美凄绝。

白天的铁塔比较适合远观，在蓝天白云的掩映下，铁塔与大桥和教堂共同组成了一幅奇妙的画卷。晚上的铁塔，更宜于近距离观赏，因为晚上的铁塔会发光。在这个世界上，并不是只有金子会发光，铁塔也会发光，而且它发出的是爱情的光芒。灯光映衬下的铁塔褪去了灰色的衣衫，穿上了金色的华裳，于是它瞬间就绚烂起来，迷幻起来，用它闪烁的光影和悸动的气息来召唤世人坚强、勇敢、乐观地面对生活。用时下流行的语言来形容它，就是 360 度无死角，无论从哪个角度看，它永远都是一座壮观的铁塔，不会有任何改变。

去看铁塔的那天晚上，下了忽大忽小的雨，站在寒冷的夜雨里执着地欣赏铁塔的灯光秀，其实是有一点凄凉的。然而铁塔真的是有磁力的，尽管天气不佳，我们还是被它深深吸附着。遗憾的是因为光线太暗，雨水又打湿了镜头，头发也被狂风吹得乱七八糟的，拍了几十张照片都拍不出一张好看的，看来高冷的铁塔不喜欢我跟它合影。铁塔下有很多卖铁塔迷你模型的小商贩，有的 1 欧卖 3 个，有的 1 欧卖 5 个，有的 1 欧卖 7 个，叫卖声不绝于耳。最后，我们还是没能突破商贩们层层围堵，每人都花了 1 欧买了一组小铁塔，我还买了一个大的会发光的，准备带回家每天点亮欣赏，可是回去之后它就坏掉了。真正的铁塔要是也这么不结实，可就要有大麻烦了。

△纪念品商店里还有长颈鹿造型的铁塔，样子十分可爱

　　接下来就该说说大名鼎鼎的巴黎圣母院了。雨果的小说《巴黎圣母院》当中有这样一段名言："最伟大的建筑大半是社会的产物而不是个人的产物，与其说他它们是天才的创作，不如说它们是劳苦大众的智慧结晶，它们是民族的宝藏，世纪的积累，是人类才华不断升华所留下的沉淀。总之，它们是一种岩层，每个时代的浪潮都给它们增加冲击土，每一代人都在这座纪念

性建筑上铺上他们的一层土。人们并没有在这些大建筑物上留下自己的姓名，而人类的智慧却凝聚在那里，时间就是建筑师，而人民就是泥瓦匠。"巴黎圣母院就是这样一座建筑，雨果的同名小说让这座带有神秘色彩的哥特式建筑更加地令人神往，我也因此想去看一看是不是真的有钟楼怪人。

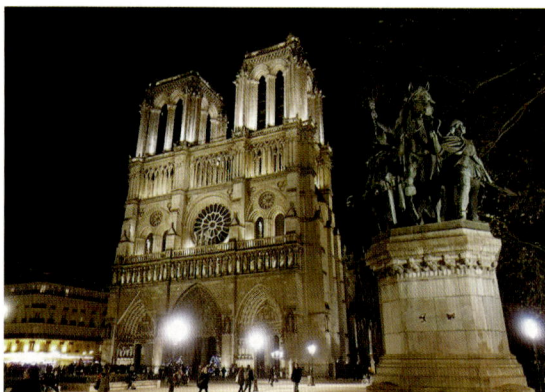

△比起白天的巴黎圣母院，夜晚的巴黎圣母院似乎更迷人

巴黎圣母院位于塞纳河畔西岱岛上，1804 年拿破仑就是在这里加冕的，教廷也是在这里为圣女贞德平反的。它始建于 1163 年，历时 180 多年才修缮完成。800 多年来，它见证了法国不断变迁的兴衰史。巴黎圣母院的法文名为"Notre Dame"，中文译文是"我们的女士"，而这位女士正是耶稣的母亲圣母玛利亚。整座教堂都用石材堆砌而成，庄严而肃穆，

雨果把巴黎圣母院比喻成"石头的交响乐",原本静穆的石头变成了富于乐感的石头,将整座教堂装点得灵动又不失庄重。教堂顶部的塔楼上拥有著名的怪兽回廊,还悬挂着一口大钟,因为它是卡西莫多敲打的钟,所以它引发了我长久的注目。欧洲华丽壮观的教堂太多了,如果没有钟楼怪人的故事,我可能也不会对它有特殊的兴趣吧。

作为一个热爱音乐的文艺青年,我当然也不能够错过瞻仰巴黎歌剧院的机会。巴黎歌剧院作为世界上最大的抒情剧场,总面积 11237 平方米,是一座至高无上的音乐殿堂,它是折衷主义登峰造极的作品。所谓折衷主义,本是一种哲学术语,人们用这一术语表示那些既认同某一学派的学说,又接受其他学派的观点的思潮。折衷主义喜欢把不同的思想和理念糅合在一起,是形而上学的一种表现形式。巴黎歌剧院的设计理念就融入了这一思想,它艺术地融合了古希腊罗马式和巴洛克式等等建筑风格,但你丝毫不会觉得它的设计杂乱无章,反倒会觉得集于一身的各种风格相得益彰,精妙绝伦。

巴黎歌剧院是建筑师欧叶尼于 1861 年设计的,据说当初皇后在 170 多个设计方案中看到欧叶尼的方案后曾这样质疑他:"这是什么?既不是罗马式,也不是古典式,更不是路易十四世、路易十五世！"，然而他却自信的回答："尊敬的皇后，这是您丈夫的'拿破仑三世式'！"后来，这座歌剧院成为了拿破仑三世和欧也尼爱情的象征，看来法国人真的很喜欢把建筑物作为爱情的象征。

巴黎歌剧院是一座四四方方的建筑，规模宏达，气势恢弘，是一座绘图、金饰和大理石雕琢交相辉映的剧院建筑。建筑正面有7座拱门，拱门上方还有莫扎特、海顿、巴赫、贝多芬等著名音乐家的塑像。作为一个从小学习钢琴接触古典音乐的孩子，我真的应该好好膜拜一下他们，可惜这里没有我最喜欢的作曲家肖邦的塑像。

歌剧院外侧的雕琢繁琐而精细，镀金的房檐四角各有一个闪闪发光的插着翅膀的金色雕像，我并不知道这些插着翅膀的雕像的寓意，我的理解是音乐能够让人生出梦想的翅膀，让人抛弃烦恼自由翱翔到梦幻的世界中去。我非常喜欢这种架构宏大却雕饰精细的建筑，看来我也是一个折衷主义者。

歌剧院内部的装饰更是金碧辉煌，富丽堂皇，极尽奢华，像是一个首饰盒，装满了金银财宝，却又洋溢着浓郁的艺术气息。《歌剧魅影》的故事就发生在这里。初中的时候我就很喜欢《歌剧魅影》里面的音乐，等我将来有钱了，我一定要专程来巴黎歌剧院看一场歌剧魅影的音乐剧。虽然这次没能去听音乐会，但是小憩在歌剧院前的台阶上，伴着淡淡夜色，听街头艺人唱歌，也是一种享受艺术的方式。艺术是高雅的，也是平凡的，艺术没有高低贵贱之分，无论在大雅之堂听华美的歌剧，还是在街头巷尾听音乐人充满生活气息的歌声，都是艺术，因为再高雅的艺术都来源于最平凡的生活。

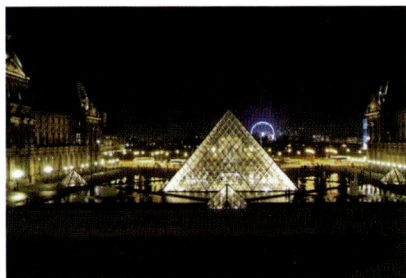

△白天的卢浮宫 vs 夜晚的卢浮宫

　　欧洲的博物馆太多太多，虽然我不是每个博物馆都要进去参观，但是像卢浮宫这样的博物馆不进去看看实在是太遗憾了，毕竟它是世界上最古老，最宏大，最著名的博物馆。卢浮宫位于巴黎市中心的塞纳河北岸，始建于 1204 年，原本是法国的王宫，当时的国王佛朗索瓦出于对艺术的热爱，邀请了诸多艺术家来法国生活，达芬奇就是其中的一位。拿破仑称帝时期卢浮宫一度扩建，20 世纪 80 年代，华裔建筑家贝聿铭又为卢浮宫设计了金字塔形玻璃入口，当时曾引发了很大的争议，然而时间却证明了它无可取代的价值。

卢浮宫是法国文艺复兴时期最珍贵的建筑物，历经 800 年间的扩建、重建才有了今天的规模。卢浮宫内收藏的艺术品多达 40 万件，涉及雕塑、绘画、美术工艺、古代东方、古代埃及和古希腊罗马 6 个门类，平时展出的大约有 4 万件。不过如果想要都看一遍的话，就算一件只看一分钟，也需要花费 1 个月的时间，不愧是世界上最著名的万宝之宫。

卢浮宫有三宝，维纳斯、胜利女神和蒙娜丽莎，大部分游客都是来看这三宝的，我也不能免俗。维纳斯是罗马神话中象征爱与美的女神，尽显了女性独有的端庄妩媚的曲线美。至于这尊雕像的左臂是如何断掉的，至今都没有一个确切的答案，可是残缺的美却成就了她的独一无二。胜利女神是希腊罗德岛的雕塑家为了纪念塞浦路斯海战而创作的神像，这尊神像虽然也有所残缺，头和手臂都已丢失，但从女神那健美丰腴的身姿中，我们依然可以感受到她的英姿飒爽，飞扬的羽翼和飘逸的裙摆无不透露着女神胜利的喜悦。《蒙娜丽莎》是意大利画家达芬奇的惊世之作，又称《永恒的微笑》，那微笑既美丽动人又略含哀愁，既温婉平和又神秘莫测。不论你站在何处，蒙娜丽莎都在注视着你，含笑于你，那永恒的微笑更是人们 500 年来莫衷一是的谜题，所以前来卢浮宫的每一位游客，都想要亲眼看一看蒙娜丽莎微笑的真容。

△胜利女神、维纳斯和蒙娜丽莎

卢浮宫外总是排着长长的队伍，队伍中有三分之一的人都是中国人，在这里我终于不用再担心被当成日本人了。卢浮宫门票原本是 11 欧元，不过对 25 岁以下的青年免费。玻璃金字塔门口的黑人大哥一边翻看我的护照，一边用简单的中文问我："你多大？"我报了岁数就顺利地进去了。卢浮宫里面真的很大，跟着地图和指示的箭头走，都很容易迷路。我们也没有足够多的时间把所有的展品都看一遍，所以只看了一部分就决定直奔主题去看蒙娜丽莎。

　　蒙娜丽莎前面被警戒线围起来了，游客只能站在 5 米外欣赏，一层又一层的人群把那里围得水泄不通，好几个保安在维持秩序，一群人撤退，另一群人才能挤上前去，拥挤的场面堪比北京的地铁。反正我不是自己主动挤到前面去看的，我完全是被后面的人推到前面去的，不过我还是应该谢谢他们，不然我自己真挤不过去。凝视了几秒蒙娜丽莎真容的微笑后，我就又被人群挤出来了。其实不管再看多长时间我也不可能揭开蒙娜丽莎微笑的秘密，还是重新呼吸到新鲜空气的感觉最好。

　　为了看一眼蒙娜丽莎的原作，为了拍一张清晰的照片然后晒到社交网站上去，那些人真的拼尽了全力，这其实挺令人无语的。艺术本是高雅的，是应该静静欣赏和品味的，而不是用来让一群根本都不懂它的创作背景和内在涵义的人挤来挤去拍照炫耀的。我真觉得展出的蒙娜丽莎根本就不是达芬奇的真迹，真迹早就不知道被藏到什么地方去了。与其被一群哄来哄去的人围观，倒还不如珍藏起来。

　　我承认，在这样的绝世名作面前，我其实没有任何的发言权，但我不想只是走马观花，我想用心去感受，我想真正懂得其中的奥义。正如莎士比亚所说"一千个人眼中就有一千个哈姆雷特"一样，一千人眼中也可以有一千个蒙娜丽莎，每个人对她的微笑都可以有自己的理解，但必须是发自内心的理解，而不是肤浅地为了到此一游而到此一游。

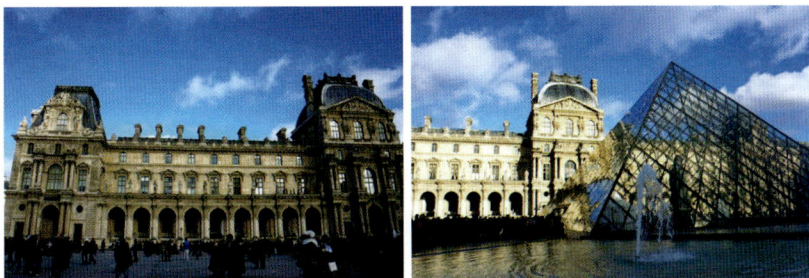

△在蓝天白云的掩映下，巴黎显得格外透亮

　　卢浮宫外的广场上，天空特别的蓝，那是一种纯净的，透明的，令人心动的蓝，蓝到似乎可以倒映出广场上的宫殿。玻璃做的金字塔在和煦的暖阳中闪烁着晶莹的光泽，我们在它面前摆出各种搞怪的造型，并企图通过视觉借位将它玩弄于股掌之中。我特别喜欢这个透明的金字塔，真的觉得很好看，而且我觉得历史本来也应该是这样透明的。华人建筑师贝聿铭的设计，用现代的手法表现历史的题材，实在是太有创意了。而此时的巴黎，浸润在阳光中，沐浴在蓝天下，变得香艳而透亮，明媚而澄澈，自然的空灵和历史的气息让这座城市具有梦幻而独特的魅力，但愿这样美好的巴黎，不要像梦境一样逝去。

巴黎著名的景点实在是太多了，接下来就轮到凯旋门了。凯旋门的全称是"雄狮凯旋门"，这是一座迎接外出征战的军队凯旋归来的大门，也是世界上最大的圆拱门。1806 年，拿破仑一世为了庆祝帝国军队在奥斯特里茨战役中取得胜利，下令修建一个象征胜利的标志性建筑，它就是凯旋门。然而拿破仑于 1821 年过世，没能亲自见证这座胜利之门的落成。直到 1840 年，90 万巴黎市民冒着严寒目送拿破仑的遗骸在仪仗队的护送下穿过凯旋门，拿破仑在去世近 20 后才终于圆了从凯旋门下回到巴黎的夙愿。

△气势恢宏的凯旋门

这座圆形拱门象征着拿破仑军队的所向披靡和战无不胜，在它两面的门柱上有四组主题浮雕，分别表示出征、胜利、和平和抵抗。到了 1885 年雨果逝世时，法国为这位伟大的作家举办了隆重的国葬，他的遗体也曾在凯旋门的金色拱顶下停灵了一夜。在凯旋门的四周，镌刻着跟随拿破仑征战的 286 名将军的名字。凯旋门下方有一座无名烈士墓，里面安葬了一位在第一次世界大战中牺牲的无名烈士，他代表着在一战中牺牲的 150 万名法国军人。每年 11 月 11 日的法国一战停战纪念日上，法国总统都会到此为烈士们献上鲜花。至此我才突然发现，在法国每一座著名的建筑背后，其实都有着感人肺腑的故事，无论是关于爱情的，还是关于战争的。的确，有故事的建筑才能在时间的长河中散发出更大的魅力，更加地引人入胜。

想要拍凯旋门的全景，需要站到马路对面去，而凯旋门的尽头，就是香榭丽舍大道了。Les Champs-Elysées 是一首特别好听的法语歌，"Aux Champs-Elysées, aux Champs-Elysées（在香榭丽舍，在香榭丽舍）Au soleil, sous la pluie, à midi ou à minuit（在阳光中，在雨露里，在午后，在午夜）Il y a tout ce que vous voulez aux Champs-Elysées（这就是你要的，在香榭丽舍）"。香榭丽舍大道浪漫又轻松的氛围就像这首歌活泼轻快的旋律一样，也正如这几句歌词中唱的一样，无论天气是晴是雨，无论时间是早是晚，你都可以在香榭丽舍大道找到你梦寻的一切。

香榭丽舍大道这个名字其实是徐悲鸿在法国留学期间翻译的，Elysées原本是极乐世界的意思，徐悲鸿赋予了它诗一样的中文名字。香榭丽舍大道从凯旋门一直延伸到协和广场，全长近2公里，它是巴黎最美的街道，同时也是一条极尽奢华的街道，世界一流的奢侈品牌、服装店、香水店、皮包店都集中在这里，银行、电影院、餐厅、酒店也分布于街道两端，街道两旁的19世纪的古典建筑和古老的路灯更是为它平添了文艺色彩，因此在众多文学作品中，香榭丽舍大道都成为了王室贵族和上层社会骄奢享受的温柔之乡。

香榭丽舍大道始建于1616年，当时的皇后决定把卢浮宫外的沼泽地改造成一条绿荫大道。虽然它历经了几百年的演变成为了今天的商业大街，但是道路两旁的梧桐树依然是永不改变的一大容颜。夏天的香榭丽舍绿树成荫，枝叶茂密，整条繁华的大街都沉浸在遮天蔽日的绿色中，而那种清旷的自然气息会让你血拼购物的心也能沉静下来。夜晚的香榭丽舍火树银花，人流涌动时，这条大街就喧腾到了极点。

△火树银花的香榭丽舍大道

　　可是我们来到这里的时候，不是在夏天，也不是在夜晚，而是在一个凄清寂冷的寒冬之晨，梧桐繁叶落尽，空留残枝摇曳，华灯也早已熄灭了光亮，香榭丽舍大道被阴郁的寒气笼罩着。但是道路两旁甜美可爱的装饰却吸引了我的目光。我是一个蝴蝶结控，喜欢带有蝴蝶结的衣服和首饰，看到家餐厅外超大号的蝴蝶结，我一下子就兴奋起来了。这是一条充满奇思妙想的大街，这是一条让人的情感和欲望能够涌动起来的大街，总有一样东西能够让你倾情凝视，总有一个物件能够满足你的小小心思。

　　香榭丽舍大道的东侧，就是协和广场了。因为我是在北京的协和医院出生的，所以我觉得协和广场这个名字听起来就很亲切，然而这两者之间根本没有任何关系。协和广场其实曾经一点也不和谐，它是一个充满血腥的广场，协和广场原名是"路易十五广场"，广场中央最初矗立着路易十五骑马的塑像，用以显示国王的威严。但是在法国大革命期间，塑像被革命党人推倒，并改建成了断头台，路易十六和皇后都是在这里被送上断头台的，此后还有上千人在此被处决，路易十五广场从此更名为革命广场。革命结束后，人们为了祈求和平，才将革命广场易名为协和广场。协和广场是一座八角形的广场，广场中间巍然耸立着埃及方尖碑，这座方尖碑是埃及总督默罕默德·阿里赠送给法国的，上面刻满了埃及的象形文字，赞颂着埃及法老的丰功伟绩。广场四周还有 8 座塑像，分别象征着 19 世纪法国最大的 8 个城市。

△协和广场

△巴士底广场上的
青铜柱

　　虽然法国大革命这段历史我没学好，但是攻占巴士底狱这个历史事件我还是有些印象的，它是巴黎人民的第一次起义，标志着法国大革命的重要进程。"巴士底"在法文中意为"城堡"，巴士底狱原本是一座军事堡垒，最初是为了抵抗英国入侵而修建的。18 世纪末期，巴士底狱成为了控制巴黎的制高点和关押政治犯的监狱，任何反抗封建制度的人都会被关押在这里，它是法国封建专制统治的象征。于是忍无可忍的人民终于在 1789 年攻占了巴士底狱。原来的巴士底狱早已被拆除了，巴士底狱原址就是现在的巴士底广场。我们现在能在巴士底广场上看到一根青铜柱，这根青铜柱其实一座烈士碑，是为了纪念 1830 的七月革命再次推翻封建帝制而修建的。青铜柱顶端有一尊右手高举火炬插着金色翅膀的神像，神像左手提着被砸断的锁链，象征着重获自由。

　　来到巴士底广场之后，我们就开始到处找监狱，也不明白为什么监狱竟会是一根柱子，后来查过资料才知道原来罪恶的监狱早就不复存在了。在这根青铜柱前面，有个外国游客找我帮他拍照。出行路上，找我帮忙拍照的游客真不少，不知道是因为看起来我比较乐于助人，还是因为看起来我的拍照技术会很好，事头上，他们的眼光都不错，因为这两点我都是具备的。但是这一位是我见过的最无理最没礼貌的，他直接就把手机塞到我手里，其他的话都没有说，就只说了一句"take a photo"（给我照张相），一脸你不想给我拍也得给我拍的表情，拍完之后连声谢谢都没说就拿回手机走掉了，于是我就瞠然无语了。不知道如果我用这种态度找别人帮我拍照会是怎样的后果，不过为了防止被揍一顿的悲剧发生，我还是不要效仿了。

我们原本打算到里昂去看里昂火车站，却万万没想到里昂火车站居然在巴黎。（谁能想到上海火车站会在北京呢？）一个独特又漂亮的火车站的确能给疲惫的旅途增添一些鲜活的元素，巴黎的里昂火车站就是这样一座火车站。如果没有人告诉我这是一个火车站，我一定会认为这是一座教堂，精细的雕琢和高耸的钟楼的设计感确实不亚于教堂，难怪它被列为为世界上十大最美的火车站之一。

△巴黎的里昂火车站

对了，顺便说一句，在世界上十大最美火车站的排序中，还有里斯本的罗西欧火车站和波尔图的圣本图火车站。其实我没在葡萄牙坐过火车，都是坐大巴，但是这两个火车站我还是去过的。罗西欧火车站有 8 个宫殿式的拱门，还有很多精致的钟楼装饰，颇有奇幻色彩；而圣本图火车站就更有巴黎的感觉了，火车站的屋顶和石头门脸跟巴黎 19 世纪的建筑有异曲同工之妙，大厅墙壁上铺满了 2 万多块蓝白图案瓷砖，更是彰显了葡萄牙本土的特色。这些美轮美奂的火车站让我不由得感慨欧洲人的独具匠心，连火车站都能设计得如此精妙无比又别具一格，确实令人叹为观止。

△圣本图火车站 vs 罗西欧火车站

巴黎还有一座倾国倾城的建筑，只是由于时间的关系，我们没能前去参观，它就是大名鼎鼎的凡尔赛宫。凡尔赛宫是世界五大宫殿之一，与北京故宫，美国白宫，英国白金汉宫，俄罗斯克里姆林宫齐名。它的兴建与爱情和战争都没有关系，只是因为路易十四羡慕嫉妒财政大臣的沃子爵城堡，便斥巨资动用三万名工人修建法国最雄伟的皇宫。我没能亲眼看到它，就没有办法讲述我的亲身体会了，但是凡尔赛宫这个名字对我来说是如雷贯耳的，因为它在历史书上出现过好几次---美国独立战争结束后，英美在此签订了《巴黎和约》；1919 年英美法等国在此与德国签订了《凡尔赛和约》，宣告了第一次世界大战的结束。我知道，凡尔赛宫外部气势磅礴，内部豪华非凡，花园景色优美。虽然这次没能前去参观，我倒并不觉得遗憾，我会找一个春天，再来巴黎欣赏春色，因为我觉得春天的巴黎是最唯美最浪漫的，那时候的凡尔赛宫，也会是最华丽最迷人的吧。

　　除了凡尔赛宫，还有一个地方，此次我们也是不能成行，需要等到天气好的时候再去游玩，那就是蒙马特高地。蒙马特高地是一片被葡萄园覆盖，布满磨坊风车的乡间小村落，那里有蜿蜒通幽的小路，艺术大气的广场，神圣静穆的教堂，夜夜笙歌的红磨坊，还有迷离梦幻的橱窗和写满柔软爱情的墙壁，还是让我先自由遐想一下这幅美好浪漫的画面吧，这大概就是所谓的身未动，心已远吧。

　　对于我这种少女心泛滥的人来说，巴黎的迪士尼乐园也是不容错过的一站。巴黎的迪士尼乐园是美国之外的第二座迪士尼乐园，但它跟东京和香港的迪士尼乐园有着很大的不同，因为东京和香港的迪士尼乐园都是在繁华的大都市里突兀地营造出来的童话世界，而巴黎的迪士尼乐园的梦幻感，是得天独厚与生俱来的，是与巴黎这座城市的氛围浑然一体的。香港和东京的迪士尼乐园，以游艺项目为主，想要开启一段奇幻之旅还需要排数小时的队伍，而巴黎的迪士尼乐园则是以主题场景为主，并融入了当地的民俗和文化，城堡的设计、花园的造型、街道的铺陈都十分有古典宫廷的感觉。

△ 蒙马特高地的浪漫与美好

粉色的宫殿，银色的圣诞树，黑色的海盗船，黄色的小熊维尼，每一处景观都是我的心头所好，照相机的快门根本停不下来。我甚至还跟小伙伴说巴黎最好玩儿的地方就是迪士尼乐园！因为在我心中有一个公主梦，梦里有粉色的城堡，奢华的衣裳，多彩的南瓜车，晶莹的水晶鞋，帅气的王子，自在的时光，而巴黎的迪士尼乐园就能带我走进这个梦境，让梦境中的一切活灵活现地出现在我面前，这就是这座乐园的魔力。

△迪斯尼乐园缩影

尽兴地玩过之后，走进商店，里面除了卖各种纪念品，还卖小零食，但一桶爆米花就要4欧，这可真是天价。可是我当时就是特别想吃，于是我挑了一桶罐子颜色好看的就买了，然而这桶爆米花的味道居然是咸的，特别难吃，我的美梦瞬间就被咸醒了，这时我才看到罐子外面写了一个 Salty。由此，我明白了一个道理，现实中，不能光看东西的外表好不好看，一定要了解其中的内涵，品尝其真实的味道。

前面说了这么多，大多是关于巴黎的建筑的。当然，在巴黎，还有这样一条著名的河，她把这些建筑都联结了起来。她滋润着城市，养育着人民，她呈"之"字形眷恋地缠绕着巴黎，她静默沉郁，她深邃恬静，她长流无息，她阅尽沧桑，她洗尽铅华，她，就是塞纳河。

塞纳河的源头在一片海拔 470 多米的石灰岩丘陵地带，那里有一条小溪，沿溪而上有一个山洞，洞里有一尊女神雕像，她白衣素裹，半躺半卧，手里捧着水瓶，嘴角挂着微笑，神色安祥，姿态优美。小溪就从这位女神的身后悄然流出，这位女神名叫塞纳，是一位降水女神，于是塞纳河就以她的名字命名了。塞纳河上一共有 36 座风格迥异的桥梁，它们记录着这座浪漫之城的兴衰往事。

冬日的塞纳河，有些许的清冷，也有些许的风情，波影粼粼的河面，闪着明净透亮的光泽。光线透过树枝轻柔地洒向河面，游轮缓缓地驶离码头，汽笛长长地拉响，恩爱的情侣在桥头挂上了同心锁，对面擦肩而过的路人毫不吝啬地把温暖的目光投向对方，每个人的嘴角都开始微微上扬，就像这条河一样，那么纯净，那么善良。

△长流不息的塞纳河

世界上最遥远的距离，不是生与死的距离，也不是我就站在你的面前，你却不知道我爱你，而是我眼睁睁地看着你坐着地铁远去了，而我却没上去，这样的事情好像在我们旅行的过程中屡屡发生。离开巴黎前的那一晚，我想在地铁站里的自动贩卖机上买饮料，可是我投钱进去之后，机器却没有任何反应，于是小鸡就来帮我看，没想到地铁马上就开走了，车厢里的豆豆蕾蕾和车厢外的我们俩面面相觑，然后哈哈大笑起来。

第二天中午，我们就要赶赴机场准备回去了，经过了两个星期的长途跋涉，大家都筋疲力竭了，于是我们决定土豪一把，打车去机场！但是这笔开支还是远远超出了我们的预料。我们知道巴黎机场比较远，我们也知道巴黎物价特别贵，可还是没想到打半小时车能花掉 60 欧元，要知道从里斯本市中心打车到机场只需要 6 欧元。都说有钱任性，我们没钱也任性了一把，可是我们又还能再任性几年呢？所以要抓紧在能够任性的年龄多多任性几次，不然以后就没有机会了。好吧，我知道我这是强词夺理。

原以为美好的圣诞之旅可以就此画上一个圆满的句号，可是没想到在机场又出现了新的情况。Check-in 的工作人员拒绝给小鸡办理登机手续，因为她没带护照，只带了居留卡。其实她来的时候也是这样登机的，居留卡的作用就相当于签证，原本欧盟国家之间就没有关闸，没有海关，一般就是登机的时候查验一下申根签证就没问题了，可是这次不知道是为什么，无论我们怎么解释怎么求情，那位铁面的女士都不肯网开一面。

△挂满同心锁的桥头

　　小鸡跟她强调葡萄牙人都是拿居留卡登机的，可是她却趾高气扬盛气凌人的说 "But you are not portuguese！"（但是你又不是葡萄牙人）那一瞬间，我们都石化了。最后那个工作人员未经我们认可，直接就把小鸡的机票注销了。没有其他办法，小鸡只能去另外一家航空公司的柜台又重新买了一张机票。无论有什么样的理由，这样的跋扈的态度，这样极端的处理方式，都是让人不能接受的，于是我们就去旅客中心投诉她。没想到，眼前的一幕再次让我们石化了，负责投诉的工作人员就是刚刚那个坏女人，不知道她怎么又窜到这里来了，我们要投诉的就是她呀！这真是一个不好笑的笑话。不过，或许旅行就应该是这样，有快乐，有惊喜，也有挫折，有郁闷，我们所能做的就是享受快乐，接受惊喜，面对挫折，克服困难。于是旅行结束后，我们就收获了成长。

　　无论这个世界上有多少的不愉快，我都愿以最柔软温和的态度去面对，因为这个世界上还是美好更多。与其让消极糟糕的心情折磨自己，不如多去看看外面的世界，那么美的秀丽风光，那么多的异域风情，那么好的风土民俗，它们会让你的心境更宽广，也会让你的眼界更开阔。你遇到的一切美好和不太美好的事情其实都是人生路上重要的积累和体验。没被偷过手机的人生是不完整的，没被拒绝过登机的人生也是不完整的，一切都只是经历而已。

作为圣诞之旅的最后一站，巴黎满足了我很多昔日的向往，也留给我很多未来的想象，如果能在巴黎时装周的时候再来，让我再来感受一次艺术和时尚碰撞出的火花，那便是我所期待的。雨果说过，Respirer Paris, cela conserve l'âme（呼吸巴黎的空气吧，它让灵魂永驻）。的确，呼吸过巴黎充满艺术的空气，我们的灵魂都会是浪漫旖旎、五彩缤纷、光影交错的。

不错，在艺术层面，巴黎确实是殿堂级别的。然而在社会层面，巴黎却并没有那么的高高在上。有人活得讲究而精致，有人活得懒散而放荡；有人从头到脚都是奢侈品，也有人露宿街头弹琴卖艺；有人出双入对恩爱甜蜜，也有人为情所苦黯然神伤；有人倾情于歌剧画展，也有人浑浑噩噩虚度一生。这才是真实的巴黎，不只是浪漫，不只是艺术，还有雨果笔下的悲惨世界。但是，这终究是一座多情的城池，处处都蕴含着让人为之倾心的情愫，她的一颦一笑，无不散发出沁人的优雅和诱人的神秘，不经意的邂逅，都会让你翩然心动。于是我期待着下一次的邂逅，和下一次邂逅将带给我的，更浓烈的情迷和心动。

第二章

寒假 冰之翮

寒假去哪儿玩儿

　　葡萄牙的假期还是挺多的，圣诞假期过后是期末考试，期末考试结束后就是寒假了。我好像又有机会出去旅游了，这一次，有整整一个月的时间。然而，与此同时，中国也迎来了一年一度最重要最盛大的节日——春节，很多同学都选择回家过年了，可是我在这方面偏偏没有传统情结，我觉得想回家什么时候都能回，不一定非要赶在逢年过节的时候回。不是说不想家，只是觉得没有必要把回家的时间和传统节日捆绑起来。回国以后随时都可以回家，可是在欧洲的时间却不多了。所以，我毅然决然地选择了留在欧洲，继续开拓我的旅行线路。可能我这个想法比较自我，可是，我对于未知的世界，真的充满了好奇和期待，不趁着年轻去旅行，还要等到什么时候呢？

　　这是我第一次在异国他乡过春节，没有家人，没有团圆，没有春晚，没有鞭炮。这是我第一次这样过年，又或许是我唯一一次这样过年。这样走在寒冷的街头难免有点凄凉，但是心里却很充实，因为在不同的国度游学是一种很难得的体验，只要心中有家有爱，走到哪里就都不会孤单。

世界很大，趁着年轻，挣脱束缚，迈开步伐，带着勇气和激情，多出去走走，走过丛林，走过都市，走过海滩，走过湖畔。未知就像一个顽皮的精灵，总是吸引你，你却看不清她的模样，只见她辗转自如腾挪跳跃，牵引着好奇的心，去探索，去发现，去感受，去记录，然后，留下一张张美好的画面，或许这就是旅行的意义。

我的小伙伴们纷纷买好了回国的机票，可是我还是固执地坚持着我的想法，幸运地是 Mara 和 Sofia 也有寒假出去玩儿的打算，于是我加入了她们。可是我们要去哪儿玩儿呢？西欧？东欧？还是北欧？还是都去？我其实挺想都去的，但是时间不允许，路程也不好规划，商讨了几个方案后，我们拟定了四个目的国：荷兰、比利时、德国、丹麦。

然后我们开始订机票，找酒店，规划行程。一步一步地，我越来越兴奋，越来越期待，面对未知和陌生，我竟没有一丝一毫的彷徨和畏惧。虽然我知道在这样一个寒冷的季节里，游玩的效果会大打折扣，可是这些都无法左右我的决心。一切都准备妥当了，期末考试结束后，就可以整装出发了。

可是没想到出发前，我却又无比的担忧和忐忑，不是因为担心行程没有规划好，也不是担心旅行过程中可能会出现什么问题，而是害怕万一考试没过，我就要在旅行的过程中折返回葡萄牙参加历史的补考。因为这一次葡萄牙历史的考试，我考完以后一点把握都没有，感觉大葡国辉煌的历史已经要被我篡改得面目全非了。我当然不是学霸，不过大学期间也没有挂过科，要怪只能怪我太不爱听历史课，所以就老在历史课上画画，历史笔记一翻开全是蜡笔小新的脑袋，这就叫自作孽不可活。一旦挂科，就需要补考，而补考的时间刚好和我们旅行的时间冲突了。我当然不能因为我的杞人忧天就放弃这次旅行，只能用没挂过科的大学生活是不完整的这个念头来安慰自己，并希望事情没有我想象得那么糟。

我们还是如期出发了，第一站是荷兰的阿姆斯特朗，飞机是早上 6 点多的，于是我们前一天晚上就住到了里斯本。里斯本的那家酒店，不对，不应该叫酒店，应该叫旅馆，是我住过的所有宾馆里最让我"刻骨铭心"的。当时我们看到 booking

的网站上推荐了这家旅馆，地理位置也比较好，才 29 欧一晚上（在欧洲几乎找不到更便宜的了，青年旅社除外），于是我们就财迷心窍地订了这家旅馆。它的电梯是超级古老的那种，门不是自动的，就像铁栅栏一样，需要你自己把它拉上，有点像垂直运动的有轨电车，速度很慢，最后停下来的时候还会猛地抖动刹车，不过倒是绝对安全的。不仅如此，房间的卫生间里居然没有热水，没有办法洗澡，忍一忍第二天再洗也不是不可以，不能忍的是房间里寒气袭人，又没有暖气，而且窗户还漏风。记得那一晚，我把我所有的衣服都穿到身上了，包括羽绒服，那种滋味真是凄凄惨惨戚戚。更悲剧的是，旅行的最后一天我们飞回里斯本的时间太晚不便于坐车回雷利亚，所以我们还需要在这家旅馆再住一晚。这件事的教训就是，订酒店的时候一定要认真看评价，看酒店的硬件设施，不能只看价格，也不能只看有没有 wifi 用。

>>>>>>

与最美的国度
在错误的时间邂逅

　　郁金香、风车、木鞋、田园、牧歌，是我心中的荷兰最美的样子。我向往荷兰的理由很简单，仅仅是因为我想来看郁金香。可是我却选择在隆冬时节去了这样一个最应该在春暖花开的时节去的国度。此时的荷兰风车村不开放，郁金香没绽放，与最美的国度在最错误的时间邂逅，就如同与对的人在错误的时间相遇一样，无奈又遗憾，真的就要这样擦身而过吗，荷兰会不会有一些其他的亮点有待我去发现？还是说，我真的要抱憾而归？

　　我心中的荷兰，有漂亮的房子，缤纷的花朵，潺潺的溪水，轮转的风车，勤劳的人民，是一个充满田园风光不染纤尘的地方。但其实这些只是荷兰的一部分剪影，而且是我在冬天很难看到的那一部分剪影。荷兰还以它"宽容"的社会风气闻名，荷兰是全球第一个同性婚姻和安乐死合法的国家，同时，荷兰还是对待毒品和性交易最自由的国家.阿姆斯特丹更是被称作性都，开放和包容是这座城市的理念。

我并不认为过度的自由化是一件好事，这里容纳了很多在其他地方被视作危险、不道德甚至是违法的行为，但是这里却宁静和谐，荷兰人可以在过度自由的环境里有序的生活，可见这个国家的国民素质是极高的。很多人来到阿姆斯特丹，是为了感受它的性文化，可是我真的是来看郁金香的，但是无论我多么虔诚多么渴求，郁金香都不会在寒冷的 2 月为我开放的，所以这次的游玩，真的是一个时间的错误。

荷兰还是全世界地势最低的国家，东南部最高海拔仅 321 米，最低点负 6.7 米，为了生存和发展，荷兰人常年围海造田，筑堤防洪，如今荷兰 20% 的国土都是人工填海得来的。这么低洼的地势其实很适合我这种极度讨厌爬山的人。荷兰虽然地势低，可是却孕育出了许多"巨人"，荷兰女性的平均身高达到了 1 米 71，男性的平均身高达到了 1 米 84，大长腿在荷兰街头随处可见，有人说是因为在荷兰人的饮食结构中，肉类和乳制品含量非常丰富，也有人说是因为荷兰身高较高的男性和身高较高的女性生育的孩子比较多，因此长腿基因就延续下去了。

荷兰人英语非常好，在这里就不用担心问路时语言不通了。

荷兰人对自行车情有独钟，可能因为低洼的地势十分适合骑自行车。当1880年荷兰出现第一辆自行车时，荷兰人便爱上了这种轻便又无污染的交通工具。荷兰前女王碧翠斯就爱骑自行车，王室全家及许多政府高官都是荷兰骑自行车的带头人。在海牙工作的政府内阁大臣或国会议员更是经常骑自行车上下班。荷兰前司法大臣多纳尔就是位出了名的自行车爱好者，他不仅骑自行车上班，连前往王宫觐见女王递交工作报告时也都是骑着自行车。荷兰有专门的自行车红色路面，还有专门为自行车配备的交通信号灯，更有相关的法律法规。骑自行车既能锻炼身体，又能缓解交通压力。

在梦幻的郁金香花田间骑自行车，也是我的一个小小愿望，可惜这次也是没有机会了。

阿姆斯特丹如今是荷兰最大的城市，但它曾经只是一个小渔村，人们曾在阿姆斯特尔河上建造水坝，即Amsterdam（dam在荷兰语中是水坝的意思），阿姆斯特丹的名字就是由此而来。

不同肤色、种族、打扮的人群混杂在阿姆斯特丹热闹的街头上，然而人们对这一切早已见怪不怪，究竟是什么让这座城市如此开放？这似乎是个谜。有人说是因为这里地势低洼，人们好不容易在海平面下建造了城市，却要为了生存不断与洪水抗争，所以他们更懂得及时行乐，渐渐地就什么都能包容，什么都能接受了。也有人说是因为填海造田的时候需要外面的人的帮助，所以当地人对于外来民族和外来文化都格外包容，于是这里的制度和文化就越来越自由化了。

与这样一座兼容并包的城市相处，会发生什么呢？

第一件事，就是迷路，迷路是一堂必修课，我们每到一个城市都要先接受它的考验。其实 Mara 是一个特别认路的人，她事先就会把地图研究得仔仔细细清清楚楚，而我作为一个路痴，经常听不懂她跟 Sofia 讨论路线。但是我们预定的酒店的位置太隐蔽了，下了电车之后走了很久都没有找到，路人也纷纷表示不清楚，于是我们就在荷兰小清新的街头迷失了。后来终于看到一家门口挂了很多国旗的酒店，那就是我们要找的飞利浦酒店了。不知道吧，飞利浦不仅生产剃须刀和吹风机，还出品酒店。酒店前台的工作人员一看就是中国人，虽然他没有直接跟我们说中文。荷兰现今大概有 19 万华侨，在这样一个包容的国家生活，一定不用担心被歧视被排挤的问题。

　　阿姆斯特丹的街道，柔和而清雅，没有摩天大楼眩晕的挤压，没有车水马龙嘈杂的纷扰，　房子错落有致的排列着。主人越富有房子就越宽大，色彩斑斓，形状各异，典雅而可爱。每座房子都有很多扇窗户，透过窗户，就能看到半亩花田，就能嗅到田间香风。碧蓝的大幕中，飘着朵朵白云，斑驳的阳光为房子蒙上了梦幻的色彩，此时此刻，此情此景，令人不禁要剪一段恬静的时光，细品一下淡泊的美好。

△五颜六色的小房子

　　阿姆斯特丹淡雅的气韵其实还跟水有关。市区内一共有160多条运河，由1000余座桥梁连接起来，所以阿姆斯特丹其实是一座人居水上、水入城中、人水相依的城市。绅士运河、国王运河、王子运河和辛厄尔运河是四条最主要的运河，这四条运河的挖掘工程开始于荷兰的黄金时代，它们永久改变了这座城市的架构和面貌。天气暖和的时候乘船游览是绝佳的体验，可是我们2月到了阿姆斯特丹，天寒地冻，Mara的耳洞都被冻住了，所以我们注定与水游阿姆斯特丹无缘了。

△屋宇和运河

△王宫和水坝广场

在阿姆斯特尔河上，有一座白色的小吊桥，叫做马海丽吊桥，马海丽是建筑师的名字，在荷兰语中还是"瘦"的意思，而这座桥恰好是一座瘦桥，可是这座瘦瘦的吊桥却支撑起了阿姆斯特尔河两岸的车来车往。月光下的马海丽吊桥，玄妙寂静，扑朔迷离，这样的夜色美得动人心魄。我原先似乎不曾在水上桥头触摸夜色，于是这样的夜色又多了一丝难眠的情愫，凝望着吊桥，陶醉于夜色中的我，好像又忘记了来时的路。

　　阿姆斯特丹最富有活力和生机的地方，是水坝广场。水坝广场不仅是阿姆斯特丹历史的发源地，还是阿姆斯特丹现今的市中心。这里有很多游艺设施，还有很多街头艺人，热闹非凡，人们在这里随心所欲地展现着心中的渴望。在水坝广场上，还有一座王宫，这座王宫是荷兰黄金时期的代表建筑，修建之初是阿姆斯特丹的市政厅，被法国占领后，拿破仑的弟弟将这里改造成了王宫。这座建筑由 13568 棵树木支撑着，是建筑史上的一大奇迹，独特的取材让它看起来十分坚挺气派。

　　除了这些清新又文艺的景观，阿姆斯特丹作为性都，还有充斥着情色和欲望的地界，那就是红灯区和性博物馆。红灯区曾经是海员们寻欢作乐的地方，虽然近年来政府开始整治这片区域，但它依然是阿姆斯特丹的一大旅游特色。但是我们对这里没有丝毫的兴趣和好奇，为了人身财产安全，我们选择了绕开红灯区而行。

　　阿姆斯特丹以性观念开放，性文化丰富而著称，这里的性博物馆是世界上第一家以"性"为主题的博物馆，每年都有数以百万计的游客来这里参观。虽然我对这里是一点兴趣都没有，但是受到季节和天气的限制，我喜欢的地方都没有办法去，实在是没有其他地方可去了，碰巧又路过了性博物馆，同行的小伙伴就建议进去看看，于是我们就进去了。

△性博物馆门口

　　自认为长了一张未成年的脸，但是门口的工作人员居然都不问一下，就放我进去了，看来荷兰已经开放到允许未成年人参观这种限制级的博物馆的地步了。不像澳门赌场，每次连问都不问就把我拒之门外了，其实我只是想从赌场中间穿过去到它后面的餐厅吃饭而已。性博物馆里面的展品，我就不做介绍了，因为我完全看不懂，只是觉得很恐怖，除了静态的展品，还有动态的机关，像鬼屋里的东西一样时不时地蹿出来吓人。在楼梯的拐角处还有一个长着大眼睛的屁股，突然动了起来，把我吓得直接叫出声来，然后旁边的工作人员就鄙视地看了我一眼。在里面匆匆转了一圈之后我们就走了，反正我没有感受到任何的文化，只觉得像去鬼屋玩儿了一圈，所以我建议小女生们来到阿姆斯特丹就不必来这个地方了。

　　参观以上这些地方只需要半天的时间，接下来的时间，就用来参观梵高博物馆吧。文森特·梵高是荷兰后印象派的画家，也是后印象派的先驱，但他因精神疾病的困扰，曾自己割掉左耳，37 岁时开枪自尽。艺术奇才总是有一些常人难以理解的想法和行为。梵高博物馆建于 1973 年，馆内收藏了梵高黄金时期的 200 幅作品，包括梵高的早期作品《吃土豆的人》、《向日葵》，晚期作品《卧室》、《黄房子》、《麦田群鸦》，还有《丰收》、《雷雨云下的麦田》等诸多经典作品，这里是了解这位命途多舛的美术奇才的最佳场所。我无法走进梵高的内心世界，可是我却十分欣赏梵高清新的画风。

我最喜欢《卧室》这幅作品，不为别的，只因为我高中美术课上临摹过这幅画，好像还得了 100 分。这幅画作的颜色鲜艳而清爽，画面的铺陈简单又纯粹，虽然床似乎有些太大了，但也说不定就是梵高卧室的真实写照。

△梵高《卧室》

一幅《开花杏树》也是我最喜欢的一副作品，因为我喜欢花，描摹花的作品当然也会是我的心头所好。这幅画作其实是梵高送给侄子文森特的礼物，梵高的弟弟是最支持他的人，连他儿子的名字"文森特"都和梵高一样。这幅看似充满中国韵味的作品其实是日本版画的风格，描摹日本版画也是梵高涉猎的绘画领域之一。梵高把杏树的花枝当做生命的象征，因为杏花是

初春最早绽放的花朵，洁白的花瓣掩映在淡蓝的天空下，纯净
又美好。

△梵高《开花杏树》

还有这幅《收获景象》，蔚蓝的天空下涌动着金色的麦浪，
好一幅岁丰年稔，温馨安逸的田园景象。

△梵高《收获景象》

△梵高《海边渔船》

　　还有《海边渔船》，构图很简单，画面很清澈，淡淡地蓝白色勾勒出天空，渔船的色彩很明晰，海滩和海水的颜色却很浑浊，也没有人来过的痕迹，也许是梵高内心寂寞的写照吧。

　　可惜的是，当时《向日葵》去外面巡展了，我们没能见到它的真容，很想看看那灿烂夺目的向阳花，看看那摄人心魄的橘黄色，但它却像蒲公英一样飞去远方了。

　　梵高自己写道："我正试图找到一种特殊的笔法，它不需要点描法或其他手法，而就只是多变化的笔触而已。"他挥洒自如的笔触使得他悸动的创作激情在画布上尽情施展，他笔下的静物都是有生命力有灵魂的。正如《Vicent》这首歌里唱的一样：Starry, starry night. Flaming flowers that brightly blaze. Swirling clouds in violet haze. Reflect in vincent's eyes of china blue. Colors changing hue.Morning fields of amber grain. Weathered faces lined in pain. Are soothed beneath the artist's loving hand. Now I understand. What you tried to say to me. How you suffered for your sanity.How you tried to set them free. They would not listen they did not know how. Perhaps they'll listen now.(繁星点点的夜晚，

殷红的花儿，恍若燃烧的火焰，云卷云舒，笼罩着薄薄紫烟，映在文森特湛蓝色的双眸。色彩幻化万千，黎明的田野，琥珀色的麦穗，和那饱受风霜的脸，在文森特手中缓缓流出。现在我终于知道，你想对我倾诉什么，众醉独醒，你有多么痛苦，众生愚愚，你有多想让他们自由，但那时他们不听，更不懂，也许，此时的他们想听了。）梵高的内心是落寞的，是孤独的，是渴望倾诉的，所以他选择用绘画来表达，就像肖邦选择用音乐来表达，高迪选择用建筑来表达一样，星空、麦田才是梵高心灵真正的归宿，然而他却不得不在现实中苟且，不得不独自面对迷失与痛苦，但他把他对生命的憧憬和热爱全都倾注到了画作中，然而他自己却选择了死亡。欣赏梵高的画作，就像在跟生命对话，无论是生命的呐喊，还是生命的坠落，都是梵高内心的呼唤。

不过我们停留最久的地方，却是梵高博物馆进门处的纪念品商店，冰箱贴、眼镜盒、雨伞、茶杯垫等生活用品印上了梵高的画作之后，瞬间就充满了艺术气息，让我们爱不释手。艺术不是商品，艺术的理念更是不能够做交易和买卖的，然而这种艺术与商品合为一体的营销之道却总能获得商业的成功。也许艺术需要更加贴近生活，需要用更加自然而平和的方式来让平民百姓融入吧。

　　最后我们还去参观了钻石博物馆。钻石博物馆就位于国立博物馆和梵高博物馆之间，艺术是财富，钻石亦是财富，但却是两种完全不同的财富，受众群也截然不同。对于我们这种穷学生来说，还是更适合享受精神财富吧。钻石博物馆里的工作人员看到我们是学生之后，似乎不是很乐于为我们做介绍了，于是我们自己感受了一番晶莹夺目的光芒的照耀之后，就离开了。

　　阿姆斯特丹有很多奇怪的饮料，五颜六色的看起来很漂亮，可是却很难喝，味道超级浓烈，喝一口之后会被齁得一天不想吃饭，据说那是浓缩果汁，害得我在饮料上白白做了很多风险投资，以后还是老老实实买矿泉水吧。

　　这一次的荷兰之旅，我留下了很多遗憾，我心心念念的郁金香是一朵也没见到，但也正是因为这样，我才对下一次的旅行有了更多的盼望和期待。我与荷兰的缘分，注定不是浅浅地一面之约，不仅因为它还有很多值得我去发现去寻找的美好，也是因为它给我留下的第一印象非常美妙，我可以自动剔除它充满欲望和色情的世界，专心沉浸于它文艺而清新的天地，去找寻心灵的共鸣和感动。荷兰的美，是融合了自然和艺术的美，在这里，不会有厌倦，也无需太过专注，灵动而慵懒的氛围会时刻熏染着你，你只需要一双明澈的眼眸，和一颗热爱生活的心，就足够了。

△看不到天然郁金香，
就只好去鲜花市场看看

△蓝白相间的有轨电车

故事中的比利时

　　我小时候第一次听说比利时，应该是通过尿尿小童的故事。传说西班牙入侵者在撤离布鲁塞尔时，企图用炸药炸毁城市，多亏小于连及时发现，用尿浇灭了导火线，才拯救了全城的人民。当时我还是个小朋友，特别崇拜这个小英雄，特别希望有一天能亲眼去看一看他尿尿的雕像，觉得尿尿也可以成为一种永恒的纪念是一件非常神奇的事情，终于，在10多年后，我来到了比利时，来到了布鲁塞尔。

　　比利时虽然国土面积很小，但是却是一个高度发达的资本主义国家，被誉为西欧的十字路口。而布鲁塞尔，不仅仅有尿尿小童，还是欧盟主要机构所在地，于是便有"欧洲首都"之称，北大西洋公约组织的总部也设在布鲁塞尔。历史上，这片土地曾经相继被罗马、法兰西、西班牙、奥利地哈布斯堡以及荷兰统治过，它是欧洲大国之间权力斗争的主要战场，如今也依然是欧洲政治和外交活动最活跃的地方，是法、德、英等大国之间权力扩张与抗衡的缓冲区。这里的人们面对冲突，温和务实，懂得妥协，严谨而不傲慢，保守又不默守陈规，强调个体自由和个人价值观。跟荷兰一样，比利时也是一个对外来移民和文化相对包容的国家。

而《丁丁历险记》、《蓝精灵》、《Dickie》这些动漫都诞生于比利时，所以说比利时又是一个故事中的国家。

△在布鲁塞尔喜获《丁丁历险记》的纪念邮票

布鲁塞尔是一个多语言城市，通用法语和荷兰语，土耳其语和阿拉伯语也被当地的穆斯林广泛使用，另外还有一些人说葡萄牙语。比利时还是欧洲历史最悠久的文化中心，马克思、雨果、莫扎特、拜伦等都曾在这里居住过。布鲁塞尔有 1000 多年的历史，公元 979 年，以森纳河流域为封邑的查理公爵，选择森纳河的圣热里岛为定居点，在岛上筑起要塞码头和住房，城市的雏形由此出现。历史上，布鲁塞尔曾是欧洲北部日耳曼文明和南部罗马文明相互碰撞和融合的地带，也是欧洲文化的大熔炉。

我们在布鲁塞尔住的酒店，叫做莫扎特酒店，它在一个热闹的巷子里。当初选择这家酒店就是看中了它的名字，果然店如其名，酒店内处处充满着音乐气息，从入口处的红色钢琴，到墙壁上莫扎特的画像，大堂里播放的悦耳的钢琴曲，还有房间里古典华美的装潢，都与这个店名相映衬。房间里的格局也很有意思，房内有两层空间，第二层是个小阁楼，阁楼上有一张双人床，但是阁楼的高度非常矮，一米七以上的人就会碰头，但是我们几个小姑娘当然毫无压力。第一次住这样的房子，我们都觉得很新鲜，但是谁也没想到这家酒店对面竟是一家夜店，那可是名副其实的夜夜笙歌啊，忽然之间，一切文艺的感觉都荡然无存了。

　　酒店附近就是布鲁塞尔的大广场和市政厅。大广场被誉为欧洲最美的广场，建于 12 世纪，广场的地面由花岗岩铺就，广场中间有五颜六色的花坛，广场四周被中世纪建成的哥特式建筑环绕。这些建筑的窗户下的拱廊、立柱和门框上都有古铜色的雕琢和镂刻，典雅华贵。其中最重要的一座建筑是布鲁塞尔的市政厅，市政厅中间一座 96 米高的塔楼直冲云霄，非常的优雅、气派。建筑外侧还有许多人物的浮雕，有圣人、也有罪人，栩栩如生，惟妙惟肖。这其实是一个充满生活气息的广场，酒吧、餐厅和巧克力店散落在广场四周，布鲁塞尔名扬四海的天鹅餐厅就在这里，马克思和恩格斯曾在这里共同探讨共产主义事业，《共产党宣言》就诞生于此。这座广场虽然不大，但是每一个角落都藏有惊喜，无论你带着怎样的眼光，都能发现让你眼前一亮的地方。

　　布鲁塞尔的圣米歇尔及圣古都勒大教堂，也是哥特式的建筑风格，看来比利时人比较青睐哥特式的建筑。这座教堂没有太多的坠饰，只有简简单单的线条，笔直笔直的钟楼，修长而干练，外形与波尔图的大教堂颇为相似。这是比利时最重要的教堂，皇室的主要活动都会在这里举行。每当阳光透过彩绘玻璃窗洒向教堂，教堂就被蒙上了一层圣洁的光芒，时光灿美，人事静好，圣声袅袅，众徒皈依。

　　布鲁塞尔还有很多精巧的公园，比如布鲁塞尔公园，它是市中心最大的公园，公园的一侧是比利时皇宫，另一侧是议会。比利时皇宫是一座非常宏伟壮观的宫殿，细腻的镂花石雕和巧妙的廊柱装饰独具匠心。中心花园的花朵娇艳欲滴，斑斓多姿，仿佛一年四季都有鸟语花香，一派舒朗曼妙的景象，就像王尔德的童话《巨人的花园》中描绘的一样："这是一个很可爱的大花园，长满了绿茸茸的青草，美丽的鲜花随处可见，多得像天上的星星。草地上还长着十二棵桃树，一到春天就开放出粉扑扑的团团花朵，秋天里则结下累累果实。"无论怎么看，比利时都像一个故事里的国度。

△布鲁塞尔公园

但是这些都不是我此行的重点，我还是想要亲眼看一看于连小英雄的雕像。这座铜像实际上只有 53cm 高，如果只是随便放在路边，大概不会有太多人注意到，不过它却是布鲁塞尔的地标，就在市中心广场的拐角处。这位随地小便的小朋友被称为"布鲁塞尔第一公民"，他头发卷曲，光着身子，双手叉腰，神情洒脱，小鼻子微微上翘，调皮地微笑，可爱又天真，样子十分逼真。

△我的镜头下的小于连

　　虽然小于连光着身子，但是他却是全世界拥有最多衣服的小朋友，许多国家的官员来比利时出访时，都会特别定制一套衣服送给他，他总共有 800 多套世界各地的人们赠送的衣服，真的是一个非常幸福非常富有的小朋友。中国曾经先后赠送给他一件马褂，一件印有五星红旗的中国宇航服，一件熊猫套装，还有一身唐装，然而我只能看到他最初没有穿衣服的模样。

　　布鲁塞尔还有很多值得一去的地方，比如漫画博物馆，这里不仅展出丁丁、蓝精灵等著名漫画，还有其他 670 多位漫画家的作品以及手稿。此外还有一条漫画街，在一条长达 6 公里的游览路线上可以找寻到 44 幅漫画作品，它们藏匿在大街小巷的各个角落里。还有乐器博物馆，这家博物馆中收集了约 8000 件乐器，游客可以聆听每种乐器的声音，还可以了解乐器的演变过程。还有位于北郊的原子球塔，是整座城市的地标性建筑，将 α 铁的正方体晶体放大了 1650 亿倍，最高处高达 102 米。作为一个文科生，我当然完全不懂这是什么意思。在原子塔的附近，还有一座微缩公园，它用 1：25 的比例复制了欧盟国家的 350 多处著名景观，我最喜欢这种小小的萌萌的，却浓缩了很多经典的好玩儿的地方了。

　　虽然不能在布鲁塞尔留下什么，但是总要带走一些有纪念价值的东西，这样才算来过，无论是用手指带走，还是用肚子带走。布鲁塞尔街边有很多松饼店，空气中都飘荡着松饼的香气，蓬松的松饼淋上香甜的奶油和水果，入口就会让你觉得幸福感爆棚。

△漫画街剪影

能在口感和味道上与松饼媲美的食物，应该只有巧克力了。我个人认为比利时的巧克力是世界上最好吃的巧克力，Godavia、Galler、Cote D'Or 、Jacques-Callebaut、Guylian、New Tree 这些著名的巧克力品牌都源自比利时，其中我最喜欢的是 Guylian。相传三十多年以前，有一位名叫 Guy 的小伙子和一位名叫 Liliane Foubert 的姑娘，相恋并结为了夫妻。结婚典礼上，他们收到了各种各样美丽的贝壳，因为贝壳在比利时象征着对爱情最美好最虔诚的祝愿，后来就衍生出了名为 Guylian 的贝壳形状的巧克力。比利时的巧克力品种多样，包装精致，味道可口，无论是自己品尝，还是买来送人，都是无可替代的最佳选择，此乃本人的肺腑之言，绝无半点打广告之意。

△布鲁塞尔松饼

能够从这里带走的，当然不只是吃的东西，还有精巧的工艺品。早在 1600 年，蕾丝就悄然在比利时盛行起来，由于当时男人们忙于在外乡经商，闲在家中的女人便用蕾丝编织成精美的桌布、衣服、雨伞来寄托思念。比利时的蕾丝工艺精良，臻于完美，精美程度堪称世界一流。用手工蕾丝编制成的婚纱，更让女孩子心生向往，但是纯手工的制作也让它价格不菲。而我刚好非常喜欢蕾丝，于是就"斥巨资"买了一个蕾丝书签，不过此物还是单纯用来欣赏比较好。

比利时还有一座更精致更梦幻的小城，那就是布鲁日。布鲁日是一座古城，乘火车从布鲁塞尔到布鲁日只需要 40 分钟。布鲁日也是一个有故事的城市，中世纪时期，布鲁日是意大利、西班牙和葡萄牙的重要港口，经济的发展为这座小城带来了文化的繁荣。而中世纪之后，布鲁日的入海口逐渐被泥沙填埋，曾经的港口也一点点地失去了它的作用，经济发展随之趋于停滞，从那以后，布鲁日鲜有改变和发展，大量中世纪的建筑也因此得以完整保留。著名电影《杀手没有假期》就取景于此。

△精致的蕾丝工艺品

　　布鲁日就像一个仙境一样，山明水秀，暗香疏影，即使是在寒冷的冬天也依然有鸟语花香。红砖砌成的教堂，高达 83 米的钟楼，一座座哥特式的古典建筑，还有烟波浩渺的爱之湖，构成了这座小而精巧的城市。

△美若仙境的布鲁日

关于爱之湖，也有一个凄美的爱情传说。相传这里曾经被森林和沼泽环绕，老水手和他的女儿娜娜居住于此。娜娜心中早已有一位如意郎君，然而老水手却执意将两人拆散。罗马人入侵时，娜娜的心上人入伍从军，老水手便趁机将女儿许配给他人，然而娜娜却坚决不从，就偷偷逃了出来。青年凯旋归来后听闻此事，便开始四处寻找昔日的恋人，但当他找到娜娜时，娜娜已经奄奄一息了。最后，青年埋葬了爱人，放水成湖，于是就有了爱之湖。

△ 爱之湖

爱之湖又叫天鹅湖，湖面上一只只洁白的天鹅自由地游弋，高傲而优雅地伸着长长的脖子，柔软的翅膀渐渐地消融在阳光里，与湖景山色融为一体。据说天鹅是最专情的生物，两只天鹅一旦相爱，就一定会厮守终身，至死不渝。秀丽的风光伴着美好的爱情，没有什么比这更让人心驰神往了。

△阳光的喜悦

冬日的暖阳斜照着大地，散落一地光影的碎片。云朵缓缓飘过，留下了诗情和画意。涓涓湖水溢满整座小城，让精巧的城市漂浮起来。天空之下，大树和山脉在幽然地呼吸。时光的琴弦，弹奏出一曲高山流水，伴着我们的欢声笑语，构成了这里绝美的诗音。我喜欢这个童话般的小城，喜欢这里的灵秀、梦幻、幽静、细腻，喜欢这里的湖山青黛的颜色，喜欢被繁华都市中难以见到的青山绿水包围，喜欢爱之湖里婀娜多姿的天鹅，喜欢沐浴在暖暖的阳光下欣赏美景，喜欢凝眸波光粼粼的湖面上映出的城堡的倒影

深深呼吸，感觉胸襟和天空一样辽阔。岁月无限美好。时间总是带走繁华，就像季节总在流光中变化，星星点点的曾经都会随光阴蒸发。人生如梦，很难说什么能与世长久，唯有大自然温柔的恩赐永远不会消逝。所以我最喜欢大自然的旖旎风光，最喜欢在天地间尽情行走。

布鲁日不只有自然风光，还有巧克力博物馆。原以为在这里可以看到各种造型的巧克力，原以为可以在这里品尝到各种口味的巧克力，原以为可以在这里欣赏到巧克力喷泉，然而我们看到的却只有一些巧克力制作过程中的图片，无聊又枯燥，还没有免费的巧克力给我们享用，这里是我们此行去到的最坑

爹的地方，没有之一。

　　故事中的比利时，目迷五色，绚烂无限，浪漫而沉静，迷幻又雅致。无论是布鲁塞尔的古典优雅，还是布鲁日的明媚唯美，都像是一个故事，一个好像永远也讲不完的故事。

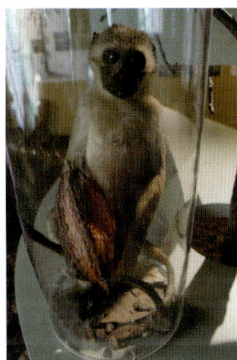

△巧克力博物馆

法兰克福奇遇记

　　告别了故事中的比利时，我们坐上了 Interrail 来到了科技发达、经济强大的德意志帝国。Interrail 是欧洲铁路通票，在规定的期限和规定的次数内，可以持火车票在欧洲指定国家之间任意穿梭。但是因为次数有限，我们在规划路线的时候就需要充分考虑这一点，如何在限定的次数内去到更多地方，是一个难题。还有什么时候适合用通票，什么时候适合另外买单程票，这也是一个需要考虑的问题。不过我有靠谱的小伙伴，Mara 童鞋已经把这些事情考虑地周密而清晰，神一般的队友是旅行顺利的必要保障。

　　有的时候火车站的工作人员还会跟我们卖萌。记得有一次我们火急火燎地赶火车，Mara 问工作人员能不能给我们打印一张时刻表，被工作人员拒绝了，于是 Mara 问他为什么不能，他却慢悠悠地说"因为我们有打印好的······"。原来死板严谨的德国人也有风趣幽默的一面。

我们在德国的第一站是法兰克福，法兰克福地处美茵河右岸，所以它的全名是美茵河畔的法兰克福。法兰克福不是德国首都，也不是德国最大的城市，但却是德国乃至整个欧洲最重要的交通枢纽。法兰克福拥有德国最大的航空枢纽和铁路枢纽，法兰克福国际机场更是全球最重要的国际机场和和欧洲第二大航空港，通俗地说，就是转机都会，我从国内去葡萄牙时就是在这里转的机。每年都有数以万计的游客涌向法兰克福，我觉得其中有三分之一的人都是来转机的。

当然，法兰克福不只是交通枢纽，它还是全球金融中心之一，是欧洲中央银行、欧洲三大证券交易所、德意志中央银行所在地，当然也是欧洲最繁华的大都市之一。我知道很多人跟我一样，只是把它当做一个商旅出行的倒脚之地，可是它其实有很深厚的历史传统和文化底蕴。在这里你既可以看到鳞次栉比的摩天大楼，时尚前卫的购物大街，也可以看到典雅静穆的教堂，古朴梦幻的城堡，两种截然不同的风格在这里恰到好处地融合，让整座城市不会太过死板，也不会太过乖张。对于旅客而言，风尘仆仆的奔波和简单悠闲的享受在这里同时存在，你可以随意选择自己喜欢的生活方式。无论是你喜欢激情四射的快节奏，还是喜欢闲适慵懒的慢节奏，你都可以在这里找到属于自己的感觉。

不同于其他地方的是，我们在这里有马儿学长接待，再也不用担心找不到好玩儿的地方或者迷路了。可是一切却并不像我们想象得那么顺利。我们在这里住的地方是一个同学推荐的，他说那家旅馆性价比非常高，于是我们没有进一步了解就订下了一个房间。可是大大出乎我们意料的是，这家旅馆的地理位置非常奇特，它不偏不倚不远不近地刚好就在法兰克福红灯区的最中心。如果我们有知情权和选择权的话，我们当然不会选择住在这样的地方，可是一切都太迟了。在红灯区里住上一晚的体验可不是一般人能够拥有的，想要体验人生，就要把握机会。这家旅店有趣的地方不仅仅在于它的地理位置，接下来的种种体验都是一般人这辈子可望而不可即的。首先，我们在下午4点之前不能够进入房间，这其实倒无所谓，只是我们不可能拖着行李到处走，只好先把行李寄存到旅店，可是这家旅店的行李寄存处就像关押猛兽的笼子一样，钢筋水泥的围栏上面栓着沉重的大锁，安全措施做到这个地步也算是极致了。

终于可以入住房间了，我们的房间是一个四人间，上下铺，条件还不及我在国内的学生宿舍，厕所和浴室都是公共的，不在房间里面，十分的不方便。正当我们抱怨的时候，突然响起了敲门声，一个留着白胡子的老爷爷走了进来，一进门便说了一句"Olá"（葡萄牙语里的"你好"）。这家旅馆竟然把我们三个小姑娘和一个葡萄牙老头安排在一个房间里住，只因为我们都是从葡萄牙过来的，不看性别，只看国籍，缺心少肺到这个地步的旅馆大概也很难再找出第二家了，居然还敢自称是"the best hostel of the world"（世界最佳旅店）。这位葡萄牙老爷爷是来法兰克福参加展会的，人有点奇怪，和我们被安排到一个房间住下也算是有缘分，可是这毕竟不是在火车上，跟一位异国的异性住在同一屋檐下实在是让人觉得难以容忍。那天晚上，我和Mara挤在下铺的一张床上面睡的，Sofia睡在我们上面，第二天一大早我们就离开这里去往火车站了。不知道老爷爷一觉醒来之后发现三个小姑娘全都消失了是什么感觉，只知道这一晚我们睡得非常煎熬。

旅行中总是会有一些意料之外的瞬间，会让你狼狈，让你扫兴，可是没有波折的旅行是乏味无趣的。生命也是这样，看似圣洁如雪，但很多时候，又不得不承受随之而来的寒冷和风霜，只能独自咀嚼其中的各种滋味。成长需要付出代价，旅行也需要付出代价，快乐也好，忧愁也罢，会有如此丰富的感触，皆因我们的心是年轻而鲜活的。

　　我们在法兰克福的游览是有史以来最高效的一次，有导游就是不一样，无需看地图，无需看攻略，闭上眼睛走路都可以，马儿学长大手一挥，我们就跟着他"走南闯北"。我个人觉得比起遍布古迹或风景秀丽的其他欧洲名城，法兰克福更像是一个繁华的办公区，就像北京的 CBD，这样的城市格调在欧洲算是独一无二的了。法兰克福的商业街就像王府井，唐人街简直就是北京的街区，倒是有一种说不出的熟悉感和亲切感。

△法兰克福商业街

其实，法兰克福不仅仅是一座现代化的大都市，更是欧陆文化的中心城市。这里是大文豪歌德的出生地，这里有德国最著名的法兰克福大学。14 世纪建造在这里的法兰克福大教堂，因为曾是德国皇帝加冕的教堂，所以又叫做 "皇帝大教堂"。这里还有德国电影博物馆、老歌剧院、雕塑博物馆、美术馆，是当之无愧的德国文化重地。徜徉其中，便能感受到法兰克福的文化之风徐徐吹向你的心间。

匆匆游完法兰克福市区内的主要景点，再乘电梯登上高达200 米的美茵塔观景台，任大风呼啸，俯瞰法兰克福的全景；走过横跨美茵河的铁桥，任河水翻滚，品味金融之都的风貌；漫步市中心的小广场，任人来人往，感受古老帝国的兴衰。法兰克福没有出尘的气息，也没有迷人的浪漫，有的只是宽广的胸襟和博大的情怀，他不会为儿女情长驻足，也不会受红尘琐事牵绊，他就像一个智者，理性、睿智，不断前进着，不断开拓着，不断创造着，好像永远都不会停下脚步，永远都保持着奋发向上的姿态。

当晚，马儿学长请我们吃了闻名世界的德国猪肘。猪肘其实就是猪蹄，但是德国的大猪蹄跟我们以往吃到的猪蹄大不一样。它的做法有点像烤乳猪，外皮厚而脆，皮下是肥瘦相间的大肉，肉质鲜美，松软多汁，再淋上一层特制的酱汁，光是看看就让人垂涎三尺了。而我又是一个肉食动物，无肉不欢，这样美味的烤猪肘足以让我大饱口福，确切的说，是可以让我大饱好几天口福，因为猪肘的分量非常大，够我吃好几顿，但是"吃不了兜着走"的这种习惯在欧洲是不存在的，所以我只好"浅尝辄止"了。

△法兰克福大教堂

△从美茵塔上俯瞰法兰克福

　　法兰克福的那一夜，真让人意想不到，好在有开阔的市景和可口的美食。在法兰克福这样一个繁华大都市里，每天都在上演着各种各样的故事，人们早已习惯了这种生活，日出而作，日落而息，并不曾留意身边的这一切。短暂地相逢之后，我们匆匆转身离去，蓦然回首，才发现，我们自己也已经成为了故事的制造者。

△美味的大猪肘

△高耸入云的美茵塔

海德堡，歌德把
心遗忘的地方

我把心儿遗落在海德堡，

在一个温暖的仲夏夜，

我的耳朵也充满了爱情，

她的嘴唇好像玫瑰含笑，

当我们在大门前告别，

我清楚记得在最后一吻，

我把心遗落在海德堡，

我的心在内卡河边狂跳。

这是德国著名诗人歌德的诗作，一个能让他把心遗忘的地方，究竟有多大的魅力和魔力？只有去了才知道。

我们原计划直接从法兰克福去新天鹅堡，奈何路途太遥远，时间难以把控，最后马儿学长建议我们先去海德堡，于是第二天一大早，我们就启程了。

海德堡坐落于内卡河畔，跟葡萄牙的科英布拉一样，海德堡也是一座大学城，它拥有德国最古老的大学，浓厚的学术氛围和文化底蕴让它闻名于世，因而是德国有名的文化之都。全城有五分之一的人都是海德堡大学的学生，他们为这座古老的城市增添了许多活力和生机。厚积薄发的海德堡培育出了不少的大哲学家和荣膺诺贝尔奖的大科学家，同时她也是德国浪漫主义文学的发源地，是浪漫德国的缩影。深邃又文艺的海德堡暗藏了许多情怀，低调又幽致的气质十分迷人。第二次世界大战期间，德国很多地方都被夷为平地，只有海德堡被保留下来了，据说是因为当时负责轰炸的士兵正是从这里毕业的。

我们的旅途开始于海德堡火车站，在那里，我们遇到了一个怪怪的中国阿姨，她有一张小麦色的脸，脸上的皱纹和雀斑写满了岁月的沧桑和旅途的劳累，可是她仍然精神饱满，意气风发。她用一口典型的京郊北京腔向我们问路，并表示她已经一个人在欧洲游荡两个月了。她说话的时候眉飞色舞，自信满满，神采飞扬，但是她的样子和她的语言有一种难以言说的奇怪感，直接一点说就是，我觉得她的气质有点像人贩子。我们认为她这个样子的人肯定不会说英语，却没想到她竟然能够用流利的英文问路，于是最后 Mara 给了她一个有意思的定位：乡村英文教师。后来她跟我们一起上了公交车，表示希望跟我们一同游览，但是我们不愿意跟这样一位怪阿姨纠缠在一起，万一被她卖了呢，所以我们提前下了车，这样才得以摆脱她，开始自由的旅途。

　　路过海德堡大学的时候，我们的手机都自动连上了wifi，因为欧洲的大学之间的网络是通用的，我们在葡萄牙注册过wifi，在这里就可以直接使用了，非常地便捷。我们几个笨蛋竟然为此在这里蹭了好久的网，一度忘记了此行的目的。

△海德堡大学

　　海德堡大学是世界第三古老的大学，从最初在教皇特许下建立的学校发展至今，已成为拥有 12 个学院近三万名注册学生的综合性大学。校园里最醒目的建筑当属图书馆，这是一座兼具日耳曼风格和新艺术风格的建筑，赭红色的墙壁，金色的镶嵌，青铜色的点缀，典雅而华美。这座图书馆建于 1905 年，藏书 260 万册，其中有 6000 多册珍贵的手稿和古代印刷本。

△海德堡大学图书馆　　　　△学生监狱

　　在老大学的教学楼内，还有一个"学生监狱"，1778 年至 1914 年间，所有违反了学校规定的学生都会被软禁在这里。这些学生白天需要照常上课，晚上还要回来继续被囚禁，在此期间他们只能得到面包和水。但是这里与真正的监狱毕竟不同，很多学生故意惹是生非，争取到这里来体验生活，他们在墙壁上的涂鸦也成为了这里独特的风景。

歌德诗中提到的内卡河发源于黑森林，是莱茵河的重要支流。如果说海德堡是一幅画卷，那么内卡河就是这幅画卷中不可或缺的一抹亮色。这是一条古老的河流，一条悠远的河流，它穿城而过，温柔地呼吸，平静地流淌，轻灵地跳跃，青青的河水与茫茫的苍山交相辉映，不管时光如何流转，也不忘却守护城堡的誓言。河上的老桥修建于 1788 年，它是这个位置上的第九座桥梁，仍保持至今。它与山上的古堡深情遥望，一望就是 200 多年。这让我想起了网上很火的一句话："陪伴是最长情的告别"，再炽热的拥抱也敌不过最平淡的守望。古桥和古堡的的存在就像一个爱情传说，让我浮想联翩。

在海德堡内卡河河岸的山坡上，有一条曲径通幽的小路，它就是传说中的"哲学家之路"，哲学家黑格尔、音乐家舒曼、小说家马克·吐温都曾在这里漫步和思考，歌德的小说《少年维特的烦恼》就创作于此。行走是件惬意的事，特别是在这样一条充满诗情画意的小路上，让我不由得也想要吟诗一首。奈何我不是曹植，更没有七步成诗的天赋，只能把诗思埋藏在心底。在静谧清幽的环境里，人的思想是最自由最纯粹的，是最能够沉静下来清晰透彻地去思考世界认识人生的，最真实的最深刻想法才会从人的内心深处涌动出来，我想"哲学家之路"就是这样来的吧。

走过了"哲学家之路"，我们又乘着齿轮火车来到了海德堡城堡面前。齿轮火车就像时光机一样，不停地旋转，翻过了往昔，更迭着希望，它带走了最美好的年华，却留下了最动听的故事。城堡坐落在山顶上，它始建于 13 世纪，历时 300 年才竣工，曾先后于 1537 年和 1764 年两次遭到雷击，并在三十年战争和大同盟战争中遭到严重损毁，历经多次修缮才有了现在的模样，但是依然不如往昔。它不壮丽，也不精美，甚至都不完整，有些房间只剩下了一面外墙。它不断地被岁月剥蚀着，最后只剩下满目沧桑和断壁残垣。虽然缺少了美感，却充满着力量。

△哲学家之路

那天晚上，马儿学长问我觉得海德堡城堡怎么样，我的回答是："好破啊"，他却说："哈哈，就是要看破城堡。"现在想起来，确实很有道理。因为海德堡的破并非是没有生命力的颓败，它的每一处残缺都记录着一个故事，每一处破损都是岁月的一个痕迹，就像一位迟暮的国王，虽然不再风华正茂，却依然保有王者风范，总是傲然地屹立着，肃穆地面对着历史和未来，接受着人世间的各种考验。马克·吐温就曾说过，海德堡城堡就如同暴风雨中的李尔王。

◇历尽沧桑的海德堡城堡

◇海德堡古桥

◇内卡河和老桥

　　有山就有城堡，有河就有古桥。海德堡的古桥是一座厚重苍朴的石桥，它有九个桥拱，虽然不及北京颐和园的十七孔桥那么修长清雅，却因桥上的两尊雕像而别具一番近世的浪漫风情。这两尊雕像，一尊是我没听说过的选帝侯卡尔特奥多，另一尊则是我早已熟知的智慧女神雅典娜。站在桥上，望着内卡河水从桥下滚滚而过，望着桥头的城堡与山上的古堡遥相呼应，望着远处在内卡河南岸傍河而建的海德堡老城，我突然明白为什么马克·吐温会说，海德堡是他到过的最美的地方。

　　海德堡就像一个古老的童话，青山绿水相依相偎，古桥古堡相互守望，不只是歌德，连雨果都说："我来到这个城市10天了，而我不能自拔。"德国浪漫派诗人荷尔德林也曾为她写下美好的诗篇。所以，海德堡真是一个"偷心"的城市，海德堡特有的神韵是时光的珍藏，也是心性的沉积，冥冥之中，有一股神性的力量牵动着你，让你对海德堡心生依恋，让你欲罢不能，让你产生一种创作的欲望，所以，就有了这一节的文字。

△海德堡全景

大口吃肉，但不
喝酒 ---- 慕尼黑

　　夜未央，凉风习习，没有星星作伴，只有古堡环绕。我们在火车站取了行李，又踏上了新的征程，这一次的目的地是慕尼黑。

　　不知道为什么，我过去一直分不太清慕尼黑和墨尔本，虽然这两座城市相隔十万八千里。慕尼黑是德国巴伐利亚州的首府，建城于 1158 年，它是德国重要的科技、金融、经济、文化、出版中心，看起来好像无所不能，大包大揽了各种职能，不过它最具特色的地方在于丰富的艺术生活。要知道，慕尼黑在 16 世纪时，曾是德国文艺复兴运动的中心。慕尼黑人还非常注重对民俗文化的保护，这座城市至今依然保留着原巴伐利亚王国都城的古朴风情，因此人们称慕尼黑是"百万人的村庄"。其实我知道，在慕尼黑城内有许多吸引我的地方，不过我心心念念的新天鹅堡和国王湖都在慕尼黑周边，那才是我慕尼黑之行的初衷。

可是理想和现实之间的距离既可以近到不知天高地厚，也可以远到被一叶障目。时间的紧迫，距离的遥远，天气的寒冷，都告诉我，这一次去不了我最向往的地方了。选择在最寒冷的时候出游，就必须面对和接受由此衍生的诸多不如意。旅行就像人生，总有很多身不由己的无奈，纵使你任性固执，一意孤行，在客观条件的约束下也不得不让步。所以我们此行在慕尼黑实际的游览景点就只有博物馆了。

我们到达慕尼黑的时候，虽然时间尚早，却已是一片漆黑。黑夜没有给我星空的绚丽，也没有给我静夜的私语。黑夜给了我黑色的眼睛，我却用它寻找酒店。如果说找酒店是旅行必修课的话，这门课我应该已经补考了很多次了，至今尚未及格。尽管如此，只要旅行不会就此终止，我愿意一直补考这门课。

我不知道我现在在呓语什么，只知道当时找酒店颇费了一番周折，先是到楼前时必须要给前台打电话，前台才来开门，然后姗姗来迟的前台服务员说我们的房间被安排在了另一家连锁分店。他们怎么能未经我们许可就擅自把我们安排到另外一家分店去呢？还好这两家店相隔不是很远，我们也没有别的办法，只好步行前往。

不过对此，我已经非常释然了，毕竟这要远远胜过跟一个陌生老爷爷一起住在红灯区的同一个房间里。不知不觉中，你会发现你所谓的底线其实并不是底线，经历了足够窘迫的事情之后，你过去不能接受的事情都会变得轻松，你的底线会发生改变，因为出行不易，我们都需要且行且珍惜。（又在呓语了）

旅行很不好的一点就是不能睡懒觉，如果一觉睡到 11 点，吃了午饭才出门，宝贵的半天时间就已经没有了。但是因为天气太冷，很多地方都去不了，所以我们还是没有早起，任性地一觉睡到中午之后才直奔 HB 大酒馆。

HB 大酒馆的全名是 Hofbrauhaus，其实就是宫廷皇家啤酒屋。它始建于 1589 年，最初是宫廷专享的，1828 年开始对普通民众开放，至今已有 400 多年的历史。啤酒屋一层的宴会厅可以容纳上千人，尽管如此，我们都差点找不到座位，可见这里的生意的有多么的兴隆。当然大部分顾客都是外国游客。

　　啤酒屋内的装潢很古典，服务员的服装也很复古，到处都洋溢文艺复兴的气息，而不是啤酒的味道。木质的桌椅，昏暗的光线，卡通的菜单是我观察到的这里的三大特色。这里的客人实在是太多了，十分的喧闹嘈杂，也许啤酒屋里就是需要这样的氛围吧，如果环境小资又清雅，大概就不是啤酒屋了。皇家管弦乐队的演奏虽是必不可少的，可惜人声鼎沸的时候，也没有心境去欣赏音乐了。

△复古而喧闹的 HB 大酒馆

　　我本是个滴酒不沾的人，我想你可能会问，你不喝酒还去什么啤酒屋呢？如果你认为啤酒屋就是喝酒，那就大错特错了。在我看来，HB 大酒馆的首席主打是猪肘，而且这里的猪肘是最地道最正宗的，作为一个无肉不欢的食肉动物，在这里我终于可以大饱口福了，光是眼看着色泽诱人皮脆肉嫩的大猪肘就已经觉得自己很幸福了，再配上甜甜的苹果派和酸酸的柠檬水，就算不喝啤酒，也已经充分享用了德式美味。人生得意须尽欢，莫使金樽空对月，我的理念就是：该吃肉就吃肉，千万别亏待了自己，反正我也吃不胖。

△大酒馆里的大猪肘

HB 大酒馆旁边是玛利亚广场，也就是慕尼黑的市中心。广场建于 1158 年，是慕尼黑最大的城市广场，有"慕尼黑城市客厅"之称。在慕尼黑的短短三天时间里，我们从这里经过了不下 10 次，至今我依然清晰记得这座广场的每一个角落。欧洲广场有三宝，市政厅教堂加雕像，鲜有特例，玛利亚广场也是如此。

广场中心矗立着圣母玛利亚的雕像，它建于 1638 年，修建之初是为了纪念慕尼黑脱离瑞典人的统治，而圣母玛利亚作为慕尼黑人心中的女神，任凭时光荏苒岁月蹉跎，几百年来，金色的玛利亚雕像一直屹立在这里，护佑着城市和人民。

△玛利亚广场

广场北面是慕尼黑的市政厅，不过，与别的城市不同的是，这座市政厅中间还有一座钟楼，每天上午 11 点的时候，都会有穿着五颜六色的衣服的木偶从钟楼里钻出来载歌载舞，重现威廉五世结婚时的盛况。为什么要再现威廉五世结婚时的盛况呢？相传 1516 年时，慕尼黑爆发了一场非常严重的鼠疫，人们死的死，逃的逃，慕尼黑一夜之间就沦为了一座死城。威廉五世为了恢复这里的生气，就在这里举办了结婚大典，从此，慕尼黑又恢复了从前的繁荣，人们为了纪念这次重要的盛典，便让钟楼里的木偶表演当时的场景。

广场的东南角上坐落着慕尼黑最古老的教堂——圣彼得教堂，它建于 1050 年，被当地人称为"老彼得"，最初是有两个尖顶的哥特式建筑，18 世纪时遭到大火焚毁，重建后变成了圆顶的巴洛克式教堂。广场的西北角上还坐落着另一座教堂，它也是慕尼黑的地标性建筑，始建于 1488 年，是典型的哥特式建筑，可是后期命运多舛，1525 年受文艺复兴之风影响，尖顶被改造成了青铜色的意式圆顶，1858 年建筑又被改回哥特式的风格，但是圆顶却被保留了下来，就像加戴了一顶充满异域风情的帽子一样。

玛利亚广场周边是五花八门的商店，长长的商业街四通八达，我们已经有很久都没有看到过这么多商店了，激动得不能自已。什么叫沦陷？沦陷就是三个原本要去参观德意志博物馆的小姑娘看到了这么多商店，一心只想着逛街，却把自己原本的计划忘到九霄云外去了。结果我们一头扎进了这些在雷利亚见不到的服装店里，一逛就是好几个小时，我还弄丢了一只手套，正好就在这里买了一双新的。一直到下午 5 点，我们才想起来本来是要去博物馆的，然而博物馆已经关门了……

第二天，为了避免"沦陷门"再次发生，我们特意换了一条路线，直奔德意志博物馆。但是事后我却觉得这是一个最错误的决定，与其逛那种我不并不是很喜欢的博物馆，还不如逛街买衣服。德意志博物馆全名为"德国自然科学和技术精品博物馆"，里面展出了 28000 余件藏品，包括飞机轮船的模型等等，是世界上最大的自然科学技术博物馆。对于科学技术爱好者来说，那里简直就是乐土，可是对于我这样一个对自然科学一窍不通的纯正文科生来说，简直太乏味了。不过，德意志博物馆还是给我带来了一些惊喜，因为在各种科学产品的展厅之外，还有一个乐器的展厅，让我大饱眼福。

　　这么多的乐器,你能一一叫出它们的名字吗?如果都能让我玩一玩就好了。

△乐器博物馆里的各种乐器

　　慕尼黑有许多非常漂亮的花园，可是冬天的花园里却只有一些枯枝败叶，根本看不到娇艳欲滴的花朵，所以我们又去参观了宝马博物馆。宝马博物馆应该是很多豪车爱好者必去的地方，但它却是我们无处可去的时候的无奈选择。宝马博物馆里面展出了该品牌从发动机制造商成长为汽车产业巨头的发展历程，隔壁的宝马世界里不仅可以观赏宝马全系车辆和摩托车的展品，还可以当场进行交易，然而这一切似乎都跟我没有什么关系。

　　在慕尼黑最开心的事，就是吃到了超级好吃的猪肘，同时满足了我购物的欲望。虽然这不是我要欣赏自然美景的初衷，但是只要最后开心了，其他也就无所谓了。我们在慕尼黑的大部分时间都花在逛街和参观博物馆上了，但却没怎么领略到城市的内涵和韵味，也没怎么感受到城市的美感和活力，更没看到这座城市最最吸引我的地方（除了猪肘）。不过没关系，我知道我与慕尼黑的缘分绝对不只这么浅，我知道我一定还会再来，为了新天鹅堡，为了国王湖，在那春暖花开草长莺飞的时节。

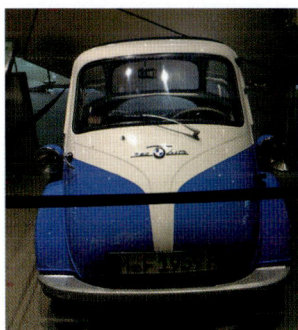

△ 炫酷的宝马 vs 可爱的宝马

春节在柏林街头
冻得要死

又是一个灯火昏黄的薄暮，又是一次新的启程，这一次的行囊好像更重了，不是因为多了什么信念什么理想，而是因为在慕尼黑买了好多衣服，多到行李箱几乎装不下了。我们摇摇晃晃地上了火车，准备去往下一个目的地：柏林。

在欧洲乘火车旅行是个不错的选择，倚着车窗，眺望窗外，经过孕育希望的田野村庄，穿过星罗棋布的大街小巷，看过熙熙攘攘的人来人往，感受沿途的小情小调，品味恬淡闲适的旖旎时光，路过的都是美景，擦肩的都是故事。不过，欣赏风景的同时还要关注报站，坐过站就不好了。

柏林是个大城市，火车站也有很多个，我们听不懂德语，一听到"Berlin"就准备下车，尽管时间比预计抵达的时间早了 13 分钟。

我匆忙收拾了行李，穿上大衣，但是当我刚到达车门口的时候，"滴滴滴"的警报声响了起来，紧接着，车门无情的关上了。我措手不及，没能下车，而我的小伙伴已经在车下了。我望着她们，她们望着我，面面相觑，无计可施。

我慌乱了一分钟之后，开始向周围的人询问那一站的站名，这样才能在下一站下车之后上反方向的火车再坐回来。还好车站的间隔很小，到下一站也并不需要很久，而且我还遇到了好心人，他跟我一起下了车，带我走到开回前一站的火车的站台，还叮嘱乘务员提醒我下一站下车，我顿时就对德国人有了好感。

终于，我回到了上一站，与我的小伙伴会合，就像经历了一场世纪分别一样。然而，在我们走散的这段时间里，她们发现了一个惊天秘密——下错站了！之所以会提前 13 分钟抵达，是因为早下了一站，而我这个坐过站的笨蛋反倒歪打正着地坐到站了，但是我已经又返回前一站了！于是，我们只好一起再次上车，又往前再坐了一站。

柏林对我们好像不太友好，几经周折才接纳了我们，多亏持通票就可以在车站里面随意换乘。

柏林下雪了，踏上柏林的第一步，便踩了一脚皑皑的白雪。这本是一个繁华昌茂、灯红酒绿的城市，但她在雪中褪尽铅华后，就只留下了静谧和纯净。简单洁净的白色从不张扬却带着天生高贵的华丽气质，低调的美丽令人着迷。风儿轻轻拨动如雪花般纯净，如水晶般剔透，如花瓣般轻扬的灵动情愫，一瞬间，流年破碎，飘落到朦胧的苍穹中，洒下了一场银白色的浪漫。

雪为梦而生，滋润心田，沁湿思念，满天星辰是它向往的眼眸；雪为爱而生，拥抱白云，亲吻大地，透明的水滴是它最美的清唇。雪是那么空灵，那么神秘，但也那么寒冷，那么冰凉。寒风刮起雪花侵蚀着我的每一寸肌肤，我被冻得浑身发抖，脚趾僵硬，步履维艰，心想再也不要大冬天出来旅游了。

那天晚上，我们就近吃了汉堡王。快餐是旅行途中的标配，但是只要有肉，对我来说就是美味。

柏林市中心的街道与北京的长安街颇有几分相似，开阔，绵长，古韵悠悠，我们下榻的酒店就在柏林市中心，是一家四星级酒店，条件非常好，干净又舒适，可是价格却没有不菲，这对在火车站迷失，在街头挨冻的我们来说是最大的慰藉。千万不要以为青年旅馆、hostel 便宜又划算，在欧洲，很多比较高档的酒店其实只比 hostel 贵一点点，但是卫生条件和安全系数却要高很多，对于女生来说是更好的选择。

对了，忘记介绍柏林了。柏林是德国首都，也是德国最大的城市。第二次世界大战之后，城市被柏林墙分割，直到1990年才恢复统一。柏林也是一座自由开放、兼容并蓄的城市，它文化底蕴深厚，族群组成复杂，对于移民十分包容，较强的人口流动性为它注入了许多新鲜血液。它没有大都市的车尘废气和喧嚣聒噪，也没有大自然的秀丽山水和姹紫嫣红，在这座城市里，处处都回荡着历史的足音。战争的创伤是它特有的胎记，涅槃后的坚强和深沉是它独一无二的风采。如今，脱胎换骨的柏林已经驱散了战争的阴霾，焕然一新，越发地充满朝气和活力，既保有历史的风韵，又在书写多姿多彩的崭新篇章。景观之城、时尚之城、创意之城、设计之城、音乐之城、艺术圣地，都是对柏林的美誉。有一句古老的谚语是这样的说的："整个柏林就像一片白云"，这句话形象地表达出了柏林这座城市的活力无限和变幻无穷。

　　说实话，尽管我在笔下书写着柏林的美好，但是当时我对柏林并没有太多的好感，主要原因是柏林太冷了，冻得我两腿发麻，两眼发直，很难有心情去欣赏城市风景，所以旅行时节的选择真的太重要了。

△柏林的冰天雪地

　　严谨的德国人会恪守给小费的习惯，一般餐馆小费的金额相当于用餐费用的 5%-10%，我们当然需要入乡随俗。但是德国人的另一个习惯我真的很难适应，与其说是德国人的习惯，不如说是所有欧洲人的习惯——不喝热水，不知道 hot water 是什么。在柏林的那些天，我格外想喝热水，因为天气实在太冷了，但是每当我跟服务员说我要"hot water"的时候，他们都面露难色，然后告诉我他们没有热水。于是我就只好点一杯茶，然后让他们不要帮我沏好，而是把茶包和水分开放，如此这般我才能喝到热水。

咖喱香肠是柏林独有的美食，在香肠上淋上咖喱汁和番茄酱，是柏林人的大爱，可是我却觉得味道很一般，我还是喜欢吃德式猪肘。柏林的猪肘不同于慕尼黑的猪肘，清淡的蒸煮取代了重口味的油炸，肉质一样鲜嫩，口感一样醇厚，同样是我的大爱。不过不知道是不是因为柏林太冷了，柏林人也有一丝丝高冷，我们想点菜却被一再无视和冷落，看来在柏林不仅喝热水难，吃大肉也不易。

△柏林的咖喱香肠和蒸猪肘

柏林的著名景点有很多，我们在柏林停留的时间也不短，可是很多该去的地方都没有去到，原因只有一个，还是因为太冷了，冷到没有心情在室外参观，一心只想随便找家商店取暖。我甚至还在一家药店里买了个口罩戴在脸上，虽然柏林的空气质量非常好，可是如果不戴口罩，我的脸上就要下雪结冰了。

　　我只想安安静静地旅行，并不想与柏林碰撞出冰雪奇缘的火花。在这样的天气里，我曾经最热衷的照相大业都变成了随便应付的苦差事，即便戴上手套，也依然不愿意把手伸出来按下快门。这样的旅行，难有乐趣可言，每分每秒都在承受着滚滚寒流的袭击，每时每刻都在担心自己被冻成冰雕，这样的天气最适合在暖暖的被窝里睡觉。但是既然选择出门旅行，便只有冰雪兼程。

　　柏林不仅是一座历史之城，还有诸多艺术交流活动，柏林最时尚最尖端的文化生活集中体现在柏林电影节中。柏林电影节与戛纳电影节、威尼斯电影节合称世界三大电影节，创立于20世纪50年代初，于每年的二月中旬举办。而我们来到柏林的时候，正值二月中旬，虽然没能看到星光熠熠的红地毯，但还是看到许多工作人员都在为即将上演的饕餮盛宴前后奔忙。不敢想象在如此严寒的天气里，衣着暴露的女明星们要怎么在红地毯上争奇斗艳。《烈日焰火》的男主角廖凡就是在这届柏林电影节中摘得了银熊奖，可惜我当时没能见证到属于他也属于我们所有中国人的荣光。

二月中旬不仅是柏林电影节举办的时间，也是中国庆祝春节的时间，任性的我没有选择回家看春晚的安逸和团圆，而是坚持在柏林街头瑟瑟发抖。每年春节都在家里吃饺子多没意思，毅然选择体验一下截然不同的生活方式才是青春应该有的果敢。虽然被冻得够呛，但是却不曾后悔自己的选择。我知道我不可能一直这样有恃无恐，所以要趁着还有这样的激情和冲动的时候多任性几次。所有的经历都是财富，如果我当时回国过年了，这一章的内容就都不存在了。

不过这个时候中餐馆的重要性就彰显出来了，到底是在过年，还是想吃中餐，就连超级美味的猪肘都不能够取代中餐中蕴含的家的味道。大年三十那天，我们在天寒地冻中凄苦地游走了好久，终于看到几家中餐馆。我们选择其中一家准备用餐，可是老板的态度却非常差，我自己拿了菜单之后，他凶巴巴地说："别动，我给你拿。"我们想看春晚，就问他能不能打开电视，他却冷冰冰地说"吃饭就吃饭，看什么电视。"大家都是中国人，他出国开了家中餐馆就拽成这个样子，所以我们当然不要继续给他捧场，便决然出了大门。

告别错的才能够跟对的相逢，这句话真的是真理，尤其适用于餐馆。我可以不计广告费为"中国城大酒楼"大做宣传，因为这家中餐馆真的是很不错。它是我们最后走进的中餐馆，馆如其名，菜品和环境也都配得上"中国城大酒楼"这个名字。这家餐馆即使开在中国，味道和服务也属于上乘的，而且价格适中，选择范围也比较大，所以我诚意推荐。那是我在德国吃的最开心最满足的一顿饭，久违的正宗中餐的味道，久违的热气腾腾的饺子，差一点就要把我感动哭了。

记得那天晚上，Mara 回去以后胃就开始不舒服，可能吃太多了，但是第二天，我们再次去了这家中餐馆。假设第三天我们没有离开柏林的话，我们还会去这家中餐馆的。是的，如果我以后有机会再去柏林，我一定还要再去这家中餐馆。虽然回国以后那些菜想吃就吃，没必要专程跑到德国去吃，可是在异国他乡那么寒冷的情况下，这家餐馆带给我的感动，值得我铭记终生。被一家餐厅感动成这个样子，我的出息确实还有待修炼。

勃兰登堡门是柏林最重要的一处景点，也是柏林的标志。它最初是一道通往勃兰登堡的城门，故得名勃兰登堡门。后来为了纪念普鲁士七年战争取得胜利，于 1791 年改建成了一座新古典主义的砂岩建筑。勃兰登堡门的设计创意来源于雅典卫城的城门，门顶中央有一座高约 5 米的胜利女神的铜像，女神驾驶着四轮马车，手持权杖，权杖上带有橡树花环，花环内刻有十字勋章，一只鹰鹫傲然屹立在花环上，象征着战争的胜利。整座建筑巍峨庄严，两百年来一直见证着柏林的兴衰，有着无可取代的历史价值。

△勃兰登堡门

漫步过诸多博物馆和各种室外广场和纪念碑后，我们来到了德国国会大厦。这座国会大厦建成于 1894 年，它曾是德意志第二帝国议会会址，也曾是魏玛共和国议会会址，现如今是德国联邦议会的会址，更是德国联邦大会选举总统的会址。这座建筑融合了哥特式、文艺复兴式、巴洛克式、古典式等多种风格，大气又高端，是德国统一的象征，建筑的顶部还有一个透明玻璃穹顶，透过这个穹顶可以观赏到柏林的全貌。参观时还可以戴上多语言的讲解器，一边欣赏风景，一边聆听德国的历史。

△ 国会大厦

离开国会大厦后，我们走进了一条清雅的小路，它就是传说中的菩提树下大街。神奇的是，在雨雪风霜的打压下，菩提树依然华盖茂盛，葱茏如春。脚下是洁净的白雪，头顶是翠绿的枝叶，置身其中，自然会萌生出一种超凡脱俗的清脱感，似朵朵菩提花一般，不悲不喜，无欲无求，只与清欢岁月为伴。

我喜欢这里养眼的颜色，喜欢这种静谧安逸的氛围，不沉重，不虚浮，可以让我把心轻轻安放。繁华终有尽头，与其在红尘中醉生梦死，不如在大自然中觅一方净土，细品岁月的静美。

其实这条满目青青的大街也曾饱经历史沧桑，当年普鲁士士兵曾经在这里接受检阅，街道两旁也曾有许多古典建筑，但在二战中均被毁于一旦。现如今的建筑是重新修建的，不过这丝毫不影响这条大街的清幽脱尘。在 Mara 的指点下，我终于拍出了一张"做作"却很漂亮的照片。

△静美的菩提树大街

　　柏林最有特色的景观当属柏林墙，但它其实是柏林的伤疤。柏林墙始建于 1961 年，全长 155 千米，本是德意志民主共和国（东德）建立的边防系统，由铁丝网、砖石、混凝土、瞭望塔和反车辆壕沟组成，用于阻止东德和德意志联邦共和国（西德）人民自由来往，它是冷战的产物，也是德国分裂的象征，记录着一段沉痛的历史，1990 年两德统一时被拆除。

柏林墙的遗址有三段，游客去的最多的一段现在已是东边画廊，它在柏林墙被拆毁后成为了艺术家们随意创作的园地，形形色色的涂鸦宣泄着人们的主张和渴望，其中有一幅最著名的画叫做"兄弟之吻"，它源于真实的新闻照片。1979 年 10 月 7 日，当时正值民主德国建立 30 周年，苏联领导人勃列日涅夫访问东德，并与东德签订了合作协议，最后与东德领导人相拥亲吻。这幅别具特色的画作已经成为了柏林的历史回忆。

△好看么？

柏林也号称熊市，在它的市旗和市徽上都有凶猛的黑熊的身影，城市里五颜六色的熊熊的涂鸦随处可见，熊甚至成了柏林文化和艺术的象征。我最喜欢熊憨态可掬的样子，记得在我很小的时候，我就说过我要到柏林去看熊，可是现在我真的来到柏林了，却遗憾没有看到一只真实的熊，只看到了熊熊的涂鸦和雕像。

此前去过的诸多欧洲城市，我都盼望以后还可以再去，可是我却觉得我再来柏林的可能性很小，这里唯一吸引我的就是那家充满美好回忆的"中国城大酒楼"。这座城市带给我太多寒意，寒冷会让原本就沉重的城市变得更加沉闷，让我觉得自己与这里格格不入。但是如果因为机缘巧合再次来到这里，我期盼柏林能够带给我耳目一新的感觉，我希望我能够感受到它的热情和暖意，不要再让我在街头冷得瑟瑟发抖了。

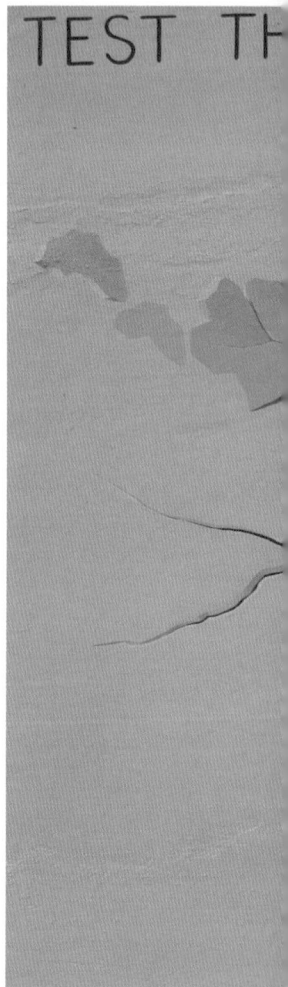

TEST TH

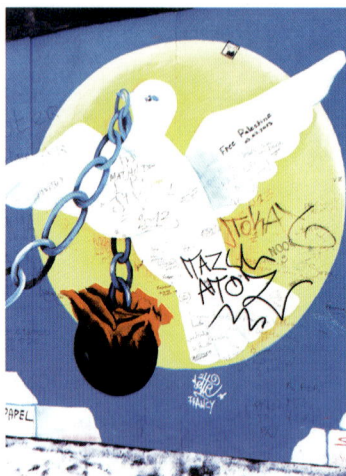

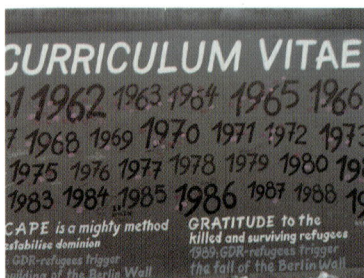

△有意思的涂鸦

△即使严寒也不能忘记温暖的微笑

△柏林街头偶遇长颈鹿，长颈鹿先生，你不怕冷么？

哥本哈根，我的童话

　　柏林的天空，满是酷寒的味道和旧日的气息，在它或浓或淡的色彩里，冷冻着太多岁月的沉淀。几乎觅不到的阳光下飘零着被风吹散的记忆，曾经的璀璨渐渐凋零成碎片，曾经的坎坷却也恍然成就辉煌。有多少沧桑的故事，在这凄清的光景里流连；有多少冰雪的情怀化作心底的一抹温柔，任凭似水流年，只写永恒眷恋，不提岁月蹉跎。而我们，在经受了冰天雪地的磨练之后，再次出发前往下一个目的地，一个更加寒冷的地方——哥本哈根，这一次，我们的交通工具又升级了。

　　大概是我孤陋寡闻吧，我竟然没见过火车可以被轮船承载，不知道有一种高大上的交通工具叫做轮渡。其实，轮渡就是一种超级大的轮船，可以直接把汽车、货车、火车开上去，然后载着它们渡过大江大海。在不知不觉中，我就坐着火车来到了轮船上，而我竟然都不知道我是什么时候上船的。在船上我看不到轮渡的外部构造，更难以想象它需要有多大的空间才能承载下一辆火车，这让我感到非常神奇，更让我觉得不可思议。

轮渡还有一个好处，可以让乘客自由地从封闭的火车里走出来，在轮船上面吹海风看海景，如果足够有情趣的话，还可以跟小伙伴上演一出泰坦尼克号的戏码，或者思考一些懵懂的问题：海的那边是什么？是深不可测的宝藏？是苍凉迷茫的荒岛？是广袤无垠的大地？是无法企及的远方？我不得而知，我只知道，轮渡会载着我们去到海那边的国度，一个童话中的国度。

跟往常一样，我们抵达哥本哈根的时候，夜色已经降临。找酒店还是费了一番周折，幸好可以大吃一顿自助餐来弥补。说起哥本哈根，我的第一反应是哈根达斯，虽然哈根达斯并不是哥本哈根的冰激凌品牌，但是说不定哈根达斯的品牌创始人在哥本哈根曾经有过一段难忘的爱情，而故事的女主角喜欢吃冰激凌，她的名字叫做达斯，所以就有了哈根达斯。虽然这段故事是我编的，但是哥本哈根确实有哈根达斯冰激凌的气质，清甜，香冷，充满童话色彩，小朋友喜欢······

　　哥本哈根这个名字我们都不陌生，它是丹麦王国的首都，曾被联合国人居署评选为"最适合居住的城市"，是世界上最漂亮的首都之一，也是美女最多的世界十大城市之一。这是一座典型的北欧城市，有着健康的生活方式，优雅的生活步调，宜人的生活环境和安逸的生活姿态。丹麦人热衷于享受生活，喜欢闲庭信步，喝咖啡聊聊天，是他们的日常，也是我们向往却难以享受的一种生活方式。

　　2009 年，联合国气候大会在哥本哈根举行，此外，还有诸多国际会议都安排在这里。这里还汇集了很多新兴制造业，是一座高端却低调，时尚又古典的城市。但是这里的物价非常高，一瓶矿泉水就需要 50 多元人民币。不过丹麦的社会福利非常好，对于丹麦人来说，高物价不会是任何负担，但是对于外国游客来说，却很有可能是难以承受的。

　　我最早知道丹麦，是通过安徒生童话。我是一个看童话长大的女孩儿，到现在都还生活在童话的幻境里。安徒生就是我儿时的偶像。安徒生是丹麦 19 世纪著名的童话作家，《海的女儿》是他最有影响力的作品之一。善良的小美人鱼为了拯救心爱的王子，不惜化作泡沫，她是善良和美丽的化身，也是纯洁高尚的象征。后来，故事的主人公小美人鱼被铸成了铜像，永久地缱绻在海边的礁石上。小美人鱼是丹麦最著名的一处景点，其实这尊铜像并不大，但小美人鱼优雅曼妙的身姿却格外吸引人，因而每年都会有无以计数的世界各地的游客慕名前来丹麦观光，这就是童话的魅力。2月的海水已经结了冰，海面上升腾起冰冷的湿气，而勇敢的小美人鱼，依然眺望着广袤的海面，倾听海浪的呼唤，守望心中的爱情。

△安徒生叔叔人偶

△复制粘贴而来的阿美琳堡

城堡是童话中的必备元素，城堡自然在哥本哈根随处可见，在小美人鱼的雕像附近就有一座阿美琳堡。这座城堡建于18世纪中叶，设计形式十分巧妙，由四座一模一样的宫殿组成。这其实是一座王宫，丹麦女王时常亲临这里。而作为童话中的另一个必备元素，皇家卫兵也会身着整齐又气派的制服站在宫殿前，守护皇室的安全。

△不惧严寒的小美人鱼

还有一座用于军事防御的城堡，叫做卡斯特雷特城堡，它是丹麦的军事要地，外观呈五角星的形状，神圣又庄严。

与阿美琳堡隔路相望的是腓特烈教堂，这是一座绿色的圆顶建筑，始建于1779年，历时100多年直到1894年才竣工。

教堂由丹麦和挪威出产的大理石砌成，极具历史沧桑感，华美又威严。

多么惊艳梦幻的景致，都躲不过寒冬腊月的萧瑟与寂寥，都免不了岁暮天寒的凋零与苍楚，哥本哈根原本是一个色彩斑斓、山明水秀的城市，可是当寒冬来袭，绚烂褪去后，它就幻化成了一场浪漫的忧伤，一切的一切都被阴郁的雾气笼罩。原本我期待着在这里能观察到一场大自然的华丽狂欢，可是却邂逅了一场凄婉的冬殇。旅行的季节真的很重要，此前我在网上看到过很多哥本哈根的照片，那是一个生机勃勃、春光明媚、花红草绿的城市，是一个可以让你把心事放空，让思绪纷飞的城市，可是冬日的哥本哈根倒像一个可望而不可即的孤城一样，里面住着王子和公主，可是我却无法靠近。

天气不好的时候最适合去博物馆，哥本哈根的国家博物馆更一个好去处。这座博物馆建于 1743 年，曾经是王储和王妃的宫殿，后来改建成世界级的博物馆。博物馆中收藏了很多丹麦的国宝，包括石器时代、维京时代、中世纪时期以及文艺复兴时期的诸多藏品，可以让你在很短的时间里穿越时空。

没想到的是日本馆里的一台大头贴的机器让我们停留了整

整一下午。那台机器是真正的美颜神器，不需要投币，就可以反复拍照，并会在拍照之后自动 ps 照片，最后生成出超美超萌的人像摄影，每个人的脸蛋都能拍得粉粉嫩嫩水水灵灵的，既是美颜神器，又是卖萌神器，还是返老还童神器，我们玩儿了一下午都没玩儿够，如果有售卖小型的此种机器，我真的想要买一台，这好像是我此次哥本哈根之行的一大收获了。

△冬日的哥本哈根

说起来真的挺可笑的，拍大头贴居然成为了我来童话王国的一大收获。虽然旅行的结果发生了偏差，但是开心的目的还是达到了。我看到的哥本哈根，是清清浅浅的，纯净清新的，虽然少了些生机，少了些姿色，少了些妖娆，却还是有着童话般唯美的梦境。只可惜天气太糟糕，依然有很多地方都去不了，所以只在我心上留下了些许浮光掠影。回忆起来的时候，我最先想到的也只是那个欢畅的拍大头贴的下午，然后才是小美人鱼的雕像，最后才是诸多城堡。

△欢脱的大头贴时光

　　旅行的意义其实有很多，开阔眼界也好，增长见识也罢，赏心悦目也行，最主要的还是要让自己开心，哪怕哪里都没玩成，就拍了一下午的照片，只要是开心的，就是值得的。

　　哥本哈根是我们此次冬季出行的最后一站了，虽然旅途是疲惫的，我却依然不愿离去。不管外面有多么严寒，旅途中的故事都让我觉得内心温暖安然，这种感觉，是在学校中无法体会到的，是值得我反复回味的，更是值得我终生流连和珍藏的。

　　再见，童话。我会再来读你。

△你好童话，再见童话

跌倒在马耳他

　　其实我曾经是一个宅得不得了的人，可是不知道从什么时候开始，我的心开始躁动了。我想要去遍世界的每一个角落，我想要出去看世界的每一寸土地，我想要与未知的领域来一场完美邂逅，然后记录下我的心情。在没有时间的时候，这些想法都只能停留在幻想中，可是假期给了我实现梦想的机会。

　　寒假有足足一个半月的时间，荷兰 - 比利时 - 德国 - 丹麦之旅只有短短 10 来天而已，在剩下的 20 多天的时间里，我当然不会甘于老老实实待在宿舍里学习，所以在短暂的休整之后，我便马不停蹄地踏上了新的旅程，这一次的目的地，是一个永远没有冬天的地方，所以我终于可以尽情地玩耍了。

要不是小伙伴提议，我都不会想起这个国度。它是南欧的一个微型国家，是地中海中心的弹丸之地，由地中海中心的一些岛屿组成，有"地中海心脏"之称。它拥有一个无从考究的名字——马耳他。历史上的马耳他饱经战乱，1523 年，耶路撒冷圣约翰骑士团移居此地，19 世纪又沦为英国殖民地。历史上，罗马人、阿拉伯人、诺曼人也先后占领过这里。若不是一块风水宝地，这里前前后后也不会有这么多纷争。

如今的马耳他历经世事沧桑，却依然静美如初。不同于柏林处处显露着历史的痕迹，这里没有留下一丝一毫战乱的踪影，有的只是四季如春的秀丽风光和碧波荡漾的蔚蓝海岸，被誉为"欧洲的乡村"。这里的人们虔诚、悠然、平静、快乐，终日沉浸在碧海蓝天的怀抱。他们沐浴着地中海微咸的海风，吃着意大利风味的美食，说着希腊调调的语言，开着英式拉风的汽车，过着自己闲散的小日子，与世无争，简淡从容。

马耳他不愧是位于地中海中心的国度，这里的人们头发的"地中海"（头发中部谢顶）现象非常严重，都说一方水土养一方人，地中海咸涩的海水竟然把人们的头发都养成了"地中海"的模样。

　　这里的交通比较落后，公交车间隔很长时间才来一趟，可是人们并不急躁，闲散的生活节奏养成了他们开朗豁达的心境。

　　尽管这里的风水不是很养颜，但是却十分养胃，因为这里的美食非常多，荤菜更是多种多样，可以让我大快朵颐。最具当地特色的荤菜当属炖兔肉，这道菜制作工序有些复杂，需要先用盐和黑胡椒腌制兔肉，再将兔肉裹上面粉翻炒，炒至金黄色后还要与土豆等配料一起炖煮，可是我不忍心吃兔肉。此外，牛排、酱鸭、烤鱼、薯条还有各类糕点，都是不可错过的美味。

△ 马耳他烤鱼

在这里还可以喝到其他地方都没有的仙人掌甜酒，要知道把浑身是刺的仙人掌榨成汁液做成饮品绝非一件易事，何况这种甜酒对于祛火除病还会有奇效，尽管如此，我还是没有亲口品尝。还有一种用桔子和苦艾草混合而成的琥珀色汽水，味道奇苦，据说对身体也很好，可我受不了这种又奇怪又苦楚的味道，喝了一口便作罢了。

对了，忘记说一说我此行的小伙伴了。认路小能手 Mara 当然不可或缺，此外 Vitor 同学首次出现在我的同行队伍里，他是我们班四分之一的男生，最擅长穷游，给我感觉他不花一分钱就能游遍世界。所以在我和 Mara 一拍即合毫不犹豫地预定了五星级酒店之后，Vitor 同学一个人却默默预定了青年旅社。来马耳他这种风景如画天地人和的岛屿，可不是来旅游的，而是来度假的。旅游和度假的最大区别就在于旅游会马不停蹄地四处参观，而度假只需悠哉悠哉地慢慢享受。既然是来享受的，在住宿条件上当然不能委屈自己。千万不要以为住五星级酒店只是土豪的专利，在马耳他这样一年 12 个月都是旅游旺季的地方，有太多的五星级酒店，价格非常亲民，只要有一颗喜欢放松享受的心，就不怕住不起。

我和 Mara 在房间门口看到一盘水果，里面有苹果，有橙子，有餐巾，还有一把水果刀，也不知道笑点在哪里，可就是这盘不知道是为我们准备的还是被别人放到门口的果盘却害我笑了一晚上，笑累了就睡了，好像还做了个美梦吧。

第二天一出门，我就摔了一跤。在一个下坡的地方，我突然就跌坐到地上了，把对面的人都吓了一跳。看来我每次出游都要经历一点特别的事情。在提及这件事的时候，我的脑子里又清晰地浮现出我当时摔跤的样子。摔跤似乎比五彩斑斓的风景都让我印象深刻，疼痛是否就是比美好更让人记忆犹新呢？这的确是一个值得回味的问题。其实我是一个好了伤疤忘了疼的人，所以第三天一出门，我又摔了一跤，虽然不是在同一个地方。看来马耳他真是一个让我想要膜拜的国度，所以我一次又一次地跪倒在它的面前。

海湾在马耳他的主岛上随处可见，它们有着动听的名字：黄金海湾、天使湾······虽然这些海湾簇拥着同一片大海，却又风情万种。海风暖暖的，吹拂着我的长发，也撩动着我心底的小悸动，身体里积压已久的冬日寒气被一扫而光，在温柔的海湾的怀抱里，我感受着地中海特有的神韵。地中海是美到极致的，我看不到波涛汹涌，也听不到狂风呼啸，眼前只是层层叠叠深浅不一的蓝色，暖阳下的海水晶莹剔透，闪烁着金色的光芒，像梦境一般虚幻迷离。

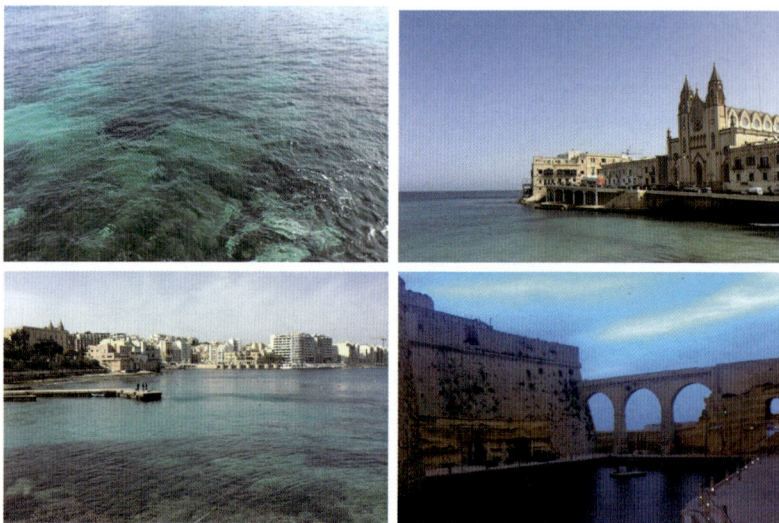

△五彩斑斓的海湾

马耳他的主岛虽然不大，却有多座城市。它的首都叫做瓦莱塔，历史上曾被用作军事堡垒，如今是地中海上重要的货运集散地，还是欧洲文化名城。城中还保存着许多维多利亚式的建筑和方形石子铺就的古老街道。

瓦莱塔最著名的景点当属圣约翰主教堂。好像欧洲每座城市最著名的景点都是教堂，不过在我看来，教堂都大同小异，虽然外部构造千姿百态，但是那种肃穆、圣洁、宁静的宗教氛围都是相同的。尽管如此，每到一个地方我还是会去静静走进当地最著名的教堂，毕竟它是一个城市的信仰和智慧的凝聚和象征，然后把自己的心沉静下来，安放在那里，哪怕只有很短的时间。

圣约翰主教堂修建于 1573 年，教堂外部的墙面呈土黄色，不张扬却十分淡雅，是一座典型的巴洛克式的建筑，真的可以用低调奢华有内涵来形容它。教堂内部的设计美轮美奂，石雕、拱顶、神像错落有致，交相辉映，颇具深沉而又华美的质感。

主岛上还有一座城市叫姆迪娜，它是马耳他的古都，公元前 700 年腓尼基人定都于此。城内的建筑非常古旧，还保留有地震的痕迹，一条条狭窄的巷子诉说着岁月的阑珊。巴洛克式的主教堂，影影绰绰的老街巷，构成了这里全部的影像。光阴似乎流失殆尽，万籁俱寂，昏黄的光影赐予了它一种幽暗而神秘的气息，这也算是时光的恩典吧。置身于此，我竟如进入另一个时空一般，真切又陌生。

这时，我突然萌生了一个念头，也许我每去到一个地方，都应该给自己寄一张明信片，回国以后，打开信箱，如数家珍一般，看着那些我去过的地方，还有我当时记录下来的心情。

自己给自己写信，听起来有些莫名奇妙，可是在另一个时空下看着曾经的自己在地球的另一端的所见所闻所感所想，会不会是一种曼妙无比的穿越体验呢？

马耳他岛上还有著名的三姐妹城，分别是 Senglea、Vittoriosa 和 Cospicua 三座位于丘陵上的小小城池。Senglea 有一个面向瓦莱塔的大码头，码头上停泊着一排排小船，整齐又壮观。

△昏黄的姆迪娜

△古老的屋舍

　　当天空中没有一只飞鸟滑过，当黄昏渐渐漫上海平面，当点点的渔火已经开始闪烁，码头上就只有我们三个人了，漫无边际的黑暗慢慢吞噬着我们。我在想，这些小船不知道曾承载了多少人的梦想，如果天亮之后，小船启航，一直到傍晚归航，愿望都能一一实现，那该有多好。

　　Vittoriosa 是圣约翰骑士团最早的栖息地，城市的尽头有一座公元 870 年的武士古堡，还有一些十六世纪的旧屋舍，无声无息地述说着这座古城的往昔岁月。

△大码头上的小船

Cospicua 是三姐妹城中最大的一座，其名字的意思是"勇敢"。遗存的二战中的海防线和藏有大量珍宝的教堂是城中珍贵的地标。

△不知道这是三座城市中的哪一座

三姐妹城都是奶黄色的，到处都弥漫着古老的气息，虽然狭小、陈旧，布满了岁月的皱纹，却是马耳他重要的史迹。没有历史，就没有今天的马耳他。这是马耳他历史的一面，不过马耳他最美丽、最吸引我的，还是她自然的一面。

比如位于在主岛西南边的小镇上的蓝洞，就是一片自然形成的水上洞穴群。它就像是大海澄澈的瞳孔一样，在光线的折射下，呈现出一圈圈深浅不一的蔚蓝色，在海的中心闪耀，晶莹剔透，清冽见底。听说这里是潜水的最佳地点，可是我没有深入大海一探究竟的勇气。海底探险与胆小鬼无缘，可是旅行就不一样了，旅行可以随心所欲以自己喜欢的方式去寻找心中的远方。

既然马耳他是由地中海中心的若干岛屿组成的国度，那么它的领地当然不只主岛，科米诺岛和戈佐岛也都是它的腹地。我有时会怪异地认为科米诺岛和多米诺骨牌之间或许有什么联系，也许科米诺岛上的一只海鸟扇了一下翅膀之后，引起了连锁的振动，就会诱发地中海的海啸吧。虽然可以做这样不着边际的联想，但还是希望这样的事情不要发生。

科米诺岛是一个占地仅 3.5 平方千米的小岛，岛上的常驻居民只有 3 名。生活在熙熙攘攘，人口数量庞大到 14 亿之多的国家中，我真的无法想象又十分羡慕一个微小到只有 3 个居民的小岛上的生活。置身科米诺岛，双耳间皆是是大海的呓语，眼帘里尽是海水的碧蓝，海鸥的羽翼、浪花的瑰丽，帆船的轨迹，轻轻浅浅地掠过，充满了诗情画意。

不同于科米诺岛的冷清，戈佐岛上的游人络绎不绝，因为它有着举世无双的"蓝窗"。由于石灰岩的崩塌，加上海水和海风长期的侵蚀，海边的一处岩石渐渐演变成了一个高约 100 米，宽约 20 米的空洞。透过这扇天然之窗，可以将大海的景致一览无余。这真是大自然的奇迹，美剧《权利的游戏》就曾在这里取景。然而想要亲眼一睹大自然如此这般的鬼斧神工，也实属不易，因为这里的公交车一个小时才来一辆，车上只有 10 个座位，又没有站立的空间，连上车都很难。我们到达车站的时候，刚刚开走了一辆，于是我们百无聊赖地等候了一个小时，可是又因为座位有限没能登上后一辆车。伴随着其他游客不满的骂声，我们开始了长途跋涉的徒步旅程，但这一切都很值得。

到了蓝窗，往"窗外"望去，仿佛可以看到另外一个世界，一个自由自在，无拘无束的世界，一个远方和未知的世界。那里有孩子们天真的笑靥，那里有大人们轻松的脸庞，而在那些钢筋水泥堆砌起来的城市里，无论如何都找不到这样通向自然的透明窗口。

蓝窗也似乎可以映照出你内心最真实的想法，最单纯的渴望，让你放下一切杂念，回归天地的本真。面向蓝窗，张开双臂，拥抱海洋，心情也会变得无比舒畅。春去秋来，斗转星移，空气中氤氲着大海的味道。无声的蓝窗映现了多少水天的奇景，

投射了多少新奇而又希冀的目光，又沉积了多少鲜为人知的诉说······

△这便是蓝窗，你能看到窗外的世界吗？

　　诺大的世界中，马耳他这样一块弹丸之地似乎无足轻重，可它却有自己独特的魅力和价值。多少经济发达、发展神速的国家可以叱咤风云呼风唤雨，却流失了最朴实的心境和最自然的状态。不管世界上有多少风云变幻，马耳他永远都是地中海上一颗璀璨的明珠。当你心绪烦乱，疲惫不堪，满身灰尘的时候，不妨出去走走，去看看外面的世界，特别是马耳他这种近乎与世隔绝的小世界，也许在这里你可以重新找回自我。

随着马耳他之旅的结束，寒假也悄无声息地结束了，但我知道，复活节离我不远。

△ 那些印刻在我心中的美好景致

第四章

复活节 风之翅

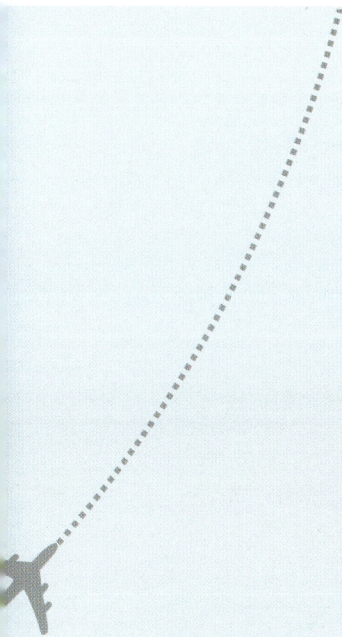

郁金香的复活节

什么是复活节？其实我也不清楚，只知道复活节是早春的一个西方节日，毕竟中国不过这个节日。百度上说复活节是为了纪念耶稣复活而设立的节日，象征着重生与希望。于我而言，复活节最大的意义就是有一个长达两个星期的假期，这样我的旅行线路又可以延长了。去哪里呢？这是个值得思虑的问题，意大利，希腊，捷克，奥地利······很多地方都想去，可是却需要考虑机票的价格，路线的可行性，时间的长短等诸多因素，想来想去，最后只得忍痛舍弃本想去的希腊，选择先去荷兰看一看正在盛放的郁金香，再去意大利深度游一番。在最温暖的季节里，让蓝天如影随形，看湖面倒映春光，诉说心中的风景，应该是一副绝美的画卷。

我就知道，我和荷兰的缘分未尽，毕竟，我还没有见到它最美好的一面。所以冬季一过，我又来了，悄无声息地和她重逢在明媚春光里。我和小伙伴们一下飞机便直奔开往库肯霍夫郁金香公园的专线大巴站。等候大巴的游客中，中国人居多，总有人喜欢用嘲讽的语气说"去那些景点的都是中国人"，其实，想要亲眼看看享誉天下的秀美风景又有什么错呢？所以郁金香公园，我是一定要去的。

郁金香是荷兰的国花。在荷兰有一个古老的传说，花神把皇冠变为鲜花，把宝剑变为绿叶，把黄金变为茎根，这样就有了郁金香。

冬天的荷兰，万物萧瑟，花儿谢了，鸟儿倦了，静美的田园风光被酷寒掩埋了，只有我在寒风中黯然神伤。而春天的荷兰是什么样子的呢？天是蓝的，风是柔的，阳光是暖的，就连我的心，也变得温婉了。这样的气温最适合郁金香绽放。当然，还会有返潮的寒流袭来，可是我还不如郁金香坚强，稍微一冷，我就跑到纪念品商店买了一件又肥又大的写着"I love Amsterdam"的粉色卫衣，也许这样更像是一个旅行者吧。

开往库肯霍夫的专线大巴站应该是阿姆斯特丹人群最密集的地方了，我也不知道为什么郁金香公园对我们有这么大的吸引力，反正我就是喜欢花，花园、花田、花海，于我而言，花间就是天堂。

库肯霍夫公园是世界上最大的郁金香公园。库肯霍夫在荷兰语里是"厨房花园"的意思。早在 15 世纪时，它本是一位女伯爵的狩猎花园，花园里还栽种了各种植物，为厨房提供食材，因此得名库肯霍夫。每年 9 月底，勤劳的花农都会播种下 600 万颗不同花种的球茎，其中便有 1000 种郁金香，来年 3 月的时候，就会迎来百花齐放花团锦簇的旖旎盛景。大自然的惊艳给人的视觉带来的冲击，是完全超乎想象的。

△ 库肯霍夫公园

"兰陵美酒郁金香，玉碗盛来琥珀光。但使主人能醉客，不知何处是他乡。"这是唐代诗人李白的诗作，说明早在唐朝时，郁金香就已成为了诗中最美好的意象，与美酒一样使诗人陶醉。我们皆是光阴的过客，匆匆走过时间的夹缝，为什么不让自己多看一些世间最美好的景致呢？比如眼前这片郁金香！

库肯霍夫公园简直就是拍照的天堂，我想与每一朵花合影，因为每一朵花的色泽、形态、风姿都不尽相同。五彩斑斓的郁金香，竞相绽放，与潺潺溪水，悠悠风车，熹微阳光，组成了一个仙境般的大美世界。花色艳欲滴，花香绕满园，花语萦心田，美丽的郁金香既养眼，又养心，养我那我自由自在，无拘无束的心性。虽然参观的时间不过区区半天，可是那难以言说的美丽，却芬芳依然。

△ 会开花的树

在花田里骑单车是一种怎样的体验？浪漫？惬意？悠闲？美好？都是，但还差一个字，什么字呢？后面再说。几个小姑娘，骑着单车，裙角飞扬，有说有笑，蹁跹在花田里，是一副多么曼妙的画面。郁金香花田简直就是一块颜料板，神秘的紫色，甜美的粉色，鲜艳的红色，深远的蓝色，淡雅的黄色，明丽的橙色，层层叠叠，连绵起伏。不知不觉中，我想象自己是一个花仙子，在花田间翩翩起舞。

△郁金香美图大赏

　　那么，还差一个什么字呢？冷。都说春寒料峭，一阵阵寒风吹来，穿透衣襟。我骑着单车，在公路间左右摇摆，被风吹得花枝乱颤，不能自持，好不容易到达花田的另一端，短暂停留了一下之后，便又随风而去了。依照我的风格，此处还应该再浓墨重彩地描绘一下花田的景致，可是当我想起当时的情景时，反而描绘不出来了，也不知道是冻坏了还是词穷了。反正我的眼睛已经享受过了，我也就知足了。

△五颜六色的花田

　　告别郁金香，回到主城区，换个季节，换个视角，重新欣赏同样的街道和景观，心头却别有一番滋味。一路阳光也好，一路风霜也罢，心之所向的地方，似乎总会有不会消逝的魅力。清寒的的空气中裹着香甜，无声的风景刷新着记忆。我从远方赶来，只为赴郁金香的一面之约，虽然邂逅如惊鸿一瞥般短暂，但给我带来的喜悦和震撼，却比万亩花朵绽放还要绚烂。

△梦幻和记忆

△这双鞋好像有点大

△在荷兰遇到的猪，应该是名副其实的荷兰猪

海的牙齿与和平宫殿

吃饱喝足了，心满意足了，于是坐上火车到荷兰的其他城市看一看。

海牙，一座充满皇家气息的城市，初看字面，还以为海牙是海的牙齿的意思，其实海牙在荷兰语中指"伯爵家的树篱"。虽然海牙不是荷兰的首都，但它却是荷兰中央政府所在地，因而成为了荷兰的政治中心，国会大厦、各国使馆、政府机构、国际组织以及女王的宫殿都设立在此，在国家机关的运作中发挥着重要的作用，是荷兰的皇家之城。海牙长着海的牙齿，吞噬罪恶，吐出公正，缔造和平。来到海牙，当然要去看一看它举世闻名的和平宫。

　　和平宫暨海牙国际法庭，是主权国家共同致力于和平事业的重要象征。这座宫殿于 1907 至 1913 年间由各国政府出资捐造，1946 年根据《国际法院规约》作为国际法庭首度开庭，是联合国最主要的司法机关，也是主权国家政府间的民事司法裁决机构。除了其自身所独具的特殊使命以外，它的外观也可圈可点。和平宫的建筑风格与教堂颇为相似，由左侧高耸入云的钟楼和中间拜占庭式的宫殿组成，宫殿旁边还有一座约 1 米高的纪念碑，其中燃烧着和平之火，还刻着"May All Beings Find Peace"的字样，意思是愿天下众生找到和平。纪念碑四周有一条由来自 196 个国家的石头铺成的"世界和平之路"，其中有柏林墙拆毁后的残石，囚禁曼德拉的岛屿上的石头，还有代表中国的翡翠玉石，处处都是人类渴望和平的印记。但愿和平之火永远不灭，但愿和平宫永远守护和平。

　　海牙不仅具有政治色彩，还洋溢着浓郁的文化气息，因为海牙有许多蕴含深厚底蕴的人文景观。海牙共有 30 多家博物馆，其中海牙历史博物馆中珍藏的文物见证了海牙七个多世纪的历史。

　　还有马德罗丹微缩景观城，也是旅行者们必不可少的去处。微缩城是荷兰的缩影，市长由荷兰女王担任，市议会议员由海牙 30 名小学生组成。

如果你是个冬泳爱好者，更不能错过席凡宁根海滩，那里有明媚的阳光、清凉的海水和松软的沙滩。

不过这些地方我们都没有去，因为时间紧凑，我们在海牙的行程十分简单，一个小时的火车，一碗中餐馆的盖饭，一张与和平宫的合影，仅此而已。这种简约的旅行方式倒与荷兰简淡的城市情调十分契合。深深浅浅，长长短短，都是旅行的步伐，也都是生命的脚步。心境简单了，幸福也就简单了，专门坐火车去看一看和平宫，再吃一碗盖饭，也不失为一种简单的幸福。

△和平宫

△席凡宁根海滩

△海牙火车站

△微缩景观城

奇思妙想鹿特丹

白天见到了郁金香，夜晚的梦都是香甜的。美丽的相约，多情的流连，浅浅的春色深深的印在了我的心上，明天，又将是崭新的一天。

一大早就起来赶赴火车站，真是不情不愿。这一次的目的地是鹿特丹，荷兰的第二大城市。鹿特丹以欧洲最大的海港而闻名，同时也是连接欧、美、亚、非、澳五大洲的重要港口，素有"欧洲门市"之称。鹿特丹是欧洲最具现代感的大都市，但它在二战初期却惨遭德军轰炸，经过战后重建，才得以发展成今天的现代之都。鹿特丹是一座充满了奇思妙想的城市，造型独特、光怪陆离、颇具超现实设计感的建筑随处可见。铅笔形状的图书馆、黄色立方体组成的方块屋、别出心裁的中央火车站异彩纷呈，它们都是这座城市的独特象征。新颖别致、奇形怪状的建筑样式充斥着这座曾经饱受创伤的城市。岁月带来风霜，而它却洗尽沧桑，摇身一变成为了繁华之都。

依稀记得我在阿姆斯特丹火车站买票的时候，曾被售票员大妈叱责了一顿。在外闯荡总会遇到各色人等，见怪不怪了也就成长了。事情是这样的，我在买票的时候告诉她我们要去 Rotterdam，她却听成了另外一个地名，接着她问我，是不是要去那个地方，我犹疑地说了是，反正我也听不懂荷兰语的地名，听着觉得像鹿特丹，便说了是。可是出票后却发现目的地不是鹿特丹，于是就要求重新出票。这本不是多麻烦的一件事，可是她却怒火中烧，大声训斥我不清楚就不要说是。她脸上的每一条皱纹都扭曲在一起嗔怪我，凶恶程度瞬间震慑了我。文明礼貌的荷兰人中惊现这样一位煞星，我也算大开眼界了。

虽然这突如其来的事情让我幼小的心灵受到了惊吓，不过没有必要为此影响自己的好心情。鹿特丹距离阿姆斯特丹大约75km，却比阿姆斯特丹要冷很多。我只知道海拔上升一千米，气温下降6摄氏度，从未听说过小范围内的陆地距离也会产生如此大的温差的。听说人会在最深的绝望里，看到最美的风景，而我却常在最寒冷的天气里，穿最轻薄的衣服。但美丽终究敌不过冻人，只得在鹿特丹火车站外面的商店里买了一条毛质筒袜。厚重的卫衣配上毛毛的长筒袜，画面简直太美。

这次来鹿特丹，其实并不是专为看奇特的建筑和壮观的海港的，风车村才是真正的目的地。然而，每次要去特别想去的地方，总要经历一番波折。那天走出火车站，已是中午，我们进了一家购物中心，选择了一家印度餐厅就餐，却连一个座位都没有，便只得在商城外的休息椅上进食。虽然没有露宿，却小体验了一下风餐。要是在晚间，此刻倒是可以配上音乐"睡意朦胧的星辰，阻挡不了我行程，多少漂泊日夜餐风露宿······"其实，露宿的滋味也不失为一种浪漫。

由于风车村在鹿特丹的郊区，我们还需要多次辗转，才可以抵达。车站有个热情的小哥，直接把我们带到了站台，还帮我们在自动售票机上买了票，却因此激怒了他的女朋友。我们下了电车，还需要坐公交车，却发现站牌上面写着"今日休息"。眼看着时间已经不早了，还有两个小时风车村就要关闭了，于是我们马上打了出租车的叫车电话，却迟迟无人接听，拖延了半个小时之后，才开过来一辆出租车。我知道老天想考验我们的诚意，所以我们没有因为重重困难而改变原计划，想去的地方就一定要去，年轻就是要任性。

荷兰人的英语都特别好，没有人不会说，而且发音也比较标准。这是我之前的感触，直到遇到这位出租车司机。荷兰帅哥那么多，可这位司机却是大叔一枚，但是他毕竟能来接我们，还是应该心存感激。可能他是移民过来的吧，几乎不会说英语，我们和他一路鸡同鸭讲，好不容易赶在风车村关闭前抵达。又问了他半天 entrance（入口）在哪里，他就是听不懂，最后邹琳急中生智，喊了一句"ingang"（地铁站入口的地方看到的单词），司机大叔才恍然大悟。看来很有必要学习一下不同语种的"入口"和"出口"是怎么说的，比"你好"和"再见"要实用多了。

从买火车票并被挨骂时开始算起，我们前后花了 5 个小时在路上，却只在风车村停留半个小时，到底值不值得？我好像在旅途中没少干这种"赔本"的事情。假如我有哆啦 A 梦的任意门就好了，只需要把门打开就可以瞬间穿越到另外一个世界。可能就是因为我总有这些不切实际的想法，所以才不会合理安排路线，把时间都耽误在了路上。可我却从未觉得这是一种浪费。若是美好，叫做精彩，若是糟糕，叫做经历。遇到的人，发生的事，都是人生的重要积累。在路途上多花一些时间和精力，也许会有多一份的收获。尽管我们在风车村只停留了半个小时，但美好往往只在瞬间。如果你觉得我上述的这番话很有道理，那么我还是需要告诉你，我说这么多，其实都是在为我不能合理安排时间和路线狡辩。

△风车村掠影

风车村真的有如此之大的吸引力吗？不骗你，真的有。白云，为蓝天舞蹈；风车，为旭日转动；鲜花，为你我绽放。无烟无尘的日子里，宁静安详的小村庄里，凝眸缓缓转动的风车，倾听忽远忽近的鸟鸣。采撷一抹蓝，追寻着风与影的故事，心中一片豁达纯净。仿佛伸手就可触及那深海般碧蓝、明镜般澄澈的天空，还有那棉花糖般柔软的云朵。这就是风车村，一个真实的世外桃源。我想我前世一定来过这里，一切看起来都那么熟悉。冥冥中注定一般，眼前的一切就竟我的梦境一模一样！

尽管路途周折，我却如约而来，感觉真的很值得。

这座的宁静安详的村庄有一个奇怪的名字，叫做"小孩堤防"。这里的风车群建于 1740 年，建造之初是为了借助风力推动轮转将低洼地区的积水排出。而小孩堤防这个名字，源于一个感人的传说。相传在一次大风暴后，人们到灾区的底坝寻找生还者，却看到远方漂浮着一个木质摇篮，摇篮中有一只猫咪为了保持摇篮的平衡而来回跳动。当人们吊起摇篮后，才发现有个孩子在摇篮中熟睡着，从此这里得名小孩堤防。1997 年，小孩堤防被列入了联合国教科文组织的世界遗产名录。

因为我们还要去看港口和大桥，而当天最晚一班返回阿姆斯特丹的火车就在 2 个小时之后，所以我们在风车村沉醉了片刻之后便匆忙赶回了鹿特丹市中心。迎着落日余晖，我们踏上伊拉斯谟大桥（天鹅桥）。这座大桥因为桥体雪白，造型简约，就像一只浮在水面上的白天鹅，因而得名天鹅桥。在桥的下方，便是壮观而繁忙的港口。在桥的对面，有一座名为威廉姆斯的红色大桥与它隔水相望。临时充当起导游的我，不知道该如何介绍这座红色大桥，便跟小伙伴们说："在我们的对面，有一座美丽的大桥，俗称红桥"。这样的导游词简直不能更逊，但请体谅我，因为我的脑海里还在转动着风车。

　　夕阳西下，晚霞漫天，落日映衬着我们的脚印，在地平线上渐行渐远，最终只留下我们的背影在熹微的光影中踟蹰徘徊。鹿特丹，一座永远奇思总在妙想的城市，有最现代的建筑，有最热闹的港口，有最清新的田园，当然还有我最迷情的风车。这里溢漫着情思，充盈着想象，我愿在这里留下纯真和心影，写下属于我的童话。

△风中凌乱的我穿着传说中的丑衣服

△田园的鹿特丹

△ 现代的鹿特丹

太阳下打伞才叫时尚

去了那么多国家，大多是挑选一两座城市走马观花，浅尝辄止。而在这个亚平宁半岛上的国度，我们却足足去了6座城市。它是一个引领时尚潮流的艺术之国，它曾是西方世界的政治中心，它是文艺复兴的发源地，它是欧洲文化的摇篮，它是拥有世界遗产最多的国家，它是地图上的高跟鞋，没错，它就是意大利。

自觉作为文艺青年，当然不能错过意大利。文坛三杰但丁、彼特拉克、薄伽丘，画坛三杰达芬奇、米开朗琪罗、拉斐尔，男高音歌唱家帕瓦罗蒂、安德烈波切利均诞生在意大利。可以说，意大利聚合了欧洲文艺的精髓。意大利在人类文明演变的过程中扮演着举足轻重的角色，发源于意大利的文艺复兴更是为人类文明打开了一扇窗口，极大地促进了人类思想的觉醒。意大利是全世界最有文化内涵的国家之一，在时光机的打磨下，它愈发精蕴外泄，光华四射。

意大利的第一站，当然要选择时尚之都米兰。米兰是一座多情的城市，奈何多情总被无情恼，单薄的文字其实是无情的，因此米兰的美妙多情是无法用短短几句话形容出来的。

米兰大概建城于公元前 400 年，作为罗马帝国的商业大城，它曾兴盛一时，可是接连爆发的大瘟疫却让这座城市遭受灾难，一蹶不振。直到文艺复兴时期，艺术才让这座城市复兴。此后，米兰又前后遭受西班牙人、奥地利人和法国人争夺，几经变迁才回归意大利。二战时期，米兰再次遭受战火重创，然而绝世名作《最后的晚餐》却在炮火中得以完好保存。在接下来的几十年中，米兰竟逐渐发展成为了国际大都会，凭借时尚、歌剧、足球、商业和会展闻名遐迩。

来到这座奢华的时尚之都，最应该做的事情大概就是购物了。商场、专卖店、奢侈品店团团包围了我们，可是我们没有钱。米兰的消费水平之高在意大利乃至全欧洲都是数一数二的。在强烈的购物欲望面前，我们在劫难逃，然而在荷包空空的现实下，我们还是得逃。不要再抱怨北京房价高了，来到米兰，我们连酒店都住不起。

万众瞩目的地方，总是免不了那些是是非非。在米兰的地铁站里，有人假装好心帮我们买车票，接着直接就把钱拿走了。在拥挤的车厢里，我觉得周围的每个人都在虎视眈眈的看着我，和我的钱包，不是我太敏感，是坏人的眼神太犀利。听说还会有人主动给你食物喂鸽子，接着就会强行收费，或者故意搞脏你的包包，以帮助清洁为由洗劫你的钱财。外面的世界很精彩，越精彩就越危机四伏，人在江湖漂，哪能不摔跤。

在没钱住宿的情况下，还专程来到米兰，完全是为了一睹米兰大教堂的芳容。这座大教堂是世界五大教堂之一，规模居世界第二，仅次于梵蒂冈的圣彼得大教堂，它始建于 1386 年，历时四个多世纪，大体架构于 1812 年成形，细部工程直到 1965 年才彻底完工，可谓精雕细琢。它是米兰整座城市的象征。达芬奇曾为它设计图纸，拿破仑曾在这里加冕，我好不容易来到这里，也一定要做一件不得了的事情才行。

这是一座极尽奢华的教堂，教堂的设计精致而繁复，在欧洲游学，见过的大大小小的教堂也有不下百八十座了，尽管已经有些审美疲劳了，但是如果让我选出一座我最喜欢的教堂，我会毫不犹豫地选择米兰大教堂。虽然我没有办法用语言描绘出它的巧夺天工，可是一说起米兰大教堂，我的脑海里就能清晰地呈现出它的样子。而其他的一些教堂，如果不看照片，我的记忆有些已经成为碎片了。

米兰大教堂的设计融合了不同的建筑风格，哥特式的尖顶，巴洛克式的装饰，洁白的大理石墙面上雕琢着各种各样的图案，教堂顶端还镶嵌着镀金的圣母玛利亚的雕像，虽然集结了众多元素，却不会让你产生眼花缭乱之感。邹琳说它的设计太繁琐了，她还是喜欢简约一点的风格，可是我却喜欢这种精雕细琢的感觉。无以复加的极致，彻彻底底地惊艳了我。就说雕像吧，在教堂的外部竟然有两千多个大理石雕像，你能想象得出那样的壮观吗？可是我还要告诉你，在教堂的内部，还有四千多个大理石雕像！简直太震撼了！一座教堂居然有六千多个雕像，难怪要修建好几百年才能够完工，难怪马克·吐温会说米兰大教堂是"一首用大理石写成的诗歌"呢。

教堂前面的小广场上游人如织，想拍一张和教堂的合影，都看不出来主角到底是谁。

欧洲人喜欢享受阳光，在熙攘的人群里，他们也不会放弃捕捉阳光的机会。阳光普照下的米兰大教堂，灿烂而绚丽，如同披上了一层金箔，闪耀着迷人的光芒，似乎眼前的一切突然一下子就变得明亮了，心境也变得无比的温柔。可是，我还是不习惯刺眼的阳光，一如既往地打起了遮阳伞。

一位行走的摄影师，带着一只可爱的玩具小熊，把小熊当成了自己的模特，给小熊摆各种造型，让小熊跟教堂合影，而他自己也成为了我眼中的风景。我一直不太明白什么叫做你在桥上看风景，看风景的人在楼上看你，但我却体验了一把我在广场上看人，人在广场上看我，你是我的风景，而我也是你的风景。

因为，这位有些特别的摄影师突然上前跟我打招呼，问我可不可以给我拍张照，我还以为他想找个颜值高的东方面孔允当临时模特，于是准备收起遮阳伞，谁知他却阻止了我，要求我打着伞拍照。这下我才明白，因为他没见过别人在太阳下打伞，所以想要拍一张人打伞的照片。原来我在不知不觉中也成为了他眼中的风景。真没想到在米兰这座时尚的大都市里，打阳伞也会成为另类奇葩的事情，但这才是真正的时尚啊，看来只好让我来引领潮流了。

米兰大教堂还是米兰的城市中心，当然，米兰还有许多王宫、博物馆、修道院，但都不如大教堂耀眼。围着大教堂转一圈，感觉就可以把欧洲的艺术精髓尽收眼底了。

除了建筑和时尚，米兰在足坛也闻名遐迩，AC 米兰和国际米兰是两个非常著名的足球俱乐部。而我们只去了尤文图斯足球俱乐部设在米兰的专卖店，因为豆豆的舅舅是尤文图斯的球迷，所以她本人也买了一顶酷酷的印有尤文图斯 logo 的棒球帽。

帮我们引路的大叔说英语的时候也弹着舌头，被我们这几个学语言的孩子模仿了半天。生活中的乐趣无处不在，只要你有一双善于发现的眼睛，更重要的是，要有一颗快乐的心。

米兰之行，短暂到不能再短暂的半天时间，可是米兰大教堂却给我留下了刻骨铭心的印象，或许这就是缘分吧。只是因为在人群中多看了它一眼，就再也没能忘掉它的容颜。而我在教堂前的人丛中打着阳伞的怪样子，或许也成为了别人的影集中独一无二的一页。

米兰跳跃的时尚中夹杂着历史的厚重，可是却不会让你觉得沉重，反倒会让你觉得浑身上下都充满活力，这也许就是时尚的玄妙。也许在下一次的米兰时装周上，就会有一票模特穿着古老的服装打着阳伞走秀。因为能够吸纳并升华外来文化的时尚，才是能够不断进步不断更新的时尚。这就是时尚的魅力，这也是米兰的魅力！

△这就是本人镜头下的米兰大教堂啦，很壮观对不对？

△找得到我在哪里吗

△拍照的时候还是收起阳伞吧

△摄影师和小熊

威尼斯时光

　　人这一辈子，总要经历一些波折，一帆风顺并不是幸福，有人陪你一路颠簸才是幸福。执着地向前走，总能看到最美的风景。这是我这一路最真切的感触，是的，我们又要开始奔走了，向水城威尼斯进发。

　　米兰火车站鱼目混杂，所以没有什么比看好自己的随身物品更重要。寒假享受过 interrail 的方便之后，感觉 interrail 是全世界最好用的火车票，于是这一次我毫不犹豫地帮大家买了 interrail 在意大利的通票，感觉这样一来万事都不用发愁了。可是问过乘务员之后才知道，即便购买了 interrail 的通票，也要提前换票确认座位。大概是因为意大利的火车座位比较紧张，所以不提前换票就没有座位。我们没有提前换票，于是就只能站着了。

　　在火车上站几个小时是一种怎样的体验？真的需要用一路颠簸这个词来形容。没有座位的并不是只有我们几个，一众意大利人早早坐了满满一地，所以我们连站都找不到插脚的地方。乘务员让我们去最后一个车厢，说最后一个车厢有空座。从第一个车厢穿越到最后一个车厢的路途异常遥远，似乎什么路都没有如此遥远过，每一步都非常艰难，要迈过几十个行李箱，跨过数不清的人腿，还要拖着或提着箱子，遇到大胖子从反方向过来的时候，更是连呼吸都变得困难了。历尽千辛万苦，九九八十一难，才走到最后一个车厢，然而最后一个车厢也一样连一个座位都没有，只不过地板上的空间稍大一些而已。于是我们就这样坐在地上，颠了一路。似乎我从来都没有如此接过地气，但我还是觉得，与其安安稳稳地坐头等舱，还不如跟小伙伴们一起跌跌撞撞，不折腾的青春就是虚度时光。

　　抵达威尼斯的Santa Lucia火车站的时候，已经是晚上了，眼前一片漆黑，只有零零散散地星星在夜空的幕布上闪着寒光。我隐约闻到了随风而来的湖水味，原来我们已经被一湾湖水环绕了。船是威尼斯唯一的交通工具，各种河道和小桥连接起100多座零落的岛屿，才有了威尼斯这座水城。三毛说"每想你一次，天上就飘落一粒沙，于是就有有了撒哈拉；每想你一次，天上就掉落一滴水，于是就有了太平洋"，不知道威尼斯的水，是哪位痴情的姑娘的泪水滴落而成的，那么温柔，那么澄澈，水连水，波连波。

浓浓夜色中，我们乘着水上巴士来到了酒店。葡萄牙人、西班牙人和意大利人在读中国人的名字时，都有一个通病，不会发后鼻音，"fang"就被他们读成"fan个"，或者直接省略"g"。这一次，酒店前台的工作人员热情地接待了我们，查阅了一下电脑中的订房记录后，激动地对豆豆说"Oh，you are pen"。因为豆豆姓彭，g被他们略去了之后，就变成了pen，英语中的"钢笔"。豆豆变成"钢笔"之后，我们一路的疲惫也一扫而空。快乐真的很简单，只不过有人要做出牺牲，才能成全别人的快乐。

威尼斯由118个小岛组成，由177条水道和401座桥梁连成一体，是世界上唯一一座没有汽车污染和废气的城市。它是全世界最著名的水乡，因水而生，因水而美，因水而兴，像镶嵌在绸缎上的明珠，像漂浮在碧波上的梦境，像异彩纷呈的水上画卷。

威尼斯的历史始于公元453年，当时农民们为了躲避游牧民族的追杀，从大陆逃到这里定居。15 世纪时，威尼斯成为了意大利最富有的城市，威尼斯商人的足迹遍布亚非欧，莎士比亚的名作《威尼斯商人》中描述的就是当时的情景。在千百年的岁月洗礼后，它依然晶莹而柔情，缱绻而旖旎，如诗如画的美丽让人珍赏不已。

天亮以后，泛舟在清波上，仿佛在画中穿梭一般，欣赏威尼斯令人窒息的美。蔚蓝的天空，碧绿的湖水，彩色的房屋，像放电影一样一幕幕地呈现在眼前，真的会让人如痴如醉。言语无法形容的瑰丽，还是用直观的图片来呈现吧。

△蓝色的月牙—贡多拉

比水上巴士更惬意，更有当地特色的交通工具，是一种威尼斯特有的尖舟，叫做贡多拉。贡多拉是一种月牙形的、两头高高翘起的木质平底船，船身长约 12 米，宽约 1.7 米，船身上有精美的装饰。船夫会在船尾轻轻划动小船，让乘客有一种在月亮上摇摆的感觉。贡多拉在 7 世纪时开始盛行，15 世纪后贵族们为了炫耀自己的财富，在船身上增添了各种华丽的装饰，直到后来威尼斯元老颁发禁令，要求必须把这些炫富的装饰拆除，这样，所有的贡多拉都被漆成了黑色。这种延续了几个世纪的传统交通方式深受游客喜爱，但是我听说如今贡多拉的船夫中很多都是黑手党。

当然，威尼斯并非全部悬浮在水面上，圣马可广场就是威尼斯建筑最集中的一片陆地，它被拿破仑誉为"欧洲最美丽的客厅"。广场上有公元 829 年威尼斯商人建造的圣马可大教堂，拜占庭式的建筑风格为威尼斯平添了几许东方的气息。还有由红砖砌就、绿尖封顶、高达 98.6 米的钟楼，高耸挺拔的身姿让柔美的威尼斯多了几分阳刚之美；更有用粉红色和白色大理石砌成的总督府，虽遭遇过多次火灾，却得以涅槃重生，让历史的生命得到了延续。自古以来，圣马可广场就是威尼斯最热闹最繁华的地段，威尼斯的兴衰、荣耀和信仰全都凝聚在广场上壮丽华美的建筑中。

　　就在这里，就在这里把自己放逐吧，在上潮的时候，伴着河浪的节奏，携一束霞光，穿上最鲜艳的衣服，听着广场的钟声，追逐振翅飞翔的白鸽，尽情奔跑，编织一场华丽的演出。

△想划着贡多拉去流浪　　　　△圣马克波罗广场上的大钟楼

在威尼斯的 401 座桥中，最有故事的，当属叹息桥。叹息桥是一座石灰岩铸成的封闭式拱桥，桥上开有两个小窗。它连接着总督府和威尼斯监狱，囚犯们在总督府接受审判后，就会从这座桥走向监狱。桥的这边，是浮华的人世，桥的那边，是冰冷的铁窗。囚犯们从密闭的桥上走过的时候，只能透过小窗最后看一眼梦幻的威尼斯，然后在桥上留下一声叹息。不过，叹息桥还有一个美好的说法：相传日落时，恋人们如果在桥下的贡多拉上亲吻对方，就能够拥有天长地久的爱情。叹息桥，与罪恶相连，与浪漫相牵，神奇又神秘。

说起威尼斯，我想到的，除了水，除了船，还有面具。面具通常是舞台上的道具，而早在 13 世纪时，面具就已经融入了威尼斯人的生活。历史上，威尼斯人用面具来掩盖身份，而现在，面具则是威尼斯狂欢节中必备的饰品。威尼斯面具的设计讲究即兴的灵感，设计师会根据一时的灵感即兴发挥，设计出不同的面具，每个面具都有各自独特的精彩，所以很难找到两具一模一样的面具，就像很难找到两个性格完全一样的人一样。制作威尼斯面具最基本的材料是纸，艺术家会用鲜艳明快的颜色在上面涂鸦，之后再用宝石、金箔、蕾丝、锦缎等材料进行装饰。难得来到威尼斯面具的专卖店，虽然不买，但是也要试戴一下那些好看的面具。嘿，你能看透我的面具背后掩藏的人格吗？

碧波荡漾的湖水，纵横交错的桥梁，依水而建的宫殿，隔河相望的民居，轻轻划动的小船，微微摇曳的月光，造就了威尼斯独有的气质和特色。威尼斯，是一个会让你想要放下所有欲望和念想去虚度时光的地方，趴在雕栏上望天，躺在小船里阅读，坐在广场的石阶上看夕阳，爬上钟楼遐想，站在桥头找星星，都是在欲望都市中难以沉下心去做的事情。而在这里，没有奢求，只要你不负时光，时光就不会负你，湖水会一直静静地守护你，直到荼蘼。

△神秘的叹息桥

然而，随着地质和气候的恶化，威尼斯的陆地正在渐渐下沉，或许在多年以后，这么美的水城就会沉入水底消失殆尽，但值得庆幸的是，它会一直存在，在我的记忆里，在我的文字里。

△这个面具对我来说好像有点大

△愿美好长存

来玩儿比萨斜塔吧

　　如果问我意大利哪座城市最好玩儿，我不会选择时尚的米兰，也不会选择浪漫的威尼斯，更不会选择古典的罗马，我会毫不犹豫地选择比萨。嗯，就是那个有一座斜斜的老塔的比萨，这座斜斜的老塔莫名地戳中了我的萌点，所以一座斜塔就敌过了米兰华美的大教堂，一座斜塔就秒杀了威尼斯万般柔情的湖水。

　　我们原本的行程是从威尼斯直接坐火车到佛罗伦萨，可是实在想去比萨看一看，于是就把行李寄存到火车站，顺路去比萨兜了一圈。比萨是一座古老的城池，历史上是个海滨城市，但是随着陆地的扩张，现在已距海 10 公里远。别看比萨面积不大，却曾作为海上共和国威镇八方。而比萨斜塔作为意大利最具特色的符号，每天都被来自世界各地的游客试图推倒，当然也包括我。

作为文科生，对物理丝毫不感冒，却清楚地记得伽利略曾在比萨斜塔上做过自由落体实验，从而推翻了亚里士多德认为重物会先落地的观点，这很有可能是我唯一没有还给物理老师的知识。

比萨斜塔其实本不是塔，而是比萨大教堂的独立式钟楼，建造于 1173 年，最初设计时塔身是垂直的，开工三年后，塔身便开始倾斜，或许是因为建造之初地基偏离了正确位置，所以阴错阳差地造就了斜塔。而且，更有意思的是，比萨斜塔曾一度向东倾斜，尔后又转而向南倾斜。把塔建歪这种蠢事，本应是建筑界的一大败笔，可是却将错就错负负得正，成为了建筑史的一大奇观，成为了世界文化遗产，成为了比萨城的经济来源。不过，倾斜并不是这座塔唯一的看点，大理石砌成的塔柱，菱形的花格平顶，精雕细琢的大门，都值得细细观赏，而建造塔身的每一块石砖，原本就是一方精美的石雕。

我甚至开始怀疑，设计师和建造师们，原本就是要造一座独一无二的斜塔，因为整个塔身的石砖的粘合极其巧妙，虽然

塔身倾斜，但却不可能发生断裂。可是高塔的斜而不倒，需要建立在数学推算的基础上。反正，不管怎么说，即使塔身的倾斜就是设计师和建造师的失误造成的，我和比萨人也都愿意相信，斜塔永远都不会倒下。比萨城早就有一句谚语：比萨斜塔像比萨人一样健壮结实，永远也不会倒下去。

△忧伤的我和活泼的塔　　△这样看斜塔不斜

　　比萨斜塔坐落在奇迹广场上，广场上还有比萨主教堂、洗礼堂和墓园，与斜塔的格调融为一体。奇迹广场是一个特别适合野餐的地方，欧洲的其他广场大多由石子铺成地面，而奇迹广场却是草地铺就的。阳光照耀下，感觉自己离自然很近，离太阳很近，离森林很近，感觉这里真的会诞生奇迹。在绿油油的草地上，对着照相机，借助光与影的神奇，摆各种各样的造型，亲吻斜塔，拥抱斜塔，推倒斜塔，拖住斜塔，我们玩儿得不亦乐乎，仿佛找回了儿时无忧无虑的感觉。游客们的造型千奇百怪，感觉比萨斜塔就要被大家玩儿坏了。

　　倾斜 5 度 6 分的小塔，真的有种呆萌的美感。它是失误造就的经典，所以说一味地循规蹈矩固然不会出错，但也难以出彩，偶尔的小意外，可能会带来大惊喜。

　　来到比萨，当然要吃披萨，虽然比萨并不是披萨的发源地。其实还有一种传言，说披萨起源于中国，相传马可·波罗当年在中国北方吃了一种葱油饼，回到意大利后依然念念不忘，于是请了一名厨师，在他的描述下烹制了这种饼，于是就有了披萨。这是我最喜欢的一个说法。

　　吃完披萨，我们又回到塔前拍照了，结果没赶上去火车站的公交车。出租车也打不到，只好等下一班公交车。可是下一班公交车抵达火车站的时间，与火车开出的时间几乎重合，为了不误掉好不容易预定上座位的火车，我们一下公交车就一路狂奔，直奔行李寄存处取行李。却没想到工作人员看到豆豆头上戴的尤文图斯俱乐部的帽子，因球迷立场不同，故意迟迟不把行李交给豆豆，着实让我们猴急了一把。幸好最后还是赶上了火车，因为火车晚开了几分钟。旅行中总是充满各种各样的戏剧性，就像缩小版的人生一样，几天的时间里就可以经历过去多少年都没有经历过的事情，是倒霉，是错落，也是收获，更是财富。现在回想起来旅行中的故事和事故，觉得格外有趣，可悲的就是我好像并不太会就此吸取教训。

其实，比萨斜塔不只是一座呆萌的塔，还是一座有情怀的塔，它风光尽现，拥揽万千游客，演绎今世奇缘，见证人间万象。好喜欢这座塔，笔直的塔太普通，歪歪斜斜而又欲倒不倒的塔，才是科学和艺术结合的奇观。快来玩儿比萨斜塔吧！

△比萨不光有斜塔，其他建筑也很漂亮哦

翡冷翠的一天

在火车上歇息片刻后，很快，我们就来到了意大利最有文化内涵的城市——佛罗伦萨。佛罗伦萨，是徐志摩笔下的翡冷翠，是深深吸引他驻足停留的城市，是触动了他内心的诗思促使他创作出诗篇《翡冷翠的一夜》的地方。翡冷翠，是徐志摩赐予它的名字，而它的肌骨里散发出的气质真的就像冰冷的翡翠一样，冷艳而高贵。

佛罗伦萨在意大利语中是鲜花之城的意思，虽然这里并没有满城的鲜花，可是这里深厚的文化底蕴，却比鲜花绽放还要灿烂。佛罗伦萨是文艺复兴的发源地和中心，是歌剧的诞生地，是著名的文化古城，是艺术的天堂，是露天的城市博物馆，整座城市都散发着艺术的悠悠灵气，遍布街头的古老雕像也依然拥有着生命的力量。你相信吗，艺术是永恒的，不会老去，不会消亡，在岁月的更迭中，它会变得越来越有味道，愈久弥新。佛罗伦萨，因艺术而鲜活，因文化而久长。

　　佛罗伦萨兴建于罗马共和国凯撒时期，经历了漫长的沧桑岁月，先后被不同政权统治，从 15 世纪开始受到巨商美第奇家族守护，而美第奇家族的族徽也成为了今天佛罗伦萨的市徽。因美第奇家族酷爱艺术，诸多艺术大师在文艺复兴时期都聚集到了佛罗伦萨，并在这里创作出了大量的雕塑、绘画和诗歌作品，终于，艺术让佛罗伦萨走向了鼎盛。虽然没有腾飞的经济，也没有发达的科技，可是不计其数的文化艺术宝藏赋予了佛罗伦萨越磨越亮的荣光和无以复加的辉煌，因而又有"西方雅典"之称。在这座城市中，一共有 40 多所博物馆和美术馆，60 余所宫殿和 10 多座教堂，大量的艺术珍品得到了完好保存。诗人但丁诞生在这里，达芬奇、拉斐尔、米开朗琪罗在这里寻找灵感，当然，我也希望它能够成为我的游历中浓墨重彩的一页。

　　每个城市都有一座教堂作为地标，圣母百花大教堂就是佛罗伦萨的地标，它由奶油色、绿色和淡粉色的大理石砌成，很像奶油蛋糕，虽然这个比喻不太恰当。教堂外墙上多为几何图案，在明丽淡雅的颜色的烘托下，显得高贵而典雅，还有一丝丝妖娆之感。教堂的大圆顶更是大胆突破了教会的限制，将文艺复兴的自由精神淋漓极致地表现了出来，是圆顶建筑的楷模。从百花大教堂开始，欧洲建筑才真正从哥特时代进入到文艺复兴时代。

13 世纪末期，为了庆祝从贵族手中夺回政权，人们修建了这座教堂。15 世纪初，建筑师布鲁内莱斯基为它设计了全世界最美的穹顶。美在结构独特，美在打破桎梏。教堂运用了架空的鱼骨结构，呈双层薄壳形，巧妙结合了哥特式建筑的经典样式和文艺复兴时期时尚的风格，在建筑史上大放异彩。米开朗基罗就说："我可以盖一个比翡冷翠教堂圆顶更大的圆顶，但绝对没有那么美！"

△圣母百花大教堂

　　在圣母百花大教堂的对面，是它的附属建筑洗礼堂。洗礼堂是一座八角形的建筑，于 1059 年至 1128 年间建成，虽然这座建筑四四方方有棱有角，可是清柔的颜色却赋予它美和之感，是典型的罗曼式建筑。洗礼堂的金门是它最具价值的地方，三面金黄色的浮雕栩栩如生地讲述着圣经故事，因此被米开朗琪罗誉为"天堂之门"。

　　坐落在圣母百花大教堂旁边的乔托钟楼也是它的附属建筑，乔托钟楼由画家乔托设计，同样由奶油色、淡粉色和绿色的大理石砌成，与圣母百花大教堂交相辉映。四角形的柱状塔楼、精致的浮雕、繁复的装饰、古典的风格，更是为大教堂平添了更多的华美与柔情。

　　如果说圣母百花大教堂是佛罗伦萨的心脏，那么领土广场就是佛罗伦萨的灵魂。领土广场与通常四方的广场不同，它呈 L 形，虽然看起来面积不大，却陈放了无数的艺术雕塑珍宝。其中最著名的雕像，当属米开朗琪罗的作品《大卫》。不过每天与众多游人亲密接触的大卫，只能是个复制品，真品被收藏在学院的美术馆里。在大卫的身后，是唯美的浪漫主义教堂 Sam Miniato。此外，还有海神喷泉、狮子雕像、帕尔修斯、美杜莎的头颅以及许多不知所名的雕像，它们用美丽而优雅的姿态向每一位游人展现着文艺复兴的魅力和这座城池的艺术之光。在广场的两边，还有许多艺术品小店，五光十色的现代橱窗与古色古香的古典雕像同时出现在视线的两侧，却不会带给你丝毫不协调的感觉，因为艺术本来就拥有穿越时间的魔力，现代艺术品的陪衬也能让古老的佛罗伦萨更加鲜活，更加贴近当代时尚。

△洗礼堂

△乔托钟楼

△领土广场上的大卫

在佛罗伦萨，有很多著名的美术馆，规格最大的当属乌菲齐美术馆。乌菲齐在意大利语中是办公室的意思，它曾经是美第奇家族的办公室，酷爱艺术的美第奇家族收藏了诸多艺术精品，后来全部捐给了政府，于是这里就变成了国立美术馆。这里馆藏 10 万多件展品，包括达芬奇、米开朗琪罗等名家的创作，并根据创作时间和风格流派划分为 46 个展厅，足够让热爱美术的人欣赏三天三夜。

△乌菲齐美术馆

△佛罗伦萨全景图

佛罗伦萨还有很多设计精巧、风格各异的建筑，比如美第奇家族生活过的大理石宫殿，银行家皮蒂为与美第奇家族一比高下而修建的皮蒂宫，安葬了但丁等意大利名人的圣十字大教堂，经米开朗琪罗改造过的美第奇家族的圣洛伦佐大教堂，佛罗伦萨的第一座宗教教堂新圣母玛利亚大教堂·····一座座美不胜收的古老建筑，看得我眼花缭乱，目不暇接，只觉得佛罗伦萨的确是一座聚集了诸多建筑瑰宝的露天博物馆。

在群立密集的建筑和雕像之外，有一座老桥也十分适合散步散心。这座老桥建于 1345 年，是欧洲最早出现的大弧度圆形拱桥，桥上有二层楼的建筑。据说老桥最初是贩卖猪肉的地方，后来被美奇第家族改造成珠宝之地。为了与普通老百姓走不一样的路，还专门修建了瓦萨里走廊。老桥虽然看起来比较古旧，却是但丁与夫人当年邂逅的地方。如今也有很多情侣在栏杆上挂上同心锁，祈求自己的爱情能够幸福美满，直到海枯石烂。老桥虽然不如佛罗伦萨的其他地标那么有艺术气息，可是如果要追溯佛罗伦萨悠久的历史，老桥才是最有"发言权"的。战火、洪水、流光、岁月都不曾让它改变，经历了近 7 个世纪的磨砺，老桥已经成为了佛罗伦萨无法缺失的一部分，它是佛罗伦萨的骨骼，是佛罗伦萨的根基。

△老桥

　　而我们在翡冷翠的一天，又是什么样的呢？早上出门时，阳光明媚，佛光普照，感觉世界无限美好，可是就是找不到路。问了好几个路人，可是他们连英语都听不懂，我们只能用与意大利语稍微有些近似的葡萄牙语去和对方交谈，然后再猜测对方回答的内容。于是"世界上最遥远的距离"又有了最新版本：世界上最遥远的距离，不是生与死的距离，而是我就在你面前，可是你却听不懂我说的话。

　　好不容易上了公交车，却发现公交车上的拥挤状况简直跟北京有的一拼，这可与这座城市的艺术气质一点都不相符。接下来只需要徒步欣赏就好了，可是天又突然下起了大雨，导致我们有半个下午都是在咖啡厅里度过的。

雨水打湿雕像，溅起层层水雾，远处钟声敲响，激荡万千思绪。透过咖啡厅挂满水珠的玻璃，静心去端详这座城市，会发现它在冷艳当中，隐藏着古老而又强大的生机。的确，它过于高贵，有失亲和，它会让人觉得只能仰视，却难以融入。可是当你静观它的华美，品味它的诗意时，你其实已经融入了。

翡冷翠的历史文化积淀真的太深厚了，只有 20 岁的我，当然无法真正领会。等我变成文艺中年的时候，再来吧。

△走到哪都不忘跟旋转木马合影

罗马假日

　　经典的爱情电影有很多，如果问我最喜欢哪一部，我会毫不犹豫地选择女神奥黛丽赫本主演的《罗马假日》。故事发生在古都罗马，漂亮的公主和平凡的记者意外邂逅，坠入爱河，他们一同游历罗马，上演了一系列浪漫的故事，可是因为身份的差异，在短短一天的挚爱之后，两人又不得不选择分开。咫尺天涯的爱情实在令人惋惜，但两人爱情的足迹，已遍布罗马的每个角落。这部电影用一天的故事呈现了爱情最美的模样，虽然情节是虚构的，可是美好的事物总是值得向往，罗马也因此成为了我心驰神往的地方。终于我也开启了属于我的罗马假日。

　　可是我的罗马假日，似乎并没有我想象的那样美好。"坏人"总是无处不在，防不胜防。当我们在佛罗伦萨火车站里来回奔跑寻找站台的时候，一位"好心人"主动把我们带上了火车。我们心存感激连声道谢，他却露出了无耻的笑容，要求我们给钱，而且狮子大开口，一下就要20欧。霸气的豆豆瞬间翻脸，立刻让我们都下车，把"坏人"独自留在了火车上。出门在外，要想不受欺负，的确需要有这样的魄力和决断。

其实，无论是哪里的火车站，都是危机四伏的地方，而我们这种学生模样的游客又常常是骗子和小偷特别关注的对象。所以我们抵达罗马之后，看到火车站附近站了一群凶神恶煞的人，便马上加快了脚步，逃离了危险地带。我想象中的罗马，是飘着爱情香气的，是充满浪漫情怀的，可是首先映入我眼帘的，却是一张张土匪模样的面孔，而我身边弥漫着的，竟是附近垃圾站的臭气。幻想和现实的差距，为何竟是如此之大？

当然，罗马还是有很多美好的地方的，只是需要慢慢发现，细心寻找。罗马当年也是文艺复兴的中心，比起佛罗伦萨的冷艳，罗马更古朴，更浑厚。作为意大利的首都，世界文明的发祥地，它既保留了文艺复兴时期的巴洛克风貌，也有"条条大路通罗马"的便捷和发达。

　　相传公元前 753 年，罗马就已经建城，距今已有 2700 多年。在岁月的轮回中，它几度毁灭，又几度重生，兴衰的过往沉淀出了深厚的底蕴，最终成为了如今的这座城市，人们称之为"永恒之城"。罗马是全世界天主教会的中心，城中共有 700 多座教堂和 7 所天主教大学。浩瀚的历史，悠久的文化，浓厚的宗教氛围，是它无上的荣耀。史书一般的城池，有着让人猜不透的玄妙和天机。

　　罗马最负盛名的区域，当属历史中心区，这里汇集了古罗马最辉煌的历史遗迹。中心区的建筑均为公元前所建，上千年的岁月剥蚀为罗马留下了一处又一处的创伤，也留下了璀璨的文明。走进历史中心区，如同走进了历史的黑洞，一下子就坠到了岁月的深处，就像在人类文明的发展之路上漫步一样，满目皆是古迹，皆是故事，斑驳的大理石上承载了太多的前尘往事。

　　古罗马斗兽场是历史中心区的中心，已有 2000 年的历史。公元 72 年，罗马皇帝为庆祝军队战胜耶路撒冷而修建了这个斗兽场，建成后斗兽场成为了角斗士和猛兽进行搏斗的场所。斗兽场是椭圆形的，分为四层，可以容纳近 9 万名观众，可见它的规模之大。如今的竞技场已经千疮百孔，围墙更是残缺不堪，但还是可以从遗迹中看出它当年壮观的模样。

　　然而，无论斗兽场的外观在当时有多么雄伟，都无法掩盖它血腥的事实。为了取悦统治者，卑贱的角斗士们不得以用性命相搏，他们拼尽全力，与猛兽厮杀，遍体鳞伤，直到躺在血泊中，一动不动。毫无人性的名门望族把如此残忍的行为视为欢愉的游戏，甚至在斗兽场建成 100 天庆典时要求 5000 头猛兽和 3000 名奴隶大厮杀，血雨腥风就这样席卷了古罗马，直到人与兽同归于尽。斗兽场真的是一个血迹斑斑的地方，走进之后会觉得气氛异常的凝重，决斗的嘶喊和凄惨的哀嚎仿佛依然在上空回荡。当我们走进历史深处，看到的不只是灿烂的星空，还有漫漫的黑夜。

　　斗兽场旁边，是古罗马的遗址公园。公元一世纪时，罗马人在这里建城并开始修建寺庙、王宫、教堂等建筑，虽然这些建筑现在已经残破不全了，但是古罗马城的整体风貌还是得到了较好的保留。面对断壁残垣，我们也能遥想当年古罗马人的智慧和技艺。古罗马的遗址公园，似乎就是古罗马的"圆明园"，因为它和圆明园一样，都拥有光辉的过往，如今却繁华不在。它们是历史的遗存，也是文明的象征，禁不住令人浮想联翩。

△遗址公园

△斗兽场遗址

　　遗迹公园中有一座保存较好的凯旋门，是为了纪念君士坦丁大帝战胜敌人统一罗马而修建的，上面的浮雕生动地重现了君士坦丁大帝英勇杀敌的场景，精美的设计使它成为了法国巴黎凯旋门的蓝本。不知道为什么，游走在古迹之间，心里总是觉得莫名的沉重，但是又不得不叹服饱经沧桑的古老都城还能留存至今，真的是岁月的奇迹。

　　历史无法卷土重来，即使感慨万千也还是要回到现实的怀抱中。历史中心区以外的罗马，依旧古典，但是这份古典中，多了些许时尚。宽敞的马路、摩登的大厦、前卫的建筑、漂亮的广场，才是当代罗马的形象，毕竟生活需要向前看，怀古只能是偶尔的回眸。

　　说到广场，就不得不提西班牙广场。是的，西班牙广场在马德里有，在巴塞罗那有，在意大利的罗马也有。说实话，我已经不太记得罗马的这座西班牙广场是什么样子了，因为欧洲的广场都差不多，而且又有那么多的西班牙广场。可是我却清楚地记得，在《罗马假日》中，奥黛丽·赫本在这里吃冰激凌的样子。所以我并不简单是来西班牙广场怀古的，我还要在这里吃冰激凌。我觉得我可以专门写一篇论文，论述一下电影对旅游业的影响。

△罗马的凯旋门

△罗马的西班牙广场

　　真的搞不懂罗马的广场为什么总喜欢用其他国家和城市的名字来命名,比如西班牙广场,比如威尼斯广场。威尼斯广场的样子我至今仍然记得,虽然它未曾上镜,但是磅礴大气的格局却给我留下了深刻的印象。这是一座长方形的广场,位于全市的交通枢纽地带,五条大街都交汇于此。广场上有一座绰号为"结婚蛋糕"的纪念堂,这个绰号害得我以为这座纪念堂是罗马的国王为了庆祝自己的结婚纪念日而修建的。事实上,它是为了庆祝 1870 年意大利统一而兴建的。大理石砌成的白墙,层层叠叠的台阶,16 根圆柱组成的弧形立面,确实让它看起来像一个巨大的结婚蛋糕,可以把它理解成正义和胜利喜结连理后的纪念物吧。纪念堂中间矗立着完成意大利统一大业的功臣们的雕像，两侧房顶上的青铜像则象征着"热爱祖国的胜利"
和"劳动人民的胜利"，纪念碑的基座下是无名烈士们的坟墓。
每逢国庆日，意大利总统都会来到这里向英雄们献上花圈。

△威尼斯广场

　　纪念堂和斗兽场同为庆祝战争胜利而修建的建筑，不同的
是，纪念堂用于缅怀烈士，斗兽场用于虐杀奴隶，高下立见。
我觉得建筑的用途和寓意比它的外观更重要，胜利本应为人民
带来更好的生活。

　　罗马的广场实在有点多，但是纳沃纳广场同样值得一提。
与威尼斯广场的宏伟壮观的风格恰恰相反，它典雅而文艺。与

威尼斯广场的轮廓也大不相同，它是椭圆形的，因此而柔和很多，没有前者那么强的气场，号称罗马最美的巴洛克广场。广场上的四河喷泉中的四座雕像分别象征着多瑙河、尼罗河、普拉特河以及恒河四条河流，虽然我看不太懂雕像抽象的造型，却依然被广场上喷薄四溢的艺术气息深深吸引。曼妙午后，阳光婆娑，大树洒下的绿荫为雕像穿上了一层乌纱，星星点点的记忆翻涌，影影绰绰的想象浮现，目光随着轻柔的和风移动，云影随着流逝的时光飘零。此时啊，我们说着笑着，跑着跳着，喊着叫着，如果画面能够就此永远定格，该有多好。

△纳沃纳广场上的雕塑群

在纳沃纳广场附近，有一座神仙级的宫殿，它是古罗马神话中众神的宫殿，所以叫做万神殿。这座宫殿修建于公元前27年作左右，却是唯一一座完整保存的罗马帝国时期的建筑，看来供奉神仙的宫殿就是有种永存不灭的魔力。它被米开朗琪罗称赞为"天使的设计"，门廊正面的八根圆柱和三角形的穹顶都堪称建筑界的经典，宫殿里还存放了拉斐尔的遗骨。神殿之所以为神殿，就必须有神奇的地方，至于神奇在哪里，请大家看图说话。

说了这么多，都没有说到我最喜欢的地方。像我这种有点浪漫情怀，又有点电影情结的人，当然要做一回"许愿池的中国少女"啦。《罗马假日》中，奥黛丽·赫本就是在许愿池附近的理发店剪完头发后与记者邂逅的。许愿池其实是一座喷泉，修建历时三十年，是世界上最大的巴洛克式喷泉。喷泉中心的大雕像是罗马神话中的海神，喷泉后方的建筑就是海神的宫殿，宫殿上方站着四位分别代表春夏秋冬的少女，而海神周围环绕着的是两位水神。有这么多神灵保佑，愿望一定会实现吧。所以相传在远古时期，罗马士兵在出征前都会来到许愿池前投下一枚硬币，祈求自己凯旋归来。后来就有了背对着许愿池向里面投硬币，就能够实现心中的愿望的说法，听说十分灵验。

△万神殿

△许愿池

　　流星虽然见不到，但是许愿池就在我眼前，许愿的绝佳机会怎能错过，于是我也背对着许愿池投了一枚 1 欧元的硬币，还被小伙伴拍下了一张表情很滑稽的照片（这张照片就不展示了）。可是我却忘记了自己当时许了什么愿，愿望到底实现了没有当然就更不知道了。等我再有什么特别强烈的愿望时，就再去一次许愿池吧。

　　不过，我最期待的地方，其实是"真理之口"。"真理之口"是一张石头脸，有鼻子有眼，还张着一张大嘴，有点像个老头，但它可是古时候的测谎仪，据说把手伸进去后，如果在说谎，手就会被咬断。还有一种说法，把手伸进去之后，心里默念七遍心爱的人的名字，如果手指没有被咬断，就说明这段爱情是真挚的。《罗马假日》中，记者把手伸进去后，为了吓唬公主，佯装手被咬掉了，吓得公主大惊失色，这可是整部电影中最精彩的一幕。

尽管那天罗马下着大雨，其他行程都被迫取消了，我们还是在疾风骤雨中赶来了"真理之口"，哆哆嗦嗦地排了半个小时队，然后把手伸到它的"血盆大口"中，留下了一张珍贵的合影。如果没有传说，也没有电影，它就是一张普通的石头脸，是传说和电影赋予了它独特魅力。我认为自己是一个有情怀的人，所以我很容易对这样的事物产生情结，漂洋过海来看它，绝不是为了跟风，这张长得很丑的脸也实在没什么好看的，可是电影中的情节却促使我有要自己亲自去试一试的冲动。所以，有故事的艺术，才会有吸引力。

参观完了喜欢的地方，眼睛和心灵都得到了满足，当然也不能委屈了自己的肚子，更何况意大利菜还是西餐之母。虽然意餐中最著名的意大利面和披萨早就已经在全世界普及了，但是意餐历史悠久，博大精深，菜系非常丰富，讲究也十分之多，制作更是绝对精良，意面和披萨不过是意餐的一点皮毛。美食也是意大利文明中不可或缺的一部分，可惜我对于美食没有太多追求，也没有研究的兴趣，即便去了一趟意大利，了解和品尝到的意餐依然停留在意面和披萨的层面，中餐和韩餐都吃了，就是没怎么吃意餐，吃货们要是知道了，大概会很鄙视我吧。

△真理之口

△这便是我随意挑选的意餐，鸡腿的味道还是不错的

去了意大利的这么多座城市，依然觉得想要真正走进这个国家，还需要更多的沉浸和思考。这到底是一个什么样子的国家呢？我也说不清楚，只是觉得，在生命的轮回中，她勃发着力量；在朝代的更替中，她演绎着传奇；在时光的冷暖中，她缔造出艺术；在坎坷的路途中，她吟唱出美好。风情万种的她，婀娜多姿的她，高贵冷艳的她，质朴典雅的她，小资浪漫的她，都留存在我的记忆里，而这一路的快乐和忧伤，也都停留在我回眸的深处。

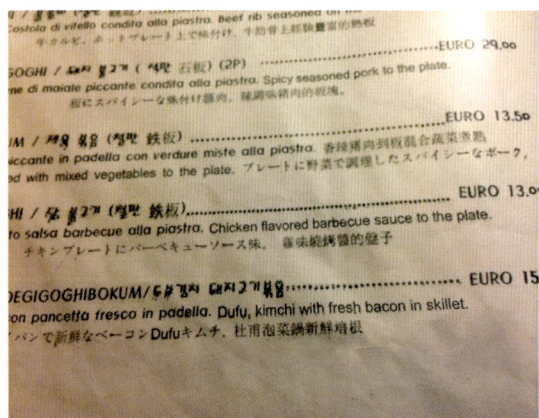

△罗马的韩国料理点中惊现"鸡味烧烤酱的盘子"

△罗马之恋

最大的心愿与最
小的国家

　　小学社会课上，老师说，梵蒂冈是全世界最小的国家，跟我们的校园差不多大。天啊，一个国家竟然跟一所学校差不多大，这样的事情似乎已经超出了我当时的认知能力，我根本想象不来，堂堂一个国家，怎么会那么小，我总觉得一个国家的文明程度和它的国土面积是成正比的。所以小小的愿望就在我心中生根了，等我长大后，一定要去梵蒂冈看一看，看看它到底有多小，这么小的国家是如何生存和发展的。渐渐地，我心中的小小愿望跟我一起长大了，我也终于有机会来到欧洲，亲眼看一看全世界最小的国家。

　　梵蒂冈是意大利的国中国，位于意大利的西北角，四面都与意大利接壤，领土面积只有 0.44 平方公里，但它却是一个独立的主权国家，同时还是全世界天主教的中心，是罗马天主教会的最高权力机构，宗教使它拥有不逊色于超级大国的世界影响力。

　　沿着罗马西北方的一条巷子走，不知不觉中就进入了梵蒂冈的领土，真的没有一点点防备，也没有一丝丝顾虑，没有任何地标作为界限，也没有给我带来什么突然的惊喜，我就已经站在梵蒂冈的土地上了。映入眼帘的，是站满了信徒和游客的广场，还有一座壮观的大教堂，这似乎就是梵蒂冈的全部了。这座广场竟然是世界上最大的广场之一，而这座教堂是世界上最大的教堂（这次没有之一了），是不是很难以置信？最小的国家竟然坐拥世界上最大的教堂和广场！

　　这座大教堂名为圣彼得大教堂，是天主教最大的集会场所。建于 16 世纪，是米开朗琪罗、拉斐尔、贝尔尼尼等著名艺术家共同倾尽心血建造而成的。环绕着梵蒂冈整个国家走一圈，只需要不到半个小时的时间，可是如果走进圣彼得大教堂，则可能需要一整天的时间。因为教堂中的壁画和雕像都是艺术珍宝，会让你长时间地驻足。而教堂的外观，虽然不如我喜欢的米兰大教堂那样华丽，却十分庄严肃穆，就连我这种不信教的人都会被那种浓厚的宗教气场所吸引。两千年前，这里只是一块墓地，后来一座长方形的会堂兴建于此，再后来又经过120年的重建，才演变成如今这个融合了罗马式建筑和巴洛克式建筑风格的圆顶大教堂。

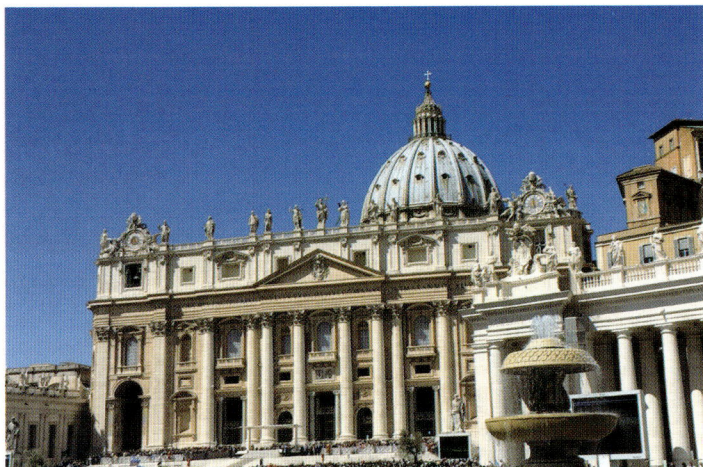

△为了躲避人潮，我只拍到了一张不正的圣彼得大教堂

　　大教堂前的圣彼得广场，呈钥匙孔形状，虽然乍一看没有多大，却能够容纳50万人。更令人惊叹的是，广场四周的圆柱上有140个栩栩如生的圣人像。这里是世界上最重要的宗教活动场所，也是天主教徒精神世界的中心。或许这里的毁灭意味着世界上众多信徒的精神世界也会彻底崩塌，而精神世界的毁灭比物质层面的毁灭还要可怕，所以这座广场在末日电影《2012》中就遭到了无情摧毁。

　　梵蒂冈的景点虽然不多，但是却都很经典。一方面，我们可以说梵蒂冈是罗马的一部分，从领土上的邻近，到历史上的相关，到文化上的融入，到风格上的类似，都让人难以发现两个国家的差别，如果不注意观察，都不会察觉到广场地面上的灰色国界线，更不会想到这竟然是另外一个国度。另一方面，我们又不可以把梵蒂冈当作罗马的一部分，因为它拥有独立的主权，拥有它在世界上无可取代的价值和影响。

　　梵蒂冈真的是一个迷你而神奇的地方，我知道以我的年龄和学识还无法领会它的精髓和灵魂，我能看到的，只是它的表象；我能确认的，只有我小时候最好奇的国土面积问题。不过，当最大的心愿和最小的国家终于碰撞的时候，我觉得我瞬间升华了，就像受到了迷之熏陶一样，眼前好像出现了迷幻的景象，到底是为什么，却说不上来，也许时间会告诉我答案吧。

△圣彼得广场航拍图，的确是钥匙孔的形状

第五章

暑假 花之翎

迷路心得

　　时光，渐行渐远。期末考试就这样结束了，暑假就这样到来了，签证上的离境日期，也一天天地逼近了。10 个月前，我带着迷茫，姗姗而来，10 个月后，我将带着回忆，从容而归。离开欧洲前的最后一次旅行，我选择了东欧，宁静而清雅的东欧。

　　小伙伴们似乎已经归心似箭了，好像只有我，还对这里无比地留恋。我清楚地知道，等我不再年轻，不再有热血，不再有激情，我也许就不再有心境和精力去看外面的世界了，所以我真的很想再多去几个地方，再多看一看不一样的风景。还好有邹琳和我同行。但两个小姑娘结伴出游，安全实在是个问题，外面的世界有多精彩，就有多危险，大灰狼无处不在。所以我们进出了好几家旅行社，最终报了一个东欧团，这下机票酒店路线都不用自己操心了，可以轻轻松松地旅行了。

可是事情并不像我们想象的那般顺利。没有集合，也没有领队，我们还是要自己搭乘飞机前往布拉格，下飞机后，也没有找到接机的导游，就像两个被抛弃的孩子一样。而我又对自己"方记者"的身份太过沉迷，敬业到在飞机上还在写新闻稿，下飞机后想赶快给编辑发过去。一边联系导游，一边联系编辑，整个人都陷入错乱。不知道打了多少个电话，给导游打的，给旅行社打的，听得懂的听不懂的，听得清的听不清的，忙乱了半个小时之后，才找到接机的人，还是个西班牙人。

司机和导游都是西班牙人，而团里的大部分人都是从巴西飞过来的。人生中总是有很多无解的问题，比如我们在葡萄牙报的旅行团的司机和导游都是西班牙人，同团的游客都是巴西人，只有我们是从葡萄牙飞去布拉格的，而我们还是中国人。这绝对称得上是史上最奇怪团组，谁有办法，帮我申请个吉尼斯最神奇团组的世界记录吧。

第二天一大早，领队就打来电话叫我们起床。领队是个男人，但他的名字是Maria。领队也是西班牙人，不会说葡萄牙语。我庆幸自己也能听懂西班牙语，只要他别说太快，而且还能以没听懂为由不听他的指挥。在只闻其声未见其人的阶段，我一直都在思考他到底是男人还是女人，听声音毫无疑问是男人，可他却叫做Maria，又是一个无解的问题。

第一次集体出发，我们竟然是最后上车的，没想到印象中没有时间观念的巴西人，竟然动作那么快。语言不通、国籍不同，其实都可以克服，我们可是外语人才呀。但是代沟好像没那么容易逾越了。同团的巴西人大多为中老年人，话题、兴趣、关注点都与我们大不相同，我突然萌生了前所未有的鹤立鸡群感。我知道，在他们看来，我和邹琳也很奇怪，我们甚至被他们误认为是生活在巴西圣保罗的华侨，更滑稽的是，他们觉得我们只有 13 岁。

导游喋喋不休地讲述着这座城市的故事，一句话里又是西班牙语，又是葡萄牙语，我的注意力被转移到辨别他何时说葡语，何时说西语上去了，而他讲解的具体内容，我竟完全没有听进去。每到一个地方，他都要停下来讲解很久，却不给我们自由活动的时间，我和邹琳开始厌倦了，因为这不是年轻人旅行的节奏。后来我们开小差，一不小心，就掉队了，导游竟然都不等我们，就直接带队走了。可我们并不知道接下来要去哪里，只好给领队 Maria 打电话，Maria 说他来接我们，但我们又找不到他，几番周折之后，我们才终于找到大部队。我知道 Maria 心里一定觉得这次带团摊上两个不听话的中国小姑娘十分麻烦，我们也对自己参加了一个略坑的团感到有些懊恼。跟团虽然自己省心一些，可是也要跟对团，跟了这种不适合自己的团，不仅对自己造成约束，还给别人带来困扰。

半天的行程过后，我们觉得跟团实在太没意思，导游只会没完没了的讲解，声音低沉，语速缓慢，让人提不起丝毫的兴趣。不给我们时间自己玩儿，还不等我们，所以我们一气之下就脱团了。还是自由行动，想干嘛就干嘛的感觉好，这才像旅行。在布拉格美得不像话的街头撒欢儿着实让人喜不自胜，但问题是开怀过后，要如何回到酒店。两个超级大路痴面临着变成走失儿童的严峻问题，却依然嬉皮笑脸的，没心没肺真好。接下来要为您呈现的是，全景纪录片：《最漫长的迷路》。

虽然缺心眼，但也知道拿着酒店的名片，不然怎么可能找得回去。手表店的老板帮忙在手机上查过线路之后，指挥我们上了一辆电车。可是我们不会买票，电车上又无人售票，也没有投币的地方。背着孩子的妈妈告诉我们要在手机上发短信买票，可是葡萄牙的手机号没有办法进行这项操作，于是我们就这样逃票了。这位好心的妈妈还把我们带到了地铁站，接着"information"的工作人员清楚地告诉我们要如何换乘，以及在哪一站下地铁，看来傻人还是有傻福，一路总有好心人真诚相助。

下了地铁之后，转向是必然的，眼前的高楼铺天盖地，究竟哪一座是我们的酒店，我竟一点印象都没有。"是这个楼吧？""不是吧，我记得酒店的楼不是这个形状，""就是这个楼吧，我觉得挺像的啊，""哎，我们先过去看看吧"……就这样，我们讨论来讨论去，却还是不知道哪个楼才是酒店。

　　7月的布拉格，飘着细雨，刮着冷风，竟让我觉得无比的寒凉。2月的德国冷，是理所应当；4月的荷兰冷，也情有可原。可是都7月了，布拉格还是那么冷，简直就是逆天的存在，难道就不能让人穿上夏天的裙子美一会儿吗？

　　在寒风中迷路真的不好受，我简直不敢相信这是夏天，我简直不敢相信在夏天里我会被冻的瑟瑟发抖，觉得自己好像卖火柴的小女孩，好心酸，好可怜。地铁外有一个过街天桥，我们站在桥上上上下下吹了半小时的冷风，以至于我至今闭上眼睛，脑子里都能清晰地呈现出我们两个人在天桥来来回回飘来飘去的画面。就这样，我们把天桥两边的建筑都排查了一遍，可就是没有找到酒店，路人也纷纷表示不知道附近有这样一个酒店。

　　我们问着问着，就问到警察局去了。警察局门口有几个抽烟的男人，也不知道是不是真的警察，他们告诉我们那个酒店根本就不在这个地铁站附近，正确的地铁站和这一站的站名挺像的，可能我们下错站了。刚开始我们根本不相信，因为我们确定没有下错站，这一站就是"information"的工作人员告诉我们的那一站，总不能是工作人员给我们指错路了吧？细想还真的有可能，毕竟这两站的名字太像。

　　到底该不该相信这几个人呢？于是我向他们倾诉说我们已经迷路两个小时了，实在经不起折腾了，千万不要骗我们。他们听完竟然笑了，表示绝不可能骗我们，我们只要坐地铁去他们告诉我们的那一站就是了。想想也是，不管他们是不是警察，把我们骗到一个错误的地方去，也不能给他们带来任何好处，何必呢？当然最保险的做法，就是打车，如果打车，就不怕再迷路了。可是附近竟然没看到一辆出租车，有钱都不能任性了。没有别的办法了，我们最后还是老老实实地回到了地铁站，又坐了十多站，这一次地铁站外的画面终于有些熟悉了，酒店就在眼前了，迷途知返太让人欣慰，绝处逢生太让人感动，此处应当有泪水。

　　仅仅半个小时的路途，我们却花了三个小时才找到酒店，迷路三个小时是不是也能破个什么记录？看到这里你是不是觉得我很奇怪，迷路还觉得挺荣耀的？其实迷路是难堪的，但是如果能在迷途悟出点什么道理，就是值得的。说实话，迷路挺有意思的，因为这是一个寻找和挑战的过程，只要不放弃，就一定会到达目的地。正可谓山重水复疑无路，柳暗花明又一村，反正人也丢不了，而且还能看到意想不到的风景。旅行如此，人生亦如此。在人生的岔路口上，哪怕选择了一条被认为是错误的路，走在这条路上，也是一种不一样的生活体验，至少可以欣赏沿途的别样精致，说不定还有意外的收获呢。希望永远都在，只要你不放弃。在别样的美景中感悟人生，是不是也是旅行的意义呢？

画面太美我不敢看

第五章

暑假　花之翎

　　

画面太美我不敢看

"琴键上透着光，彩绘的玻璃窗，装饰着哥特式教堂，谁弹一段流浪忧伤，顺着琴声方向，看见蔷薇依附十八世纪的油画上。我就站在布拉格黄昏的广场，在许愿池投下了希望，那群白鸽背对着夕阳，那画面太美我不敢看······"。这是一首我唱了十年的歌，歌曲强烈的画面感时常让我浮想联翩，也让我对布拉格这座歌声里的城市充满了向往。我是一个感性的人，可以因为一部电影、一首歌、一本书，而爱上一座城市。我也是一个幸运的人，总有机会和理由去自己憧憬的城市看一看。

布拉格是捷克的首都，但是说到捷克，我最先想到的并不是布拉格广场，而是动画片《鼹鼠的故事》。《鼹鼠的故事》是我幼儿时期最喜欢的动画片，喜欢到很长一段时间都要大人们叫我"乖小鼹"。黑黑的、圆圆的、头顶立着三根头发的小鼹鼠是我童年记忆中最重要的小伙伴，虽然它并不是一个真实的存在，却陪伴我度过了最纯真的孩提时代。可爱、呆萌、憨厚、善良的小鼹鼠演绎着一个又一个启智又风趣的小故事，带给了我太多太多的快乐。长大后才知道，小鼹鼠诞生自捷克，它的创作者兹德涅克米勒是捷克人。在我心目中，小鼹鼠足以秒杀迪士尼所有的经典动画形象。太多的情结，促使我不得不来到这个国度，这座城市。

布拉格是一座围河而生的城市，由伏而塔瓦河两岸的四个区域统一而成，在成为捷克的首都之前，布拉格一直是波西米亚地区的首府。尽管波西米亚地区只是捷克共和国的一个区域，但布拉格在这个国度中一直都有无可取代的重要性。捷克小说家卡夫卡说："布拉格就像一位带着利爪的母亲，无论你走到哪里，都会被她拉回怀抱。"

的确，布拉格是一个充满吸引力的城市，空气里弥漫着的诗意让你没有办法离开。斑斓的色彩、梦幻的气息充盈着它，红顶的房子、妖娆的大桥环绕着它，古典的城堡、浪漫的广场装点着它，而我在这里竟找不到一丝战乱的痕迹。可是在二战时期，布拉格曾被纳粹占领，并遭到希特勒的轰炸和血洗，此后又在苏联的铁幕统治下苟活了四十年，直到1993年捷克独立，才成为了捷克共和国的首都。而我刚好也出生于1993年，于是我又找到了一个自己和布拉格的缘分点。在我看来，有内涵的城市拥有自愈的能力，尽管斑斑弹孔依然残留在砖墙上，但是布拉格看起来，就像从未受过伤一样，依然靓丽，依然幽艳。

布拉格一词来源于蒙古语，本意为"泉"，跟泉水有关的城市，都是温柔的，因为水会滋养万物，孕育希望。布拉格就是一座温柔的城市，特别是黄昏时的余晖，简直温柔得让人痴醉。当然布拉格也有它刚毅的一面，它坐拥着一座座雄伟硬朗的建筑。

　　说到布拉格的地标建筑，圣维特大教堂必须当仁不让。圣维特教堂是一座哥特式的尖顶天主教堂，目测是布拉格城区内最高的建筑。它最初是一座圆形的罗马式建筑，虽然后来火灾为它留下了乌黑的疤痕，但却无法掩盖它壮阔的气魄和精美的雕琢。而布拉格城区内另一座重要的教堂——圣乔治教堂却要淡雅很多，粉红色的外墙，简约的设计，又为布拉格增添了几许清脱的情调。生活中需要这样的平衡感，既要有气势，又要有柔姿，既要有雄浑的磅礴，也要有含蓄的平淡。

△幽艳的布拉格

△高高的圣维特大教堂下面站满了人

　　既然小鼹鼠就诞生自这里，那么这里一定充满了童话色彩。的确，在圣乔治教堂的不远处，有一条不到 500 米长，不到 3 米宽的黄金巷，炼金师 16 世纪时曾在这里炼取黄金，故称黄金巷。不过现在，黄金巷里并没有黄金，却有着许多五颜六色的小房子，每个小房子都有它的小故事。小巧可爱的小房子好像白雪公主里七个小矮人的家，卡夫卡就因喜欢这里的环境而寄宿了两年，并在这里创作出了许多作品。不过如果让我在七彩的房子里创作，我可能会写出儿童文学吧。然而冰冷的现实就是——我和邹琳因为在这个可爱又美丽的地方多逗留了一下下，就被导游抛弃了。

　　虽然这些建筑是布拉格的象征，但是布拉格最有韵味的地方，还是它的老城区。一些老街巷至今还保持着中世纪的模样：铺着石板的马路，煤气灯样式的古老街灯，绘有宗教故事的屋舍。尽管老城区的房屋已经比较破旧了，却让它更像油画中的城市。老城区的广场，就是歌中唱到的布拉格广场。市政厅塔楼上的天文钟，宗教改革家胡斯的雕像，黑色尖顶的大教堂，让这座广场看上去像是中世纪欧洲的广场，古老而神秘。而广场两边鳞次栉比的小商店，又会把你拉回到现代。让你分不清什么是历史，什么是现实。

△五颜六色的黄金巷

△传说中的布拉格广场

△布拉格广场上的大教堂

滴答的雨点飘落在石子铺成的路面上，溅起的水花打湿了裤脚，也洇湿了心绪。广场披上了一层梦幻又迷人的光泽，络绎不绝的行人在巷子里摇曳着。光影拉长了身影，也拖慢了脚步。面包店中的香气飘散到空气中，弥漫了整座广场。水晶店里折射出晶莹的光芒，闪耀了迷蒙的苍穹。天文钟下聚集了许多等待整点报时的游客，马车百无聊赖地等待着人们跟它一起体验悠悠的古欧时光。这画面太美我不敢看。

在朦胧的远处，有一座名叫查理的大桥。布拉格人说，没有走过查理大桥就不算到过布拉格。查理大桥始建于 1357 年，桥长 500 多米，桥上安放了 30 座雕像。其中最著名且最古老的雕像，是皇后的牧师的雕像。相传牧师因与皇后有染，并且知道皇上地下交易的内幕，而被投入伏尔塔瓦河。据说，游客们只要摸一摸牧师的青铜雕像，就会得到再次来到布拉格的祝愿。虽然我去没摸牧师的雕像，但我相信我肯定还会再次来到布拉格的，因为美好的地方都值得多来几次，我故地重游的那一天终会到来。朦胧的桥，朦胧的美，朦胧的时光，朦胧的印象。这画面太美我不敢看。

查理大桥上的视野特别好，远眺望教堂，侧目见广场，低头看河流，抬头赏夕阳，因此有很多民间画家在桥上作画。文字书写不出来的美，可以用彩笔来描绘。在桥上漫步，会有一种恍若隔世的感觉，仿佛游走于古今之间。哥特式的教堂，巴洛克式的广场，静穆的树林，古老的大桥，一起把你带回到中世纪，向你娓娓道来，它的灿烂往昔，它的曼妙岁月。这画面太美我不敢看。

△画面中左侧的古桥就是查理大桥

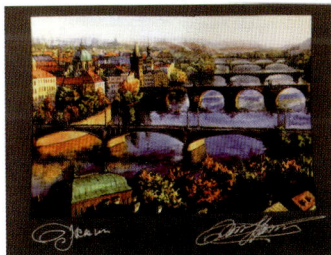

△画中的布拉格

△这座雕像的动作很有意思

陶醉过后，还是来说点实际的。水晶是布拉格的特产，广场两边就有很多卖水晶的店铺。我很喜欢水晶，只可惜路途遥远容易损坏，只能看看不能买。不光是水晶，布拉格制造的其他工艺品也十分精致而有特色，比如提线木偶，比如套娃。虽然我都没买，却不幸地得罪了一家工艺品店的老板。在我拿起一个套娃仔细端详的时候，他问我"Can I help you?"（有什么需要帮您的吗？）不知道我当时是怎么回事，竟然很没礼貌地说了一声"No"（不用）。老板马上变脸了，生气地回应了我一句"Put it down"（放下）。其实不是我没礼貌，也不是我不会用谦和的方式与别人交流，只是一时大脑短路。就当不做一些尴尬的事情，就徒有此行了吧。

△桥上的民间画师笔下的梅西和 C 罗

布拉格的饮食与德国有几分相似，也是以肉食为主，又可以让我大快朵颐了。在布拉格广场的露天餐厅一边喝着香甜的饮料，一边吃着醇香的烤肉，一边品美食，一边赏美景，真的是人生一大乐事。但是乐极生悲。结束用餐后，我想跟服务员说"We want to pay"（我们想买单），结果舌头一哆嗦，就说成了"We want to pee"（中文意思不够文雅，我就不写出来了），于是服务员愣住了，邹琳一边骂我"你有病啊？"一边跟服务员解释。可我真的不是故意的。好吧，不多做一些尴尬的事情，就不算来过。布拉格那么美，就当我被美傻了吧！

△说实话这些东西真不怎么好吃

△不过甜品还是很美味的

△看食物不要太专注

　　"寻求真理，倾听真理，学习真理，按真理行事，坚持真理，誓死捍卫真理。" 是宗教改革家胡斯的名言，也是捷克的国家格言。捷克人是有理想的，强权和暴政都无法阻挡捷克人对真理的追求和对信念的执着。布拉格也是一座充满理想的城市，无论如何摧残它，凌辱它，都不会改变它的初心和它对理想的坚持。时光流逝，岁月无情，它却永葆童话般的天真。在这里，似乎没有了时空的界限，布拉格可以唤回你走失的童心。能够让时光停滞的地方，谁又舍得离开呢？即便不得不离开，我也要带走我的小鼹鼠。

△这一张是在捷克隔壁的斯洛伐克拍的，听说这个人常年趴在这里看美女

△我和小鼴鼠

音乐圣殿维也纳

　　作为一个 3 岁就开始学习钢琴，识谱比识字都早，自幼深受古典音乐熏陶的人，音乐早已成为了我生命的一部分。虽然我不是职业的音乐人，可是如果离开音乐生活，我会寂寞。而我这次来到的这座城市，是一座离开音乐就无法生存的城市，她的每一寸土地都飘落了音符，每一缕空气都激荡着旋律，没有她，就没有音乐；没有音乐，就没有她。音乐就是她的全部。

　　假如让我挑选一座城市定居，我会选择维也纳。原因很简单，因为维也纳是音乐之城。有音乐的地方，就没有杂念，因为音乐的世界，是纯净的，是柔曼的，是灵动的，让人静默，让人从容，让人优雅。不敢说我能领略所有的音乐，但我是爱音乐的，生活在一个音乐无处不在的城市里，快乐一定也无处不在。

不过，维也纳不只是音乐之都，她还首先是奥地利的首都和诸多国际组织所在地，20世纪前还是全球最大的德语城市。在历史上也曾是罗马帝国、奥地利帝国和奥匈帝国的都城，因而一度成为欧洲的文化和政治中心。但是她最响亮的名字，还是音乐之都，她最大的辉煌和荣光，都是因为音乐。音乐把她塑造成得温文尔雅，雍容华贵，气宇非凡。

维也纳背靠苍翠浩瀚的大森林，怀抱波光粼粼的多瑙河，秀丽的自然风光演奏着大自然的交响曲，也荡涤着人们的心灵。海顿、莫扎特、贝多芬、舒伯特、约翰·施特劳斯、勃拉姆斯等音乐大师都曾在这里生活和创作。山清水秀的地方不仅让人心情舒畅，更会让人灵感喷涌。如果没有维也纳，就没有那么多动听的旋律。

哥特式的教堂，巴洛克式的宫殿，希腊式的国会大厦，点缀着维也纳，让她看起来更丰盈，更优美，更多彩。但是在这样一座城市里，真正有灵魂的建筑，都是与音乐有关的。

在维也纳，音乐真的无处不在。公园里安放着音乐家的雕像，广场上播放着悠扬的圆舞曲，街道被音符形状的灯饰装点，纪念品商店里卖的工艺品都与音乐有关，音乐厅里演奏着华丽的室内乐，人们甚至会自发地在公园里举办露天音乐会，就连政府集会和家庭聚餐时都会先演奏一曲音乐。在这里，古典音乐不再是上层社会的奢侈品，不再是高不可及的阳春白雪，它已经走进了千家万户，响彻了整个维也纳，已经成为了维也纳人普遍的生活方式。

城市公园中的施特劳斯小金人，还有城堡花园中的莫扎特纪念像，比高大雄伟的教堂、金碧辉煌的皇宫都令我印象深刻。

施特劳斯是圆舞曲之王，创作了《蓝色多瑙河》、《维也纳森林序曲》、《春之声》等著名的圆舞曲。他的小金人像站在生机盎然的公园里，投入地拉着小提琴，大理石浮雕环绕在他身边，浮雕上孩子们手挽着手聆听他的演奏，公园里的花草也随着旋律轻轻摇摆，这一美妙的瞬间定格成金色的永恒。音乐让这座小金人有了生命力，我仿佛真的看到施特劳斯演奏的情景，虽然周围没有一丝声响，但熟悉的旋律却从我的心间流淌出来。

莫扎特是最伟大的古典音乐家，我幼年学钢琴时不知道弹奏过多少他的作品。他的作品囊括了当时所有的音乐类型，而《费加罗的婚礼》、《唐璜》等歌剧都是他在维也纳创作的。只可惜天妒英才，莫扎特在 35 岁时就离奇死亡，但他留下了无数音乐遗产，音乐让他的生命得到了最好的延续，他的生命和他的作品一样不朽。在城堡花园中，花朵拼凑成高音谱号的形状，为莫扎特祭缅，《唐璜》中的经典场景搭建成基座，为莫扎特搭台。而莫扎特，身穿燕尾服，昂首挺胸，神采飞扬，左手持琴谱，右手向外伸展，指挥着激扬的乐曲。

△施特劳斯小金人

△莫扎特纪念像

　　莫扎特的世界里只有音乐,而此时此刻,我的世界里只有他。我相信热爱音乐的人是心灵是相通的，无论是音乐家，还是普通人，在音乐响起的那一瞬间，我想我是懂他的。

　　大大小小的音乐厅和歌剧院在维也纳随处可见，听一场音乐会就像下楼散个步那样简单。其中最著名的歌剧院，当属国家大剧院；最受欢迎的音乐厅，当然是家喻户晓的金色大厅。

　　国家大剧院建成于 1869 年，莫扎特的《唐璜》作为首场演出让大剧院一鸣惊人，此后渐渐发展成为了世界歌剧中心。歌剧院自身是一座方形的罗马式建筑，由鹅黄色的大理石砌成，造型美观又大方，正面有五个拱形大门，二楼有五个拱形窗户，窗口有五尊歌剧女神的雕像，象征着歌剧中的艺术、爱情、想象、喜剧和英雄主义。歌剧院的观众席有 1642 个座位，576 个站位，舞台的总面积达 1500 平方米，乐池可以容纳 110 名乐手，歌剧院总面积达 9000 平方米，规模空前。歌剧院的走廊里还悬挂着诸多歌剧中的经典场面的油画，用美术来诠释音乐，会使音乐更立体，更丰满。以游客的身份参观剧院，就已经被它浓郁的艺术气息深深折服了，如果能有机会在这里欣赏一场歌剧，我觉得我就此生无憾了。

△国家大院中的观众席

　　金色大厅是世界上最有影响力的音乐厅之一，它始建于1867年，是一座文艺复兴风格的建筑。金色大厅是维也纳最古老的音乐厅，但却拥有最完备最高端的音响设备，维也纳爱乐乐团常驻于此，每年1月1日，这里都会举行盛大的新年音乐会。金色大厅的外墙由红黄两色漆成，大厅内的两侧有楼厅和金光灿灿的音乐女神的雕像。只看外观，并不会觉得金色大厅特别的华美，只是觉得它很风雅，很考究。但是金色大厅的内部却金碧辉煌，璀璨夺目。木质地板和墙壁就构成了一个巨大的音乐共鸣箱，使演奏出的音乐能产生绝妙的振动和回旋。可以想象，富丽堂皇的金色布景衬托着无与伦比的天籁之音，该是多么的美妙的视听盛宴啊。

　　遗憾的是，我错失了在金色大厅欣赏音乐会的机会。说到底，还是被旅行社坑了。领队 Maria 先生说行程中有一些额外付费的项目，其中一项就是在"cor salon"听音乐会，一人60欧，我和邹琳果断报名了，尽管我们并不确切知道 Maria 说的"cor salon"是什么地方。Salon 在西班牙语里是"大厅"的意思，cor 在葡萄牙语里是"颜色"的意思，所以我们想当然推断这个"cor salon"应该就是"金色大厅"。那天，我们又脱团了，跟 Maria 说好到时间我们自己去"cor salon"找大家。晚饭过后，我们悠哉悠哉地在维亚纳充满音乐气息的街头散步，虽然走错了路，但还是准时抵达了"金色大厅"，却没有看到 Maria，也没有看到团里的其他人。我们还以为到早了，就在"金色大厅"外面一通拍照，自己拍完了还帮路人拍。这时 Maria 一个电话打过来把我们吼了一通，问我们在哪里，怎么还没到，可是我们明明就已经到了呀。于是，我们又绕着"金色大厅"找了一圈，却依然没有找到团里的人，唯一的可能就是"cor salon"根本就不是金色大厅。电话里的 Maria 越来越凶了，拼命催促我们，情急之下，邹琳在"金色大厅"门口拦截了一位衣冠楚楚、仪表堂堂的先生，急急忙忙地问他这里是不是"cor salon"。依然清晰地记得那位西装革履的帅哥在当时露出的错愕万分的表情，他那诧异又惊恐的眼神，我想我这辈子都不会忘记。我知道这个时候本不应该笑，却笑得停不下来。最后我们打了辆车，可是司机都不知道什么是 cor salon，最后还是依靠导航才把我们送到了目的地。

事实上，"cor salon"才不是什么金色大厅，就是一个很普通很普通的小音乐厅，里面的座位都很破旧，甚至还有乐师不穿皮鞋。虽然环境稍微差了些，好在并不影响音乐的品质。早知道 cor salon 是山寨音乐厅，我们就自己买票去金色大厅听音乐会了，反正黄牛党满大街都是，学生还可以享受折扣。

不过，在维也纳，哪里都可以演奏音乐，音乐会并不是音乐厅的专利。6 岁的莫扎特就曾在美泉宫为女皇演奏钢琴。

美泉宫是皇家猎宫，也是茜茜公主的夏宫，它是一座巴洛克风格的宫殿，始建于 17 世纪末，因当时的国王在这里发现了清泉，而得名美泉宫。宫殿呈长方形，大气而宏伟，共有 1441 间房间，宫殿外围是王府花园，花园总面积达 2.6 万平方米，到处都是鸟语花香。奥匈帝国的第一任皇帝弗朗茨就出生在这里，他的妻子就是多次被搬上荧幕的传奇美女茜茜公主。皇宫里依然留存着茜茜公主的肖像画和照片，精美的餐具、华丽的服饰、昂贵的器皿让人眼花缭乱，而茜茜公主生活的图景就遍布在这些极尽奢华的房间里。娇艳欲滴的玫瑰藤，姹紫嫣红的花坛，郁郁葱葱的树丛，水波粼粼的喷泉，把花园营造成了一个五光十色的仙境。每个女生应该都很喜欢这样的地方。如果不是阳光太刺眼，我真的愿意在这里停留一整天，一边赏花，一边听音乐。

拥有如此雍容华贵的起居环境，茜茜公主是幸福的。但是作为奥地利的皇后和匈牙利的女王，在一个强大的帝国漫长而痛苦的衰落过程中，茜茜公主在历史中扮演的更多的是一种悲剧性的角色，因而茜茜公主的内心又是忧郁的。所以，她的这座夏宫，也被她忧郁的美丽笼罩上了一丝冷艳而寂寥的氛围。

　　每座城市都应该有一个自己的摩天轮，24 小时轮转不停，与寂寞为伍，与狂欢随行，可以随时登上去看风景，亦或回落卸下一份心情。维也纳就拥有一座五彩斑斓的百年摩天轮，它的运行轨迹就像一首抑扬顿挫的交响乐一样，激越时可以飙升到最高的顶点，平静时可以回落到最初的原点。它承载着人们的喜怒哀乐，就像音乐记录着人世间的悲欢离合一样。

△茜茜公主的花园

　　在音乐之都里，仿佛什么都与音乐相关，音乐塑造了她，音乐净化着她，音乐滋养着她。虽然时间短暂，可是我却觉得维也纳之旅是一次震慑心灵的旅行，因为我看到了一个纯粹的音乐世界，这里不聒噪，不虚浮，只有灵动的音符和飞扬的旋律。而我儿时做过的音乐梦，好像也不再遥远了，因为维也纳让我明白，音乐不需要高攀，音乐就是生活，音乐让快乐变得好简单。在多瑙河畔欣赏城市美景，聆听动人旋律，心中便满是欢喜。

　　人生路虽然漫长而艰辛，但音乐会带给我力量，美妙的乐章从来不会停奏，希望有朝一日我也能够弹奏出属于自己的"命运交响曲。"

△金色大厅

那山那水那时光

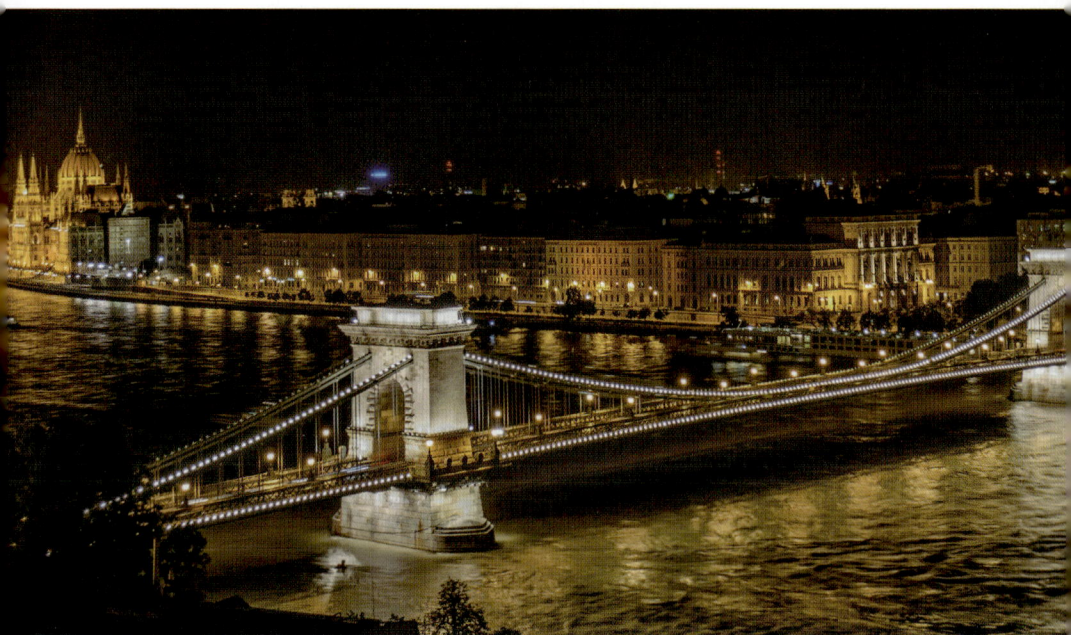

　　我中意水的温柔，崇拜山的巍峨，又喜欢人文景观厚重的历史感。可是有山有水又有人文时光的地方，在偌大的欧洲却并不是举目可见，而布达佩斯，却同时满足了我对自然风光和人文时光的所有期待。

　　布达佩斯是匈牙利的首都，布达和佩斯原本是两座单独的城市，很多年前，他们只能满目深情地隔河遥遥相望，却不能缠绵缱绻地紧紧相拥。后来经过变迁和扩建，布达和佩斯才得以合二为一组成一座城市。将他们分隔两岸的，是多瑙河，因此布达佩斯也被称为"多瑙河上的明珠"。

多瑙河就像一位博爱的母亲，她沿着时光的轨迹静静地流淌，用它火热又温存的情怀，守护着河畔的万千生灵，见证着布达和佩斯一天天的成长发展。耸立在多瑙河上方的伊丽莎白大桥，一手牵着布达，一手挽着佩斯，和这手足情深的两兄弟一同被拥揽在多瑙河母亲温暖的怀抱里。

"生命诚可贵，爱情价更高，若为自由故，两者皆可抛"，这是匈牙利爱国诗人裴多菲在匈牙利爆发民族独立革命时创作出的绝世诗篇。布达和佩斯曾被土耳其人殖民统治长达一百六十年。在劫难和强权面前，他们从不曾低头，顽强又坚定的他们，最终在自由之神的指引下，携手走向了繁荣。如今，我们依然可以感受到布达和佩斯当初为自由而抗争的艰辛，自由就是布达佩斯的代名词。

而我们这一次也要向着自由出发！不要束缚，不要管制，所以我们彻底脱团了，早上都没有跟着大部队一起出发。路线自由，行动自由，时间自由，才是自由之旅。

多瑙河虽然看似温柔多情，可是只要狂风四起，她就变得暴虐无情了，感觉弱小的我在河边多停留一下下，就会被发怒的她卷入胸膛。

想要远观波光潋滟的多瑙河，想要一睹布达佩斯整座城市的风貌，就需要一个至高点，城堡山就是不二的选择。

△风中凌乱观光就叫"风光"

△山上的视野真不错

城堡山上是布达佩斯最古老的城区，它的历史可以追溯到公元 13 世纪，爬上去后就可以看到几百年前的布达的样子。可是时间有限，爬山还要消耗体力，最简单最偷懒的方式，当然就是坐小火车啦。小火车就像时光机一样，在短短几分钟的时间里，就能把你带到一个完全不一样的世界。山脚下是现代的高楼大厦，山顶上是中世纪的古建村落。山上的皇宫、教堂、城堡都是几百年前的模样，时间在这里仿佛停滞了一样，任凭山下的世界如何变迁，山上的世界都是一如往昔的安详和美。

两百年前，贝多芬曾居住在这里，如果他现在再次来到这里，我想他也不会察觉到已经过去两百年了。

布达皇宫是城堡山上最主要的建筑，由历史博物馆、国家画廊和国家图书馆组成，兴建于 13 世纪，既有巴洛克式的美感，又有岁月带给它的沧桑感。可惜我们来不逢时，周末闭馆，不过仅仅通过外观，也还是以感受到布达皇宫亘古不变的静穆和魅力。

还以为城堡山的山顶就是布达佩斯最高的地方了，看到了马加什教堂以后才知道，城堡山上的马加什教堂的哥特式尖顶才是整座城市最高的地方。马加什教堂同样修建于 13 世纪，虽然是典型的哥特式建筑，却融合了匈牙利的民族特色。白色的尖顶，红色的屋顶，彩色琉璃镶嵌成的拱顶，白色石头拼凑成的象牙塔，在饱经岁月洗刷后依然鲜亮艳丽。马加什是匈牙利的国王，他为匈牙利的发展做出了巨大贡献，因而深受人民爱戴。因为马加什的婚礼就是在这座教堂里举办的，所以后来这座教堂由传统的圣母教堂更名为马加什教堂。知道了教堂背后的故事后，自然觉得这座教堂更有韵味了。

马加什教堂旁边的渔人堡，是布达最美丽的建筑群。它由七座白色的城堡组成，最初渔民们用它抵御外敌入侵，如今，它已经成为了一件古老的艺术品。不得不叹服匈牙利人的品味，军事用途的建筑都那么特别，那么有格调。做一个不合适的比喻吧，这七座城堡的尖顶特别像一种叫做妙脆角的膨化食品，看起来让人很有食欲。的确，渔人堡的一部分已经被现代人改造成餐厅了，可是它雅致的风尚，以及它重要的历史意义，却从未改变过。

△马加什教堂

△布达皇宫

虽然王宫闭馆，但我们碰巧赶上了士兵换岗。高大威武的身姿，整齐划一的步伐，英俊帅气的面庞，极具匈牙利特色的军装，以上几点结合起来真的只能用完美来形容。我已经忘却了士兵换岗的初衷了，完全把它当成了一场特殊的表演。

　　感受完山上的古典世界，就要回到山下的现实世界中去了，好害怕"山上一日，山下千年"的事情发生。其实山上和山下的世界，虽然同时存在于平行时空里，可是给人的感觉真的就像相隔了好几百年。

△登高远眺

△造型酷似妙脆角的渔人堡

△士兵换岗"表演"

△步伐整齐有力

　　几百年前的布达位于多瑙河的西侧，而多瑙河的东侧，就是几百年后的佩斯。在布达佩斯，路痴的我好像可以辨别方向了，但是迷路依然是不能跳跃的剧情。在河上找一座桥，应该是再简单不过的事情了，可是，我们还是迷失了好久。因为多瑙河上方一共有九座风格迥异的大桥，当我凝望着眼前的一座座大桥的时候，有一瞬间，我觉得我被抽离了，突然不知道自己在什么地方了，很诡异的一种感觉，可能我有辨桥恐惧症吧。为什么要辨桥呢，因为我们的时间不允许我们去每座桥上都走一遍，只要到最有艺术价值的链子桥和伊丽莎白大桥上去看一看就好了。

△从山上看山下，从古老看现代

链子桥是连接布达和佩斯的第一座桥，也是布达佩斯的标志之一。桥头两端的狮子雕像紧紧握住东西两岸，象征着布达和佩斯紧紧相连，永不离分。不过，当初人们修建这座桥的理念并没有这么的感性。当时，匈牙利的一位伯爵需要赶赴多瑙河的另一边去参加父亲的葬礼，但是恶劣的天气导致木质桥无法通行，后来才有了这座链子桥。一百多年后的今天，链子桥依然挺立，依然坚固，就像不会服输的匈牙利人一样。

　　伊丽莎白大桥是为了纪念奥匈帝国的皇后茜茜公主而修建的，桥身雪白，非常地优雅华美，就像美丽善良的茜茜公主一样。茜茜公主为统一奥匈帝国、消除民族矛盾做出了重要贡献。而牵起布达和佩斯的伊丽莎白大桥，其实就是茜茜公主的化身，托起了和平，撑起了希望，引领布达和佩斯，一同走向美好的明天。

△圣洁的伊丽莎白桥

△链子桥，为了你我甘受冷风吹

虽然布达和佩斯合并已有 120 余年，但他们却始终保持着各自的风格，而这两种截然不同的风格连接在一起之后，竟没有一丝一毫的突兀或违和，反倒完整呈现了一座城市的古往今来。与布达的古朴典雅不同，佩斯繁华而时尚，高楼大厦和购物中心都汇集在这里，宏伟气派的国会大厦与对岸洁白雅致的渔人堡交相辉映。

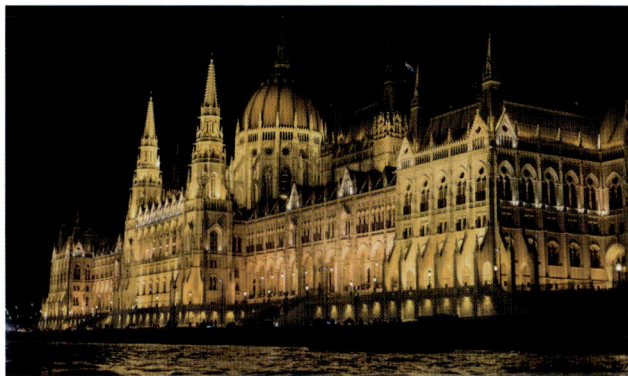

△国会大厦

国会大厦建成于奥匈帝国时期，是欧洲第二大的国会大厦，光是大门就有 27 扇，各种功能的房间共有 691 间，楼梯总长达 20 公里。红色的拱顶庄严而华贵，白色的镂空俏丽又迷人，整体设计既保持了匈牙利民族的艺术元素，又融合了哥特风的奇特轻盈。如此宏大的建筑群，最适合站在桥上远观，虽然相隔几百米，却能感受到它恢宏浩荡的气场。

　　佩斯最好玩儿的地方是瓦茨大街。瓦茨大街是一条商业街，特色小吃、纪念商品、歌舞表演在这里应有尽有，充满了活力和生机。匈牙利人十分热情，他们会面带微笑向你介绍他们的民族特色，一边捧着精致的艺术品，一边说"made in Hungary"。这一次我真的孤陋寡闻了，我不知道匈牙利的英文是Hungary，还以为他们说的是"Made in Hungry"（饥饿制造）。看在他们这么辛苦，饿着肚子做手工的份上，我毫不犹豫地就买下了他们推销的艺术品。

△画布上的匈牙利民族服饰

　　匈牙利的民族服饰非常漂亮，特别值得收藏。鲜艳的刺绣、褶皱的袖子、白色的上衣、多层的裙子、宽松的裤子，构成了匈牙利民族服饰鲜明的特色。个人认为匈牙利的民族服饰在欧洲的民族服饰中，是最有辨识度的，也是最好看的。穿上当地的特色服装，跟当地人一起跳舞，应该是最融入的一种旅行方式了。可是我比较害羞，通常还是以欣赏为主。

不过匈牙利风味的美食，绝对不容错过。匈牙利人跟我一样，是肉食动物，所以匈牙利美食主要是肉食，而且份量大，价格低，超级实惠，一盘菜我一天都吃不完。没想到菜量如此之大的我和邹琳还任性地点了两大盘，这下一年都不会缺肉了。土豆牛肉汤是当地最有特色的一道菜，其实跟中国的土豆炖牛肉还挺像的，非常符合我们的口味。匈牙利的餐厅不光饭菜可口，服务质量也实属上乘，高颜值的服务员搭配高可口值的食物，这顿饭真是吃得相当满意。结账的时候，服务员问我多出的钱是不是给他的，我弱弱的说不是，因为我想另外付他小费，而不是直接从多出的钱里给他。他大概不明白我的用意，于是我看到了他转身离开时落寞的眼神。后来，我把小费放到了桌子上，离开后蓦然回首时，却发现小费被另一位没有给我们服务的服务员拿走了，我该说什么好呢······

这就是我用一天时间领略到的布达佩斯。时间虽短，可是我却有了"曾经沧海难为水，除却巫山不是云"的感触。无论是温柔的多瑙河，还是咆哮的多瑙河，无论是平静的水波，还是拍岸的惊涛，都是那么的唯美，又是那么的触动心扉。多瑙河既像一首温馨的摇篮曲，又像一曲悲怆的交响乐，回旋在布达佩斯的上空，经久不息。

刘禹锡说"山不在高，有仙则名；水不在深，有龙则灵"，而布达佩斯的城堡山，既不高，也没有仙，可是它却承载了几百年的历史变故，依然维持了中世纪的原貌。只能说，城堡山自身就是一个仙，一个穿越了时空维度,战胜了世俗桎梏的仙人。看过了布达佩斯的山水，我想欧洲许多的山山水水可能都很难再吸引我了。不过，山水可不是布达佩斯的全部，比山水更让我欢心和动容的，是她璀璨多彩的民族文化，还有质朴热情的民俗民风。愿这短暂又快乐的布达佩斯时光，能够静默无痕，不动声色地在我的记忆里回荡，留香，永远被深深地珍藏。

△匈牙利美食

△太多喜欢布达佩斯，跟一颗大球合影
都笑成这样

记住了就是永远，
结束了就是开始

　　布达佩斯其实是此次东欧之旅的最后一站，原本也是我欧洲之行的最后一站，在短暂的几个假期里，我去了那么多地方，早已收获满满，可我还是意犹未尽。看了越多的新鲜事物，就越对未知的世界充满憧憬，就越想要去没去过的地方，特别是那些本来就特别想去的地方，比如上次去德国时因为天气和行程而含泪舍弃的新天鹅堡和国王湖。所以，就让我期待已久的新天鹅堡和国王湖来为我的欧洲之旅画上圆满的句号吧。

　　再次踏上慕尼黑的土地时，并没有遇到阳光明媚的好天气，老天爷没能被我的诚心打动，大雨瓢泼而至。本来就不认路的我和邹琳，更看不清眼前的路了。我们围着火车站绕了八圈也没找到距离火车站不到一公里远的酒店。好不容易找到一个看似靠谱的路人问路，结果这路人还是个西班牙人，也是位游客。出租车是迷路时最好的选择，于是我们打了一辆车，给司机看了一下酒店的地址，然后很快就到了。仅仅一分钟的路程，我们还打了一辆车，这可不是一个笑话。不，这就是一个笑话。我觉得全世界，除了我和邹琳，再不会有第三个人做出这样的事情来了。

我们两个结伴出游，一定会糗事一箩筐，总是不知不觉地就迷路了，然后我说我是跟着她走的，她说她是跟着我走的，两个人一通乱走，最后实在没办法了就打车。下次我可以根据我们两个的真实经历写个剧本，然后拍成《欧囧》。

流离之后当然要饱餐一顿，于是我们来到了 HB 大酒馆。时隔半年，慕尼黑人变得好高冷，好无情，我们说了 10 遍点菜，都没有服务员搭理我们。唯一一个招呼了我们一下的服务员一看我们不是要结账，也走掉了。要不是看在这里的大猪肘真的很好吃的份上，我们也要走掉了。他们不理我们，却对金发碧眼的人前呼后拥的。我不明白他们为什么都走掉了，难道我们不是来这儿消费的吗？最后我们好不容易吃到了大猪肘，心里得到了一丝丝的慰藉，却又发生了更无理的事情，服务员干脆不找钱，说多出来的都归他，都是小费。要知道，多出来的，可不是一丁丁点。我和邹琳当时都石化了，半天都没反应过来，看着他就这么走掉了。这顿饭的关键词就是"走掉"，服务员们纷纷走掉了，他们的良知也走掉了。

△久违的猪肘

上次来慕尼黑，错过了不少好风景，不只是新天鹅堡和国王湖，还有宁芬堡宫。宁芬堡宫建于 1675 年，是当时的国王在儿子诞生时送给妻子的礼物，后来也是历代王侯的夏宫。宫殿本身是一座由方形房屋连接而成的巴洛克式建筑，红顶白墙，典雅端庄。在众多的厅堂中，还有一间专门陈设中式器具的中国厅。不过宁芬堡宫最出彩的，还是它的园林。这片园林的面积是梵蒂冈国土面积的六倍，与苏州园林讲究亭台轩榭的古典布局和移步换景的东方韵味不同，它突出的是自然的美好与生态的和谐。在这里，我看见湖面泛起涟漪，我看见天鹅拍打翅膀，我看见种子悄悄苏醒，我看见花圃开满鲜花，我看见风儿牵起彩云，我看见鸟儿恋着大树。我看见自己梦幻的倒影，在湖水里，轻轻摇曳；我听见自己年轻的心脏，在空气中跳动，澎湃又安静。我就像来到了空无一人的仙境一样，只有我和大自然相依。我觉得园林的最美境界，不是人工雕饰，而是亲近自然，所以我很喜欢宁芬堡宫园林，它给了我一个洗涤心灵的机会。

△秀美的宁芬堡宫园林

其实新天鹅堡并不在慕尼黑，而是在一座叫做菲森的城市附近，菲森离慕尼黑不算太远，所以游客们都喜欢住在慕尼黑，然后再搭乘火车去菲森。从慕尼黑前往菲森的火车，有直达的，也有需要换乘的，没赶上合适的车次，就只能搭乘需要换乘的，而我和邹琳，从来就是瞎折腾的命。不过这次我们并没有迷路，也没有换错车，因为我们遇到了一位靠谱的同行者。

在火车上的时候，他就坐在我们对面，几秒钟的对视过后，我判断他是日本人，他判断我们是韩国人。直到我和邹琳用中文对话被他听到后，他才说："你们也是中国人吗？"我们才知道，原来他是中国人。在国外待久了，会连本国同胞都分辨不清，于是我突然能理解欧洲人为什么总是把我当成日本人了，毕竟连中国人自己都会认错。其实我也没有什么特别的理由，乍一看就是感觉他像日本人，而他的判断依据就是，韩国女孩儿比较漂亮。看在他的理由这么讨喜的份上，我们对他如此错误的判断也就不计较了。

这位先生姓谢，虽然看起来很像留学生，其实他都有儿子了。他在英国工作，假期一个人出来玩儿，目的地也是新天鹅堡，于是邀请我们同行。与其两个人迷路，不如三个人一同前行，于是我们欣然答应了。这一次我们终于没有再迷路。都说靠人不如靠己，可是在找路这个问题上，我清楚地知道，我自己是最靠不住的。

新天鹅城堡坐落在青山绿水中，灰色的尖顶直冲云霄，巍峨雄伟又不失浪漫风韵。在蓝天白云的掩映下，在峰峦叠嶂的陪衬下，她就像一位遗世独立的风中仙子，远离了尘世间的纷扰，归隐山川。你知道吗，她是迪尼斯动画中城堡的原形。不过，最令我动容的，并不是她俏丽的模样，而是她凄美的故事。

新天鹅堡是巴伐利亚的国王路德维希二世修建的，这位国王充满了艺术气质，他不喜欢治理国家，却对舞台剧情有独钟。那时，茜茜公主还不是奥地利的女王，她是路德维希二世的表姑，跟路德维希二世年龄相仿，他们彼此相伴度过了童年时光。两小无猜的美好生活让他对美丽又纯洁的茜茜公主产生了特殊的好感，他说茜茜公主是最了解他的人。可是茜茜公主却在 15 岁时远嫁到奥地利，尽管路德维希苦苦哀求父王，他深爱的茜茜公主还是离他远去了。

这段感情的结束给路德维希二世的心灵造成了极大的创伤，他从此郁郁寡欢，很少抛头露面，再也没有感情生活，孤独地生活在虚幻的舞台剧的世界里，幻想属于他和茜茜公主的爱情童话。后来，他被音乐家瓦格纳的剧本打动，决定修建一座城堡作为舞台剧的背景。于是他在原本的天鹅城堡的旧址上设计了新的城堡，把自己对茜茜公主的一往情深全都倾注到了城堡的修建中。

在他入住城堡之后，茜茜公主送来一只天鹅祝贺，因此路德维希二世就将这座城堡命名为新天鹅堡。但他却在 41 岁时，因过度思念茜茜公主而英年早逝。新天鹅堡的浪漫气质，不仅表现在其华丽的设计和非凡的结构上，更源于路德维希二世对茜茜公主的爱。让路德维希二世刻骨铭心魂牵梦绕的情思，就像城堡外升腾的云雾一样，永远缠绵地笼罩着城堡。

△在浪漫的建筑前就要摆浪漫的 pose

△掩映在苍山绿水间的新天鹅城堡

新天鹅堡内共有 360 个房间，天鹅造型的装饰物无处不在，巧妙独特的创意和精雕细琢的工艺塑造出了完美的城堡，可我还是觉得她背后的故事更动人。高高矗立的城堡就像路德维希二世的性格一样，超凡脱俗，却冷僻孤寂。但城堡四周的田园风光却带给人十足的暖意。静幽神秘的城堡掩映在苍松翠柏之间，野鸭在波光粼粼的湖水里游弋，碧水蓝天之间弥漫着淡淡的浪漫气息。云雾缭绕，清新雅淡；草长莺飞，绿意盎然；湖光山色，宛若仙境；似真似梦，美轮美奂。没有雾霾，没有尘埃，没有喧嚣，没有纷扰，只有洁净的风景和浪漫的爱情。

我留恋这里的风景，喜欢这样的情境，可是却不得不，伴着夕阳踏上归途。但我相信，只要心中有一方净土，总能演绎出属于自己的童话。

原以为德国是一个充满钢筋水泥的国家，没想到在德国有那么多清新秀丽的自然风光。而我们的最后一个目的地——国王湖，更是一个胜似仙境的地方。仙人的领地可不是凡人能够轻易接近的，国王湖，见你一面真的太不容易了。

国王湖其实也不在慕尼黑，它在贝希特斯加登——一个距离慕尼黑 160 公里远的小镇，所以我们又要坐火车了。然而这次没有幸运的遇到带路的同胞，所以我们又要开始迷路了。火车经停的时候，乘客们都下去了，我们却不知该何去何从。刚上车的乘客问我们是不是要去德国，问得我们一头雾水，因为我们明明就在德国呀，所以我们不理解他们为什么问我们是不是要去德国。仔细看了站牌之后，才知道这一站是奥地利的萨尔茨堡，不知道为什么去贝希特斯加登的火车会开到萨尔茨堡。还好我们在最后一刻搞清楚了情况，而此刻此刻，我们必须下火车，不然它就又开回慕尼黑了。

这一次，我们迷路的本领又上升了一个高度，从德国流窜到奥地利，而自己还浑然不知，我都开始佩服自己了。

稀里糊涂地来到萨尔茨堡，也算是歪打正着了，如果不是时间有限，我真的很想在萨尔茨堡好好逛一逛，因为萨尔茨堡是莫扎特的故乡，也是一座跟音乐有关的城市。可我想不通，专门从匈牙利坐飞机来德国，怎么去看个国王湖就跟随火车一起坐回奥地利了。好在萨尔茨堡离国王湖不远，从萨尔茨堡去贝希特斯加登，要坐公交车，从贝希特斯加登去国王湖，还要坐公交车，而我们还上错了车，莫名其妙的坐回公交车的起点了。

不得不承认，有些事情就是命中注定的，没有坐火车坐回起点本是万幸，但我们还是没能摆脱坐公交车坐回起点的命运。而且那辆公交车上还没有空调，把我们热得够呛，最后还把我们送回了起点。若不是想看国王湖的念头太执着，我们干脆就打道回府了。一通折腾之后，我们才终于在下午 5 点到达了国王湖，精疲力尽。

时间全都耽误在路上了，到底值不值得，我不想去思考这个问题，我只知道，我好想看国王湖好想看国王湖好想看国王湖，所以我一定要去。到达目的地之后，虽然看到了很美的风景，可是还是没有看到湖。我真想在天地之间大声咆哮一句："湖呢？"究竟为什么这么想去看国王湖，其实我也说不上来原因，反正就是想去，文艺一点说，是一念太执着，通俗一点说，就是强迫症发作。

茂密的大树覆盖了山峦，红色屋顶上落满了晚霞，风在游吟，石头在听。寂静的山谷里，传来了花开的声音，多么美妙的一幅田园山水画啊！辛苦了一路，找到了一片世外桃源，其实也值了，可我还是念念不忘我的国王湖。

我们沿着一条奔腾的河流大步向前走，河水里的石子被冲刷得锃亮，整个树林里就只有我们两个人，可我们却没有感到一丝的害怕，因为我们已经彻底被田园山水的神韵吸引了。难得逃离尘世的喧闹，安静下来回归大自然的本源，感觉内心特别的敞亮，特别的纯净，大自然，真的太治愈了！

可是，湖呢？走了半个小时了，都没有看到湖，只有河，以致于我开始怀疑自己对湖的定义，开始怀疑自己不会区分湖和河，但是邹琳坚定地跟我说："这绝对是河，湖绝对不是这个样子的。"

那么，湖呢？

天色渐渐暗了下来，回去的最后一班车，也快要发车了。就在我们快要放弃找寻国王湖的时候，眼前却突然出了一片好大好美的湖泊。我都怀疑自己是不是太累了，是不是出现了幻觉，是不是看到了海市蜃楼。可它却是真切的存在，终于找到国王湖了！激动得我差点直接跳进湖里去。

国王湖，是最后一个冰河时期的冰川侵蚀而成的湖泊，是德国最深的湖泊，最深处达190米（还好我没有跳进去）。湖面四周都是高山，有的山像国王，有的山像王后，有的山像王子，所以掩映其中的这片湖泊就得名国王湖。国王湖被人们誉为德国最美丽最干净的湖泊，只看一眼国王湖，我就觉得我这一路的奔波和劳累都烟消云散了，因为水面如镜、碧波荡漾的她实在是太美了！在熹微的夕阳的映照下，在青山白云的怀抱中，国王湖愈发得美不胜收，妙不可言。像绿色的绸缎，在山的怀抱中随风飘逸，荡起一湖涟漪，闪烁着迷人的光晕。

△国王湖的美是相片无法呈现出来的

人们都说来到国王湖要停留上千个小时，而我呢，用6个小时的东奔西走，换来了6分钟的深情凝望，可我觉得很值。只是很遗憾，我的手机，没能很好地拍摄出国王湖的美容；我的文字，也无法贴切地描绘出国王湖的美貌。所以诚意推荐各位去德国或奥地利旅游的时候，去国王湖深情地望一眼，相信你会和我一样，即使一路充满周折，也会无怨无悔。惊喜总是在你意想不到的最后时分闪亮登场，只要你不放弃追寻。

　　离开慕尼黑时，我们没有任何闪失地上了要经停机场的火车，可是我和邹琳却因为不知道 flugafen 这个词在德语里是机场的意思，所以在火车抵达机场时差点没有下车。还好当时邹琳说先下吧，实在不行再上下一辆。下车后我们上网一查，才知道这个 flugafen 这个词就是机场的意思。既然 flugafen 跟 airport 长得那么不像，那么可不可以人性化一点，把 airport 也写在上面？害得我们误以为这是个地名，差点就不下车了，然后就不知道又要被火车带到什么地方去了，说不定就直接被带回葡萄牙了，当然这样最好。

△途径威斯巴登小城，也是一个美不胜收的地方

　　欧洲之行的最后一站，就这样在曲折和惊喜的轮番轰炸中结束了，而我，百感交集。能够在回国前的最后几天里，实现与新天鹅城堡和国王湖见一面的小心愿，我其实很知足了。跟国王湖说再见，跟慕尼黑说再见，跟德国说再见，似乎并不难。可是跟欧洲说再见，跟美好的旅行时光，跟这个刚刚找到的崭新的自己说再见，却是那么的难。我望着飞机外的白云，默默地告诉自己："记住了就是永远，结束了就是开始。"一觉醒来，是崭新的世界，是崭新的生活，而我又开始在文字中找寻崭新的自己了。

后记 >>>

后记：天青一色 吉光片羽

今天是值得纪念的一天，因为我的欧洲游学随笔《羽过天青》终于完稿了。从去年 7 月 13 号到今天，我一共完成了好多好多万字的创作。创作其实是场持久战，需要灵感，需要思路，需要毅力，需要时间，不能只是三分钟热度。虽然在这个过程中我偷懒过犹豫过，也曾因为其他的事情一再搁浅，甚至一度找不到状态，整整几个月都没有进展。但欣慰的是，我从没想过放弃，并且克服困难坚持写完了。我总算把自己年少轻狂的奇思妙想转化成了文字，总算在青涩的少女时光逝去前实现了一个小小的梦想，它将是我送给自己最好的礼物。就让我一直安安静静地做个文艺青年吧，文字才是我最好的归宿。

—— 摘自日记（2016，02，14）

　　那天，我完成了整本书的文字写作，当然，除了这篇后记。写作完成后，我又陆陆续续花了半年多的时间进行文字的校对和修订，又前前后后花了近半年的时间挑选图片并将它们安置到位。

　　今天是 2016 年 12 月 28 日，我终于可以写下这篇后记，并正式宣布，我完成了整本书的成稿工作。起笔，搁笔，提笔，停笔，运笔，收笔……原来，写书真的不是一件容易的事。

　　后记作为全书的最后一部分文字，好像无关重点，但却又至关重要。有太多的思绪，太多的念想，太多的印象，太多的期望，一起涌上笔端，似乎挥之即下，但却又淡然无痕。

　　从慕尼黑回到葡萄牙之后，我和邹琳一起去跟她的朋友告了别，然后便开始疯狂地收拾行李。那个时候，我特别想哭，虽然没有哭出来。那是一种难以言说的割舍。这之后似乎还有很多离别的故事值得记录，可是我却想不起来了。只记得我拖着两个比我还要重的大箱子，来不及回眸，就已走远。不知道要如何跟葡萄牙告别，如何跟欧洲告别，或许只有今天这本书，才是最好的告别吧。

　　我所游历过的每座城市，我所到达的每个地方，我都希望能够与它们重逢。没想到的是，今年 2 月底，就在我完成这本书的写作之后，作为北京华文学院的一名新就职的教师，我有机会再次来到葡萄牙和西班牙，开展招生宣传。这大概就是所谓的念念不忘，必有回响吧。不同的际遇，熟悉的画面，故地重游，让我不由得感慨万千。

　　远方有多远？
　　请你，请你告诉我，
　　到天涯，到海角，
　　算不算远？
　　问一问你的心，
　　只要它答应，
　　没有地方，
　　是到不了的
　　远方。

　　这是三毛的诗作《远方》，我很喜欢这首诗，喜欢诗中的意境和情愫。我相信每个人都有远方情结，远方就像是一片烟波浩森的海洋，那蓝色的世界里，有汹涌的波涛，有温柔的涟漪；有辉煌的日出，有脉脉的斜阳；有广阔的胸怀，有深邃的思想；有自由的灵魂，亦有心梦的归航。放下凡尘琐事，带上纸和笔，飘遊在世界的各个角落，该是一种多么美妙的心灵历程。

就像是一片轻轻的羽毛。

只是，我们一直在红尘中追逐辗转。如果说，相遇是一场注定，那么流年里所有美好的邂逅，便是我生命中永不凋谢的春暖花开。一个回眸，一份眷恋，便让平凡的日子，浸染了些许淡淡的诗意，也让我在如棱的时光中，生出了一对琉璃般明亮的羽翼。在每一个季节的转角，无论有多么不舍，都要做一个完美的交接，然后张开羽翼，轻轻地飘离。

结束这本书的写作，于我而言，也是一次轻轻地漂离。不知道下一次我的羽翼会飞往何处，愿只愿我所掠过的天空，风轻云淡，万里无尘，天青一色，吉光片羽。

期待下一次，在文字中，再与你们相遇。

方青羽作品